2017中国散文诗年度作品

邹岳汉——主编

现代出版社
中国出版集团

目 录

【编者的话】

第一辑 年度十佳作品

选自《天马散文诗专页》《散文诗世界》《诗刊》《诗潮》《散文诗》《山东文学》《宜宾文学》《大沽河》

第二辑 “我们”诗群年度新作（13 家）

第三辑 史诗（精短 17 家）

第四辑　蔚蓝色的咏叹（12家）

第五辑　生命的光影（17家）

第六辑　独自苍茫（10家）

第七辑　我的村庄（20家）

第八辑 草木春秋(24家)

第九辑 西部西部(13家)

第十辑 东方情韵(10佳)

第十一辑 散文诗名家新作(17家)

第十二辑 跨诗体写作名家(8家)

第十三辑 香港及海外华文散文诗(4家)

【附录】

【编者的话】

中国散文诗百年：从出走到回归到超越

今年是新文学革命运动发端100周年，也是新诗、散文诗诞生100周年。

100年，对于生命十分有限的个体来说，隔着了几代人；而翻阅那一场运动主帅们当年的文章著述，他们高大的身姿和高亢雄浑的呐喊声，又仿佛近在身旁。

这场影响中国百年历史进程的文学革命（社会革命），最初是在陈独秀主撰的《新青年》上发起的。

1917年1月1日出版的《新青年》第二卷五号，发表了当时还远在美国求学的胡适投寄的《文学改良刍议》，紧接着陈独秀于同年2月出版的《新青年》第二卷六号发表《文学革命论》，同时刊出胡适的白话诗八首，由此拉开新文学革命的序幕。

若说胡、陈二位的文章打出了新文学革命运动的旗帜，那么，1917年5月，刘半农在《新青年》第三卷第五号上发表《我之文学改良观》，则于胡、陈提出的口号之下，分门别类地提出了文学改良的实施细则。他在论述到“韵文改革”时首次提出“于有韵诗之外，别增无韵之诗”和“散文诗”的概念。

散文诗和分行的新诗大体同时诞生。分行新诗的发展虽然也经历过一些波折，但散文诗的发展却经历了从出走到回归，再到超越，更加复杂、曲折的历程。

在1918到1930年这一段新诗的初创时期，散文诗与分行新诗大体上是混杂在一起的，都归属“白话诗”。1927年出版、堪称中国散文诗奠基之作的鲁迅的《野草》里，也编入了分行的新诗《我的失恋》，在当时绝非个案，也不是偶然。

但到20世纪30至40年代，散文诗却逐渐与分行新诗分道扬镳，出乎意外地淡薄了与“同胞兄弟”分行新诗之间的血缘关系，而混淆到了散文作品集里面，像是逐渐忘记了它自身的来路，也影响到它的发展进程。我把这个现象称之为散文诗的“出走”。

新中国建立后，散文诗沉寂了一段时间，到上世纪50年代末、60年代初，“散文诗”在郭风、柯蓝的引领下，以一种似乎是“独立文体”的新面目出现，曾经风行一时，但在散文诗是否归属于“诗之一体”这个问题上还没有引起重视，以后也时有反复。

改革开放以来的四十年，散文诗集和散文诗专门报刊相继出版，可谓高潮迭起，风起云涌，散文诗创作得到空前的发展繁荣。不管散文诗人和散文诗理论家们的个人风格，观点和出发点如何，散文诗都无可避免地要从悄悄地“出走”，回归到堂而皇之地“认祖归宗”、回归到赖以安身立命的诗门。

这是由散文诗“质的规定性”所确定的。舍此，无以谈散文诗。

本人从1959开始尝试散文诗创作，至今58年；从1985年底创办、主编中国首家《散文诗》期刊15年，继而从2000年起主编年度文学作品系列丛书的“中国年度散文诗”，至今18年，加起来连续从事散文诗编辑工作33年，亲身经历、见证了半个世纪以来中国散文诗的演进和发展，深深感到“散文诗属于新诗之一体”，是散文诗理论研究和散文诗创作中无可回避的、第一位的问题。

否则，一切的努力都将是南辕北辙，事与愿违。

耿林莽、李耕、许淇、徐成淼和稍后的灵焚、周庆荣等人，都以他们的理论主张和创作实践，为散文诗“诗本体”的回归与追求散文诗在“现代性”方面的超越，做出了持续而卓有成效的努力。

本人在散文诗的创作、编辑、理论研究和参与各类评奖活动中，也都是紧紧围绕推动散文诗“诗性”的回归与不断超越旧的模式这个总目标进行的。

在编辑出版散文诗作品集、组织散文诗学会、创办新的散文诗报刊、开展大型散文诗活动等方面，上世纪80年代，有郭风、柯蓝两位领军；90年代之后至进入新世纪以来，则有海梦、王幅明、严炎、田景丰、箫风等一批标志性人物在继承前人事业的基础上，都有所创新、做出了各自独特的贡献。

至于百年来散文诗的代表性作家及其作品和各个时期的具体史实，只有留待文学史家和百年散文诗选本的编选者们去论述了。

回望过去了的2017年，散文诗大踏步地加快了回归诗的大家族的步伐，并得到整个新诗界积极、正面的回应。

2017年，在两次全国规模的“纪念新诗诞生百年”的评奖活动里，一改以往“新诗评奖、散文诗缺席”的状况，给予了散文诗一席之地（尽管占比还太小）。比如：这年9月，由全国诗歌报刊网络联盟、中国诗歌万里行组委会联合评选、颁发的“宝玉陈杯·百年新诗贡献奖”，其获奖名单第二项“百年新诗贡献奖·编辑贡献奖”6名获奖者中，就有“全国首家散文诗期刊《散文诗》创刊主编邹岳汉”，与以发表分行新诗为主的“全国首家省级诗刊《星星》创刊主编白航、《华夏诗报》创刊主编及国际华文诗人笔会主要创办人野曼、全国第一份诗报《诗歌报》创刊主编严阵、台湾创办早、影响大的诗刊《创世纪》创刊人之一的张默、唯一先后担任过《星星》《诗刊》两刊主编的叶延滨5位一并入选，同样被认定创办、主编这些诗歌报刊，“是为诗人作嫁衣裳、为新诗的发表提供了园地，是新诗百年重要的创作现场”。

这是首次在全国性的新诗评奖中，把创办、经营诗歌刊物的主编和从事新诗理论研究有贡献的专家和著名诗人放在一起，同等地列入评选对象；这也是在全国性的新诗评奖中，首次把以前视之为另类的散文诗刊物纳入评选范畴。

评奖虽然落实在个人；但它的重要意义在于：标志着中国散文诗与分行的新诗，在“诗”的旗帜下，出现了携手共进的新局面。

今年还有另一实例：2017年11月，由西南大学中国新诗研究所、《关雎爱情诗》刊、中国梦文学网联办的“中国新诗百年”全球华语诗人诗作评选在北京颁奖。大略统计，在前六个奖项中（每项100人），散文诗人（或兼写分行新诗、散文诗均有成绩者），入选“终身成就奖”的有：郭沫若、何其芳、徐志摩、李金发、艾青、冰心、陈敬容、方敬、刘半农、彭燕郊、曾卓、流沙河、屠岸；入选“杰出贡献奖”的有：顾城、叶延滨、韩作荣、昌耀、痖弦、黄亚洲、纪弦、柯蓝、郭风；入选“百位最具影响力诗人”的有：赵丽宏、龚学敏、谢克强、梁平、西川、谭仲池、王家新、黄怒波、张诗剑、刘湛秋、蔡丽双、唐大同、王尔碑、李耕、耿林莽、许淇；入选“百位最具实力诗人”的有：北塔、胡弦、翟永明、姚辉、伊沙、冉仲景、金铃子、赵福君、唐德亮、灵焚、安琪、周庆荣、潇潇、爱斐儿、大卫、洪烛、祁人、唐成茂、简宁、三色堇、林子；入选“百位最具活力诗人”的有：康湘民、姜华、唐力、晓弦、十品、胡庆军、陈颉、李明月、夏寒、贾文华、堆雪、黑马、何永飞、赵振王；入选“百位最具潜力诗人”的有：吴开展、于太福、郭春林、施云、谭斌康等总共不下80人。

尤其是其中的彭燕郊、流沙河、柯蓝、郭风、李耕、耿林莽、许淇、周庆荣、灵焚、爱斐儿、唐大同、王尔碑、堆雪等一大批以写作散文诗知名的诗人入选，确认了中国百年散文诗，是中国百年新诗的一个重要组成部分的现实。

散文诗历经百年，重新回到当代诗坛，是散文诗之幸，也是当代诗坛之幸。

从本书入选作品看，除原有的大批散文诗人之外，还有越来越多原来以写作分行新诗为主，如章德益、徐敬亚、黄亚洲、谢克强、张作梗、洪烛、干海兵、张庆岭等知名诗人的积极参与，这也是散文诗回归"诗本体"并力求在"现代性"方面有所超越的一个重要标志。

请注意：本年度的十佳作品，与前些年相比，又换了一批新的面孔——这符合诗的创作规律：好诗，总是在不期然之中"冒出来"的，有很大的偶然性，他人，甚至连诗人自己都难以预料。这十位的作品，本人已在本书内页第一辑的开头位置作了简评，不在此重复。

希望在新的一年里，我们一起努力，争取散文诗有突破性的新成绩。

本书2018年度将继续征稿。凡当年在全国各报刊上发表（或出版）的散文诗作品均可应征。作品复印件寄至：413000湖南省益阳市长坡路38号市文联邹岳汉收，并在信封左下角注明"2018中国年度散文诗应征稿"，同时将作品的电子版发至：1204285699@qq.com。最好在写入稿件的Word文件图标下方写明"作者姓名-2018年度选"（例："王玉柱-2018年度选"），然后作为附件发送，便于收件人识别、处理；请注意：不论新老作者，不论复印件或电子版稿件，篇末均需注明发表于何刊何报何期，以及作者详细通讯地址、邮编、电子邮箱、电话、手机号、QQ等联系方式、个人简介，以节约编者、出版者临时查询或复制的时间。自留底稿，不复不退。有新出版的个人散文诗作品集则寄来1-2册并附作者联系方式，将列入本书"附录"中的出版讯息。截稿日期：2018年10月15日。

邹岳汉

2017.12.31 于益阳

第一辑　年度十佳作品

编者按： 一首好诗，要有温度，也要有锐度。黄小军的《我在课堂上老了》、容浩的《病中书》和马东旭的《与姐姐书》都是用最朴实的语言书写身边常见而最见真情的琐事，有打动人心的力量。张作梗的《镜子里的楼梯》超现实的玄幻打开我们新的审美视角。卜寸丹、夏梦、风荷和卢静的作品则于女性作者特有的细腻里呈现开阔浑厚；张泽雄《迷失的时间》折射历史的厚重；敬笃的《曼德尔施塔姆》则有当前诗坛稀有而宝贵的思辨品质。（邹岳汉）

■［江西］黄小军

我在课堂上老了（组章）

一直以为地球上最高级别的主任，是班主任。

一、安静的校园

天空很静。岁月很静。楼道很静。
一只蚂蚁在讲台下静静地爬着，好像爬了几千年，
从孔夫子站在土丘上，面对三千弟子，指天画地的那个年代起。

从旷野里的游学，到圆洞门的书院，再到班级授课制的学堂。
这个地方不适宜喧哗，不适宜功利，不适宜藏污纳垢。
这里供奉红烛，供奉明月，供奉最复杂尘世里最简单明了的良心。
因为这里奔腾着一群干净如天空，烂漫如蝴蝶的，
小孩。

岁月里每一片枯叶飘落，
我们都能够听得到大中华的殿堂之外，
曲阜孔庙的池塘里，传来悠久和深厚的蛙鸣。

而孩子们尽管有时喧哗，有时又不喧哗；
那是因为他们在一种极其清亮的状态下，正抿着嘴儿，或踮着脚儿，
涉着知识的小溪，或者小河，那不时飘飞的琅琅，
飘飞的家国哟。

伴着他们老师的长老，
天空正在长高，小板凳正在长高，
东方正在，
长高。

但愿校门口那个同样已然老去的门卫，
当然不仅仅是他们，能拱卫这一方净土的安宁。

二、升旗

孔子时代是不升旗的，但现在是共和国了。
老师们大概是这个共和国参加升旗仪式最多的公民了，
而且一生都必须站成标准的仪仗兵，
哪怕已然颤颤巍巍，
弓着背。

一生垂范，
背也要弓得有范。

三、我的声音

有一条小河，一朵白云，一个懒懒的春天正伸着懒腰。
其实这是我的声音，我通过声音把小船儿划到孩子们的身边；
把小鸟儿，月牙儿，很久远很久远的人类，人类最早的那一缕炊烟，
放在孩子们的桌上，手上，卷笔刀上，
他们可爱的鼻尖尖上。

有时这声音还把李清照领来了。
于是孩子们看到了争渡，争渡，惊起一滩鸥鹭……
有时这声音忽然没啦，忽然没啦，老师没拎不听话调皮孩子的耳朵啦，
只要孩子们的眸子里能一点点智慧起来，明亮起来，善良起来。

只是这声音现在有些沙哑了，偶尔也会咳嗽。
于是孩子们更加懂事地注视你，看你一点点老去。
而你却总在尽可能让这最疲惫的声音，在这最后的日子，痛着站立。

四、班主任

一直以为地球上最高级别的主任，是班主任。
哪怕你贵为大腕，学界名流，哪怕你是国家主席，总统，
班主任总是，而且当然是你的第一个上级。
你的一次次流泪，还有鼻涕，班主任老师为此而摸过你的小脸吗？

让我欣慰的是人们向班主任礼貌性地鞠躬，或者低头，
总显得那么水到渠成，不需要专门的排场，毫不做作和为难；
而向权力低头，其有趋炎附势之嫌不说，有时甚至还是一种罪恶。

真想说这截然不同的两种认知，
大概是自有人类以来，开得最好的两朵大花了。

五、批阅如山的作业

如山一样的作业，愚公说挖山不止，但愚公没说山是会重新再长的；
所以每一个当老师的，一生都被埋在这样的山里。

这样的山里没有风景，只有一个个的字；
只有一个个或乖巧或淘气的小孩，有的还揪着你的心。

一颗风华正茂的脑袋埋下去，
抬起来却白发苍苍了。

说实话，我一直质疑愚公移山这则寓言的小心眼儿发明者，
其“愚”到底是赞呢，还是贬呢？

六、怀想一个罚站的孩子

那时我还在教小学，班上有一个剃着锅盖头的孩子，最是调皮不过了，
接二连三地搞笑怪叫后，只要是我的课，我就让他罚站。
只要上课铃一响，他就靠墙角站着。

差不多连着有了三四天了，在那儿站着，他不调皮了。
渐渐，我觉得他有些可怜兮兮。

有一天我下班回家，他忽然向我靠来，递了张纸条后匆匆跑了，
展开纸条：老师，我知道错了，明天我不罚站行吗？

可是明天，我再也没看见他了。
他的爸爸妈妈闹别扭，他被爷爷接走了。
以后，我再也没见过他。

近来，时常想他。
他的名字叫刘小小，今年应该四十六岁左右了。

七、童慧敏的眼睛

她看着我每一个吐出去的字，哪怕这些字很细小，落入草丛。
就是这样一双海青青天蓝蓝的眼睛，生怕某一个字一旦错过，便永远找不回来了。
找不回来了，那种仿佛莫大的纠结，像是受伤。
痛的是你的眼；而愧的是我的心。

于是我一辈子字正腔圆，所以我一辈子都不敢懈怠；
所以我一辈子都在这样的目光注视下，尽可能耐看，尽可能年轻。

而这个女孩叫童慧敏。
圆圆的脸。

（选自《伊犁晚报·天马散文诗专页》2017年第12期）

■［广东］容　浩

病中书

世上最多悲痛的地方是医院，但是这里常常静悄悄。

1　那个宣称掌握了真理的人也在病中，时间缓慢而涩。有些口服液是加了糖的，但它仍然是药，大概命就是这个味道。

如今我们并排坐在病房的窗前，窗外的人们都有去处，像木棉的花朵一般深深。

你无所事事，不理会那些正在失去水分的橙子、苹果和梨。

北风驾临，娇艳散去；喝下蜂蜜，始得心安。而真理，快要被蓝斑马们遗忘，它究竟，是不是圆的？

2 颤抖的叶子，何时才会真正的安静；幸福村的居民，何时才会真正的幸福。在病房的窗口发呆时我会想这些宏大的问题，这个散发着来苏水气味的地方有洁白的床单，每天诞生洁白的生命，而那些死去，不可能都是洁白的。

唯有这里，恶人也服从身体。

时光飞逝，灰霾已明白灰霾，海水已明白海水，人心已明白人心。我明白这群蓝斑马，像叶子在枝条上长出沉默的声音。

3 一年的最后一个小时，人们忙着欢乐，树叶忙着歌唱，挖掘机缩回了挥舞的手臂。所见之物皆象征祝福和赞美。

我忙着搓药酒，深色的药酒，浸泡过六种植物。

我从未想过这些植物会进入我的身体——这不完美的膝盖，带今年最后的伤。曾经它们在塑胶和煤渣跑道上如闪电交替。现在它们对望——

这互慰的中年，一只刺痛，另一只挨着。

我抚摩它们，搓热它们。我也想象过身体是一只盛装叫喊的碗，顺着弧线，这样凹下去。当然，我以沉重之躯感激它们——这路上沉默的膝盖几乎承受所有，但彼此并无相互怨恨。

4 过新年了，我们应该吃点好的，就像春天，鸟儿们要抖动一下闪耀的羽毛。好的究竟是什么呢？ 36床大叔说就点荷兰豆炒肉吧。他几乎每天都吃这个菜。

好吧，那就是荷兰豆炒肉了。小老百姓，有个不影响他人的小小的喜好也是可贵的。反正也不能喝酒，就让我们吃着荷兰豆和肉，在新年里，深深地祝福那些有家可归的人。

或许有人正等待。

或许也有人，祝福过我们的白床单。

5 我喜欢口罩，不喜欢白大褂，不喜欢病历，生命如其潦草不安。

我不喜欢具体的悲痛和欢愉，那些凶猛，像药物滴入，而此前辗转，越来越昂贵，高悬于窄口瓶中。

我无法说清这滋味。

但是现在，大地准备好了，来吧！已磨好的甘露，来赴我！

来吧！到血液中。

6 盛护士真的就像是天使，她的眼睛是我见过的最好看的眼睛，会发出溪流的声音。阴郁的下午亮起来，她是独特的光明。

我甚至可以用身体复述她走路的样子，像我老家黄昏时林地上的雀。

轻的，又是甜的。

她用手轻轻地拍打35床大叔的背部，给他翻腿，轻轻地抽出他身下的枕头——此刻她是一名女儿，待会儿她向我走过来的时候就是我的妹妹。

7 左胸有些隐痛，医生一点一点地摁。他让我咳嗽，我就咳嗽，感觉那里有一把汤匙在轻轻地刮。

听诊器太过冰凉。

我不喜欢那里不舒服，我一直以为，摸摸那里，就可以摸到良心。

我以为那里是宽阔，开着野花，有七个湖泊。

我以为那里，有孤远的飞，疼痛不过是地上我们曾经忽略的洼地。

8 为了照顾其他病号的喜好，病房里不是播放战争节目就是娱乐节目。相对而言我更愿意选择娱乐节目，让各种吵闹，充斥戏里戏外。

但我不喜欢选手们不失时机地展出各种悲伤——所有事物被放大都会出现独特的花纹，世上最多悲痛的地方是医院，但是这里常常静悄悄。

而说深一点，其实谁人不梦和痛?

你看那田野；
你看那田野中的电线杆；
你看那电线杆上的电线；
你看那电线上面的天空。

（选自《散文诗世界》2017年第3期）

■［江苏］张作梗

镜子里的楼梯（外四章）

那些未打伞之人，形色匆匆，无一例外最后都走进了一滴雨中。

如果下楼，镜子里的楼梯就挂在你的足音上，咚，咚咚，咚，阳台上幽禁的光也随之来到一楼，照见铁链上的那只狗。

陡峭的拐角。——那儿，

金属栏杆浮在镜子中，给油漆刷过的手温，记录下时辰不同的走向。

有时，空无一人，镜子里的楼梯也会走上走下。镜子之外，充满了不同

的人和物。不同的亡灵在楼梯上走上
走下。——

镜子复制并扩大了
一个空间，以便储存另外一截叫作遗忘的楼梯。唯有铁链上的那只狗，偶尔睁开眼睛，看一看门外走过的风雨。

那 儿

我离开那儿很久了。

——我离开那儿以被那儿的人或物不断遗忘的方式。

我离开那儿，然后写信给一个无头人——重启一个时空模式：让我找到新的地址和另一个身体的邮政编码。

我持续离开：先是以伤仲永、榴梿、苦艾、河流断裂，继之以落日、不断改变的口音、典当行、秋兴和偏头痛。

那儿是哪儿？有我雨水中的指南针吗？有铁蒺藜的谷仓圈养领章、帽徽吗？——我从那儿始发，但从不知道始发站在哪儿。

我存有那儿的一沓发票，都是购买生存所需。泛黄的数字退隐到一个漏雨的年代，变成饥饿、疾病和穷困。

我摸出衣兜里的体温。这体温记录了那儿的寒冷。锁孔被冻死，马嚼着马槽里的星光。十个逃亡者被风雪押回，满眼冰碴儿。

然而那儿是哪儿？是火车头的嘶鸣还是马车尾的静默？我持续离开，又好似无尽地在返回。一个影子跟踪我，一个
时间的挂钩：酷似那儿。

雨 水

雨水加重了我的焦渴感。一滴。一行。一串。它落在我的唇上，落在
破碎的语言上——我尝到了一部焚烧之书苦涩的
味道。

雨水曾经是一扇明亮的窗户，现在成为泊满消逝之物的停车场。我愿意等待，蹉跎内心的浮世绘——假如雨水肆虐，是

为了阻止或迁延你的到来。

从早到晚，雨水赤脚从街上跑过。那些未打伞之人，形色匆匆，无一例外最后都走进了一滴雨中。

然而你不会以破碎的方式向这个世界告别。你与一场场雨和好如初。居住在一座湖水孵出的方形小镇上的，你那么晴和、明亮，像是雨水最小的妹妹。

我开始构想雨水的尖顶塔。那塔里，住着我们全部的重逢和欢愉。雨滴互喂着心跳。远处的山峦有一多半被湖水偷运到塔中。

雨水曾经是鱼的抽屉，现在成为鱼本身：一把打开抽屉的

钥匙。

深山打铁人

他们一兴奋，就把春天叫“宝贝儿”。

而我，正在深山打铁呢。

他们研究一棵树里的火焰，以及虫子如何穿越这火焰，到达一座封闭的钟形之塔。

而我，正在深山打铁呢。

他们改建垃圾场，在四周刷上广告，以使其符合一个腐烂的美学原则——

而我，正在深山打铁呢。

棺椁已成虚设。他们抬着的，不过是一群词语的骨灰。他们重新起草祖国，按黄金分割比例打造思想博物馆。而我，正在深山打铁呢。

厌倦了。他们觉得一切应该推倒重来。于是，他们用荷叶包裹雨声，做成一道秋天的菜肴，供奉给皇天后土。

而我，茹毛饮血，仍在深山打铁。

雪，整整下了一年。

涡　流

大家都在说。尔后拍片去了。

说什么？——

声音吞咽声音。声音压制声音。声音挥霍声音。声音被声音吸收。声音被声音打劫。声音勾兑声音。声音覆盖声音。声音驱赶声音。……

大家都在说，万物形如一个声音的搅拌机。——只看见一群旋涡似的嘴形，不知道说什么。

现在。地上到处都是声音的残骸，声音的碎片。有些轻于言辞的声音飘浮到空中，挂在枝条上，像被裁剪的舌头，还带着某人哀怨的眼神。

尔后，他们拍片去了。

他们将用这些声音，拍下一个时代的默片。

（选自《诗潮》2017 年 7 月号）

■［湖南］卜寸丹

7 路车（组章）

7 路车行驶着，仿佛和我们的幸福毫无关系。

我从没遇见过我自己

我的子女是我死后为我在脚头点灯的人。
他并不曾认识我。
也不体恤漫长的生活，我会生出苔绿、虫洞般的忧虑。
因太委屈而谩骂、流泪。
他是我生的，像世间万物都是从无到有。
我带给他悲喜交加的人生。
我带给他战栗、一匹小兽历经的奔跑与等待。然后他扔下所有废址。
他也将生儿育女，偏执，甜蜜，耗尽光阴。
我深深地爱他，所以，我并不会在意这一切。
可是，即使如此，他也全然不是我。
我是不断生长的。
我从没遇见过我自己。

我承认，他看见的都只是幻影

我把那些殒命的文字叫作灵魂之蜜。
我日夜不息地为它们修筑墓园：薄翅的蝙蝠、夜行人、不安之水。
我翻动经书：流血的伤口，万物必死的宿命。
我确信它们的痊愈与复活，仍是因为各自命定的疗救与呼唤。
我确信它们都是小小神灵。
当遇到障碍时，能穿墙而过。
当我不能抵达时，便应声而来，带我站在群山之巅，阔广的星空下。
这些沉寂之物不需要光。
像深海的藻类植物，它们兀自健硕而艳丽。
没有完全相同的路途，谁也无法重蹈覆辙。
面对吧，孩子！

那是你的心灵。我承认，他看见的，
都只是我的幻影。

打手影的父亲

停电了。黑暗一下裹紧了四围。
父亲掏出手电筒，
把开关往上一推。雪亮的光束像马从马厩里放出来。
“你们看，我可以变戏法。”他大声说。
我们姊妹几个正在床上拿被子筑窝，玩过家家的游戏。
妹妹从被子里爬出来，抢过手电筒。
“把光直接打到墙壁上，丫头！”他指挥着。
父亲握拳伸指，他灵巧的手模仿出各种动物的形状，墙壁上立马映现一团团
形态各异的动物黑色的影子，他又模仿动物的啸叫丛林深处，野兽似倾巢而出。
父亲像丛林之王，掌握胜败的法则。
那时候，父亲很年轻。
也很贫寒。他却让我们成长的分分秒秒里都浸透了快乐，无忧，亦无惧。
从他身边，我们漫过堤岸，流向陌生的远方。

幻象：我镜中的斑斓之虎

“我喜欢磨砂玻璃。”

“是的，父亲叫它毛玻璃。诗人则更喜欢叫它暗花玻璃。”

“我喜欢它的隐蔽性，它的粗糙。”

“它漫反射的光柔和、恬静。它是通透的，又是模糊的，你永远无法看清楚里面的一切。”

“哦，是的，这一切难道不正是我们所期待的？”

“譬如，你不知道眼前那个房间是不是空的。里面都有些什么。一个男人或女人刚刚离开，他们拥有什么，烟斗，蕾丝花边的衣饰，婴儿最初的啼声，爱的荣光、屈辱、罪孽。”

“它本是一块普通的玻璃。我们使尽办法将它变形：用机械喷砂、用手工研磨，或用氢氟酸溶蚀……”

“我们觉得这种变化是当然而然的。比如装着磨砂玻璃的卫浴是恰到好处的。比如一个磨砂玻璃做成的瓶子，装花、装酒都是极养眼的。我们不会因为对事物的改变而感到畏惧和羞愧。”

“所以，想法、想象的滋生有时是可怕的。谁又能选准自己所属的命运的缰绳？”

“诱惑我吧！”

“我忽然感到疲倦了。”

“用另一种方式吧。我们有时需要裸露自己，有时却需要将自己遮蔽起来。”

那天，我们从一个光滑的表面，看到了自己清晰的面影。

“镜子！”你尖叫。

你保留尚存的元气。斑斓之虎一闪而过。

7路车

我很疑惑，有些事物抱在胸口，却依然摇摇欲坠。

那个疲惫的老男人在座椅上睡着了。

他的头往左边歪斜着；他的双手放在腿上，右手空空的，左手握着二锅头。

车每晃动一下，我都担心酒瓶会掉下来，我等着那碎裂之声。

但它偏偏不会掉。

时间便在那令人绝望的假想中溜走。

我很小的时候，7路车就穿过城市的这条中心街道。

我总是遇见各式各样的人。

他们在7路车里闲聊、沉默、望着窗外。

有人在秋风中流下泪来。
他们无声地相伴彼此一程。
没有什么事发生。
7 路车行驶着，仿佛和我们的幸福毫无关系。

（选自《诗刊》2017 年第 5 期下半月刊）

■［四川］夏　梦

长安，长安（三章）

娘，你额头的皱纹轻轻一滑落，就是万水千山。

拴一匹回家过年的马于长安

只有长安的墙垛，才拴得住南来北往。

我那白发苍苍的娘啊，这时守着城墙外的灯笼：盼归。

每一缕北风都是思乡长鞭。此刻，你在翘首期盼又望眼欲穿，我却被无形的风任意抽象并被无情拍打。

娘，你额头的皱纹轻轻一滑落，就是万水千山。问一句长安，你用哪朝哪代的泥土垒就了封疆高墙？你用什么样的一纸文书让多少人不能回归故里？

灯笼。繁星。冷风。

怎就诱惑我于瑟瑟中而抽身不得？

在我的视线之内，乡野来的兵士伫立成古陶，树梢上的阳雀却将经文纷纷啄碎。

我要回家！在这蠢蠢欲动的年关，我拴一匹回家过年的马于长安，我的双眼已经被长安大道上那光怪陆离的彩灯刺破。

灞柳风雪，柳絮漫天。我开始炫目万分。

转身、仰头、闭眼，陵墓关不住的火焰若千驹飞驰，驰骋骊山。然而，我也是你宠过的一匹烈马：踏浪浪溅，奔月月残。

长安，长安。

你为何积聚那么多紫气？你市井如羁绊，勒我前蹄。

娘，我要回家！现在我要做你的枝丫和茂叶。回归你屋外，虔诚地做墙角的蟋蟀、土中的蚯蚓，聆听家乡庙宇的钟声和欣赏老宅门前的积雪……

年味正浓，我拴一匹回家过年的马于长安！

长安，谁挤破你的泥塑真身

一抹咸阳，一声歇斯底里——长安啊！

要多少刀光剑影与世事蹉跎才能让风云翻滚？

而此刻，我却有缘俯视长安醉迷长安，并且拖着昨日疲惫的身影悠悠缓缓于长安。

古时的旌旗猎猎于大漠烽烟，泥塑的兵马俑静悄在墓里定格，青铜器不知锈蚀了多少霸王别姬？

一年又一年，蜡梅开得人老珠黄。

钟楼。鼓楼。日积月累，我看见楼里行走的汉字和镌刻在墙壁的秦时明月与唐时宫阙，看见血刃的历史被时间轻松地翻刻成版画或简化成皮影。

华清宫的龙爪木槐尽展沧桑与妩媚。

一曲清舞，谁把霓裳舞动成千古羽曲？

是啊，我还看见那秦砖汉瓦，掩盖了更替不尽的红粉逸事……

我，一介女儿身，错失东市骏马，也忘却听令佘老太君。隔朝隔代，读书识字，修身养性，出生对自己是那么的迷蒙；千人千面，哪里去辨析自己的祖先姓甚名谁？

然而，冥冥中总觉得脚下城墙有阵阵轰鸣，总觉得这秦川的八面来风依然有些许人影晃动、刀光剑影。

秦腔骤起。身披盔甲，有人手握兵器于长安城上。

我已经看见，千帆过尽之后，一地阡陌俯首称臣。

阅尽咸阳古渡、曲江流饮，十二朝古都风韵犹在。

长安，历朝历代，风雨飘摇，是谁挤破你的泥塑真身？

长安，朔风之时，我孤身一人在你的城墙之上。

花团簇锦，为何错失一方小桌

你这花团簇锦几朝故都的长安啊，从不缺帝王将相、将才霸主。那么多的厚重被堆砌成亘古城墙，匡护江山社稷，祭天拜地，光照庶民，可为何错失一方小桌？

天圆地方。大亦大。小亦小。

在长安，泡一杯沧桑泛黄的苦荞茶，我竟寻不见一方静谧的小桌。

环顾四周，除了喧嚣还是喧嚣，满地金迷纸醉！

是的，小桌。我在怀想老家檐下那只木质又布满花纹的小桌。

是啊，穿梭于花团簇锦长安，我渴望一种纯粹和另类的宁静。

遥看你的风霜，移步于骊山深处，我依稀听到脚底残存石板的长吟短叹。你看：一潭滑洗凝脂的“华清池”，唐降以来用一种恩爱缠绵曾打乱多少正史野史，让社稷江山几多阴盛阳衰。

一阵阵春寒料峭，狂扫着长安的木门与街巷。

此刻，临潼的古道人头攒动，头顶白云过往，朔风不断地吹散了我的额发和诗句的皱纹。我多想触摸古柳飘动的霜花，多想追问古城灿若星辰的前世。

真的，我是一介有家不归的女子。

我是一个现实生活的脱逃者，我多想在这里觅一方安静之地。

我至亲至血的长安啊！我愿把水之北山之南留在小桌上当一本闲书细细品读，我愿以往后的时光在你尘封的史记里探寻昔日古铜色版图，并且用我女性的细腻缓缓触摸上下五千年的锋芒。

雁塔的钟声遍遍敲响，我的眼前片刻没有刀光冷剑。

我希望流放这里，包括我的全部。

天地悠悠，我在佛前虔诚祈福。

是啊，我多愿在脚下坐拥一方小桌，并慢慢地烹煮一壶茶茗，然后举头眺望落日染金的大小雁塔……

长安，我在这里流放，我愿在这里独饮！

（选自2017年《宜宾文学》第1期、3月26日《华西都市报》副刊）

■［河南］马东旭

与姐姐书（组章）

若没有了姐姐，我就把天上的星辰认作姐姐，我让你的仁慈之光，落满申家沟。

源　初

这是第十三次写到姐姐。

但十三与上帝有关。

这让我想到天国。姐姐，我愿把自由的天国还给你，把伊甸园的葡萄树还给你，它的果子多么甘甜。把申家沟两岸的指甲花还给你，它灵息的花骨朵多么迷幻。

在故园，没有一束光洗沐你的伤口。

没有一驾马车，把我们带至远方。

在时间的渡口，我们拽不住神的美丽的璎珞。你我皆是过客匆匆，人之初是个无，人之末亦是个无。

生 命

姐姐，我把申家沟的小径卷起来，攥在手心。

把两岸的一草一木也卷起来，我走到哪儿就带到哪儿。这永恒的小村庄，其实并没有什么永恒，刹那便是永恒。我喜欢听鸟鸣的声音，浪花翻卷的声音，一只蚂蚁搬动麦粒的声音。

清晨，迎迓黎明之光。

傍晚，赶着羊群和落日。我们在青岗寺的宝顶下绕行祷告，又在黑色的屋檐下拔去指头上的绒刺。于此生活，我们活得如意，也活得不如意。

我们微尘弱草的生命。

仅存在于它的碳水化合物。

不可有悲伤

姐姐，贫穷若草木之根。

扎进了我们的脉管。

平原的风无论自哪个方向吹，都会磨损我们。风暴卷来，我能听到你年轻的骨头，咯咯吱吱地响，但找不到一根拐杖可以依靠。我认出了风暴，源自人语。看见了你清泉一样的双目，有悲伤。但不可悲伤。

我们降生在申家沟，空气清新，阳光丰富。你是指甲花盛开，朴素而美丽。仿佛都是上帝的安排。

暮 春

在豫东平原的暮春。

那一刻，你属于众神的女儿，母亲喊你，父亲喊你，老祖母在菩萨和金卷面前喊你，我握住你的手，线团掉落的声响也是惊心。我知道你热爱自然和残破的世界，但我找不到合适的词系住你飞雪的灵魂。

洋槐花纷纷而落。

这是透明的前定。

姐姐，若没有了姐姐，我就把天上的星辰认作姐姐，我让你的仁慈之光，落满申家沟。

夜风吹过

姐姐，天堂在上。

天堂伸出一把勺子，舀我的没有边际的泪水，我触摸你的疼痛，我感知你的孤独和恐惧。月将升，日薄于西山，但我们的未来不可知。

正如河流即将离开眷恋它的葱郁。

葱郁离开眷恋它的枝叶。

姐姐，我在实相中寻找虚无，在虚无中寻找存在的意义。夜风吹过豫东平原，和无欲的灵魂，我真的不知道内心有多少片雪花卷飞。

执　着

姐姐，我能造出青梅煮酒。

但造不出英雄。

我能造出香云盖，但造不出菩萨摩诃萨。我们的脚趾流出鲜红的血液，干净的肉身仿佛是人间多余的部分，但又不可或缺。我们坚守故园，追寻黎明之光，我们渴慕五谷丰饶，六畜兴旺。我们执着于土里生金，珍重每一日细小的幸福。我们伸出手掌，捂住内心的雪……

但未必捂住内心的雪崩。

我　们

姐姐，我远离江湖。

匡扶自己的小江湖。

我热爱自然，并怀一颗虔敬之心，我的十万亩麦田学会了风雅颂。十万匹白马嘶鸣。它们才是它们真正的自己。我们无非是戴着面具。

集合了众人之脸。

我们是我们最大的敌人。

我们是我们最大的迷宫。

欢

生命是一树繁花。

花开见佛。

我愿看见欢喜，我愿是欢喜的每一个瞬息。石榴花开是欢喜，指甲花开亦是欢喜。一只蚂蚁撼动大树是欢喜，一只蝴蝶落在竹枝上亦是欢喜。它是竹枝词。

唯有真香使心归一处。

随处结祥云。随处看到黄金在庄稼地里舞蹈。姐姐，天宇为我们敞开的曙色清凉，天宇下的青岗寺为我们敞开的圣殿幽远。

水　草

姐姐，我是空气中的蝴蝶。

举着香气飞。

我会停下来，扇动一下翅膀，讴歌人间的清明和良善。我的双足紧紧抓住对茎叶的欢愉，摇摇晃晃。姐姐，我已成为崇高的人父，泪光闪烁着幸福。我燃烧的每一炷香，都为大地的丰饶。

姐姐，我们是申家沟的一根水草。

我们是水草上永恒的灵息。

永恒醒着。

永恒站在风里雨里。

寂　寞

姐姐，在宁陵。

在申家沟，它是它自己的一枚柔软的钉子。

我的谈笑没有鸿儒。

一个人鼓瑟，一个人吹笙。在孤独闪亮的古榆下，我开口唱《蝼蚁颂》，我叩伏，面对青光辉映的青岗寺，我感到人类的寂寞，那么多的香客变幻着人形。姐姐，我借一根麦秆儿，吮吸真香。

我被四月的鸟鸣环绕。

犹如梵呗。它托举着我的没有杂质的天宇和我的青春，不须酒如渑。

（选自2017年《山东文学》下半月版第10期、《大沽河》季刊第3期）

[浙江]风　荷

魂兮，雪域（组章）

鹰搏击长空的部分是灵魂突围的部分。

神　鹰

一声嘶鸣如雷霆——

阳光的声音，花朵的声音，青稞的声音，喇嘛诵经的声音，围拢过来。一道身影似闪电，从静默天穹里呼啸而出。

在雪域，独善其身，鹰是公认的英雄。

闪电擦亮天空的蔚蓝，擦亮鹰翅。

一只鹰。它有灼热的心脏，它眼睛里豢养着金色的火焰，它打开的翅膀上驮着世间的枪声弹雨，和雪域的荣耀。

不羁，鹰。

与天空谈论历史，谈论箭和弓，谈论群鸟的失散。

它有自己的论道和原则。命运，大雪和烈酒。鹰不退怯，不妥协，时时保持着警惕。鹰搏击长空的部分是灵魂突围的部分。

万物，一些生锈，一些重生。人在自然中，也改变不了自身的轻与重。唯有鹰喝下万吨孤寂，阅尽千山万水，在经声里衔来呼啸的风。它上下俯冲，击中我纤细的目光和平静的胸膛。

在雪域，鹰飞过，便见神明。

在雪域，每个牧民的身体里都怀揣着一只鹰。

而我，在雪域也想有一次搏击长空。我紧握阳光和风，或者雨水。在草木，牛羊之上，像鹰一样俯冲，盘旋。

雪色的天空，醒来。裹挟着鹰的鸣叫，衔来落日。

落　日

雪域，黄昏。

一个身着绛红色的喇嘛，独自吟诵着。

雪线之上站立炊烟，凌冽的风吹着，一点一点隐没下炙热，将熄未熄。大地升起悲悯。

曲调古老，时光新鲜。

卸下包裹，一个远道而来的女子，也没有了可以翻卷的忧伤。

眼睛里的河流，身体里的雪，都在归途。

笑着，把落日想象成一顶红色的帽子。天空的魔术师，正指挥着它在西天起舞。它渴盼的月亮妹妹，正姗姗出场。

雪域，疆场。

大漠孤烟直，黄河落日圆。在江南，我曾无数次想象。雪如何落进余晖，青稞酒如何举高月亮的脸，举高我隐没了的烈性。

那苍茫辽远，那孤独之王，那落日。

命运给予了它浑圆和饱满。修剪了婉约，一条河溢出粗犷。

一个人的雪域膜拜前方那一盏灯。

也许更应把落日想象成一个诗人。它天生的才情当胜过王维或王昌龄。日复一日，写下一路匍匐的朝圣。把钟声写进安静，把苦难写进圆寂。

雪域，盛宴。

当牛羊刚刚咀嚼完甜美的一天，当牧民在一杯青稞酒里保持豪爽，当万物顺心，安详。

落日便完美收官。天地便又如初生般的宁静。

经　幡

天地——

日月，轮回。

但涌入雪域的更多的是风。古老的风，智慧的风，带来雪山，黄金，佛音和一腔旷古豪情。

风猎猎。

经幡猎猎。风每吹动一次。以天神的旨意将经幡上面的经文诵读一遍。

将天空，祥云，火焰，江河和大地默念一遍。

围着经幡，转动，膜拜。神明降临。

山顶山口，江畔河边，道旁以及寺庙。上苍诸佛保护一切制造和悬挂经幡的人们。

朝圣的人。怀虔诚之心，扔掉内心的锯或斧，傲慢或脆弱，放荡或贪欲的魔鬼。一路匍匐，叩首。

以草的责任，树的态度，风的狂野，水的清澈，鹰的高昂。

在雪域，与炽热的星辰对话。

风动经幡。让爱和美德之根蔓延吧。不磨损，不玷污，长成一片茂密的森林。辽阔内心的蓝。

飞升，超度。

帮助西西弗斯把石头推上山顶。

而我愿在无数的膜拜者抵达之前，先一步提起神灯，照亮自己的经筒。

“坚韧才是秘方，可医治路途折断的翅翼。”向经幡飘动的方向匍匐，前行。

无视鬓边早到的秋霜，和孤独。

创造自己真正的宽阔，让被毁的美，淡定和勇气一一复活。

羊　群

雪域——

捧出草地，捧出辽阔，捧出蓝，捧出白云。这雪域的织锦，供我在梦里漫步。

我的身子里，也是绿色连绵一片。

鹰沿着我胸腔的辽阔，俯冲，盘旋，或者飞升。但我更喜欢羊群。怀抱白云的羊群。梦见炊烟，有美好嗓音的羊群。

陪着青稞一茬一茬的生长。

一声叫挤出洁白的奶。饱满的圆润声腔，立于一个月明之夜。

把雪域比作一个王国，那么羊们是最忠诚的臣民。他们在草地上描绘自己的理想。

思考青草为什么那么绿。格桑花为什么那么鲜艳。

一只只羊，把热乎乎的身子贴近草根，汲取大地涌出的精血。

风吹草低。这是一个安宁，自足，理想的国度。

羊在不能删去的季节里，身披雪花，留住了盛大的乡愁。一只又一只羊，也填充了雪域的孤寂。

吃的是草，挤出来的是奶。修行的羊群，让我想起浆汁饱满的麦子和女人临产的阵痛与喜悦。

让我也变作一只羊吧，把身子迎向雷声或细雨，把乳香递给春天。

篝火正唱起歌谣。月亮下的格桑正在雪域的梦里跳起锅庄。

长 河

九曲回肠，一条河。

丰茂的草甸做了河床，生生死死，死死生生。那安卧雪域的身子，闪着亮光。与晨露和晚霞在一起。

大野无垠。宽厚的风，饱满的雨，拉长雄浑的声线，给了河以生命。

河，应接着自己的前世今生。

在雪域的腹地，少有鸟鸣，羊群安详，花朵缀满了寂静。

三两个远行之人沿河而来，命里的跋涉，带着盐巴，茶叶和布匹。

更多的人在河边安居，生儿育女。不问世间悲伤和生死，只顾劳作，只顾喝酒，任天空的额头在酥油香里暗淡下去，又一日一日被晨光擦亮。

他们用清凉的佛音洗心。

用纯净的河水叩击灵魂。选择做了一棵草的邻居，与青稞为伍。

而瘦马黑灯，一条河的落难，被磨砺的命运鲜为人知。

一条河彻骨的呜咽只在深夜，只在自己的耳边。

它携带了善良和悲悯，亘古，流长。它长过时间，长过红尘。如一盏神灯和转经筒明了沧海桑田。

让它安静地流吧。在雪域，在梦里。我以一个江南女子的绵柔去抚慰。与它一尺的静，不去弄脏它，破坏它，不让它腥气横陈。

任它把残雪抱紧，把瓷碎的血光抱紧，把墓地的风声抱紧。回肠九曲。一路缀远。

一条河，它长长的一生，是神的恩赐。

一条河，它的命运与我的祖父，我的祖国，如此相同。

格 桑

风将雪域雕琢。在白纸上留下清冽甘甜，带来江南的细腻。

佛音萦绕，那低头的羞涩，是前世小女儿的情态。

我在梦里远远地喊她：格桑，亲爱的格桑。她小小的身子喷出要命的颜色。不管有没有姓氏，在雪域流淌着人间最美的情义。

紫，白，蓝，红……

义无反顾，亮出自己的精神气。唤着马儿、羊儿、牛儿。她细软圆润的口吻应和驼铃叮当与鹰的盘旋，应和流水与天空的蓝。

也呼应一个江南女子对美的向往。

格桑的花语是幸福，她阐释着雪域母亲的情怀。也如时光新写的一封情书。使我忘记忧伤的来路和归途。

采摘一朵，插在发上。我挺直身子，把幸福唢呐般地吹吹打打放大。

大地荡漾爱和美德，时间在雪域缓慢生长。

风吹来，格桑花轻轻晃动，我想念我的祖国，雪域就是其中魂牵梦萦的部分。

风吹来，草原盛开最雄浑的声线，马背上高高举起的套马杆，追赶着头顶的一轮落日，穿越青稞，穿过河流，穿过雪地。

纳木错，青海湖。

阿妈和卓玛的耳边，远远地回荡——

一声响鞭。

雪　瓣

雪下在郎木寺。

心中是佛，眼里是禅。周身是一朵一朵雪莲。风扬起我乌黑油亮的头发，扬起一支雪域久传的歌谣。

雪抛出优美的弧线。在烛光里摇曳，而后在梵音里打坐。

无垠的雪，深厚的雪，静静的。

而我的血在奔涌。向远方深蓝的海，孤独的王一鞠躬。

雪带来天国的精灵，用素洁的手拨动琴弦。盛开的音符如瓣瓣雪莲。雪域之光照亮我身体里的汹涌。

雪和雪相融。

融入喇嘛身后的酥油灯。

心中的马，已越过了雪线。

静默了千年，我捧出一颗虔诚，沿着朝圣的路，按照自己等身的影子匍匐。

空气中弥漫酥油香。时光在我指间醒来。我在雪域遇上另一个干净的自己。告别南方梅雨的斑迹，告别前半生路上的踉跄。

卸下怯弱和盲从，在衣袖里拢紧雪香，在润泽的唇上描画莲瓣。任明亮的额头放逐一片琴音，任身子葱茏成春天，任月光在头顶倾倒一杯美酒……

（选自《散文诗世界》2017 年第 3 期）

■［湖北］张泽雄

迷失的时间（组章）

序篇：沉湎于时间之隙

我们被时间定义，又被时间驱使、迷失。万物的意义都被时间注解、释放。

十堰古称郧阳，它位于秦巴之间的一个地理褶皱，时间在这里一再凹陷、折叠。耸峙的武当，穿城而过的汉水，绵延浩荡的秦风楚韵，仍然难掩其沧桑、疲倦。

打开。山坡坳峁，坝湾水湄，仍有白垩纪的风吹拂，仍有人类先祖升起的炊烟。在郧阳，曾经无数恐龙的骨骼堆积在龙骨坡上，成窝窝的恐龙蛋垒在猪圈牛栏里；在郧阳，我们人类的先祖，在此留下头骨与牙齿以及众多的石器、灰坑和瓦岳。它们仿佛时间之外的证词，包括它们的殒落和消失，一再证实时间留下的踪迹。

对地域文化的深度挖掘和思考，让我们沉湎于时间之隙，找到它的截面和光斑，才有可能窥见它隐匿的真相，找到存在和生命的意义，才有可能接近它纵深的美与价值。

十堰博物馆

在北京路，人类的一只眼睛，水汪汪地，盯着一个城市的日出和日落。

博物馆，用一个造型，就交出了身份。从高处俯瞰，这只眼睛，在钢筋水泥的支撑下，仍然水灵妩媚。

一只眼睛需要多大的辽阔，才可以抵达黑暗和时光的边沿；才可以洞穿一个城市的秘密；才可以漫过自己。

闭合之间——两条太极鱼，陷入八卦阵，抱紧，又分开。

月亮回到湖心。

打开天空一样浩荡的水域，翻来覆去地繁衍，一个城市的魂魄就散在一汪清水里……

秘密，最早从石头里醒来。

在青龙山，在梅铺，在白龙洞。这些被目光照亮的地方，一块小石头都会价值连城。

用这些石头奠基，博物馆会像黑陶一样朴实，像美玉一样奢侈，像青铜一样豪迈。

一具恐龙的骨骼

抛掉欲望、皮囊和五脏六腑；脱光恐惧和羞耻。

一具恐龙的骨骼，彻底、赤裸，又神色模糊。白垩纪，这些庞大的身躯，要换多少个身体，要走多久的路，要吃掉多少草料，才能来到博物馆。

时光隐匿在青草和树叶间，呈原始的针齿状。

火山，熔岩，赶走多少鸟兽和阴影。藏在石头里的白骨和灰尘，留下时间记忆的密码，把黄昏的光线斜插进山坡。

“迷失在时间里是可耻的。”

没有生命能够窥测。

它的长短厚薄，都没有定数；当重量卸下，一具化石骨骼，让我们看见了时间的真相和意义。幽暗，宽敞，隐秘……生与死没有距离。

太多的秘密总是停滞，总是习惯守口如瓶。

从海底翻出陆地，或在陆地拾到大海。比如山坡拾到的贝壳，头顶的飞鸟，丛林里的树木……

它们都在成为证据——更不要说这些标本。

恐龙蛋化石

没有谁可以握住。

这些石头落地的时刻，是多么慢，多么慢。

一根鸟羽，在空中起伏，想带走七叶树上最后的一片叶子。一个湖泊的岸边，顺着青龙山的脊背，临近温暖和潮湿，浅浅的窝藏。

每一枚卵都应该有一个绝望的生命，只是最终没有孵出。

灾难让它们成为石头活了下来。

空出一大段的时光，让灰尘、虫子、青草、树叶和骨骼，都衰老在石头里；让时间和我们的想象一起倒塌。

天空，被一个巨大的阴影破坏。母亲也失去了生殖的体温。

石头转动，我们捕捉到另一个时辰。

头骨：与手斧、砍砸器

没人怀疑。

生命的低处，双手拥有天空的高度。就一个石块，手掌那么大，满山坡坡都是。在博物馆，锋芒隔着玻璃，空洞、笨拙、迟钝。

就像一个意外，又显得多余，搁在那里。一侧厚实如锤，一侧仿佛带刃。已经看不出使用的痕迹——

远遁的时光，干净得没有丁点儿灰尘；水洗过的天空，风、云朵和雾就是它的杂质；石疤里的血和汗渍，石面上的掌纹和体温，刃口上的破绽……

它们不是漏洞，是我们拾到的证据。

时间仍在衰老，作为工具和武器，没有人惊慌。可我得让出我的诗句，用旧石器时代的指纹来确认。

——旁边摆放的头骨，还有一颗牙齿，它们都是先人的遗物。

祖先：郧阳人

十堰。一个地理意义上的褶皱，在秦巴交汇处终止蜷曲。

时间凹陷，倚岸逐水，人烟聚拢。梅铺、白龙洞、黄龙洞，祖先遗落的牙齿与头骨，把一堆兽骨分开。

郧阳人使用的石块，磨出了斧钺一样的刃。

两颗头骨，加速了时间的重量和祖先的呼吸。越过秦岭。瞬间，一百万年就在一个个山洞里消失。

人类来过，他们的踪迹被时间测量、覆盖，又被我们寻找，博物馆的眼睛盯着暗处的时间。

辽瓦店子，一把锄头剥开了四千年文化积淀。时间遗下的房址、墓葬和灰坑，以及破碎的陶片，一种绝望与对峙，穿越夯土和尘埃让我们蒙羞。

十堰被一阵风打开。

悬棺和灰瓮棺里的骨殖，还在呼吸，还在辩解。

玉柄铁剑

完好的玉柄上，沿着一抹剑形锈迹，一股冰冷的剑气劈开原野。

我闻到了时光埋葬的血腥。

蝙蝠和蝴蝶，混在云朵里，装饰了一个君王的杀戮和奢华。青铜泛滥，尊贵的石头已沦为把柄。

铁的刚质在一块木炭里露出了锋芒，铁不再软弱如泥。

它是君王手中的利器；

它是君王的权杖与威仪。

岁月没有埋没西周楚人的智慧和匠心。

与糜为邻。博物馆，玉柄铁剑，依然醒着。像昨晚的一轮残月，弧面上弯掉多少尘埃和秘密，历尽沧桑，不变的，只有一袭青灰。

诡秘的时光，把这柄剑分成两截，一截圆满、不朽；另一截去掉锋利，只一点点锈屑，仍然致命，仍然价值连城——

像一个古战场，硝烟散去，草木又生，时光没有被一柄铁剑锈住。

一只陶罐

河边，一个汲水女子，一脚踢破露水一样的浅笑。然后弯腰，卷起裤脚，用一罐宁静，洗去岸边的心跳。

放下劳累，赶在夜色来临前，把日子小心翼翼地盛进去。

典雅的玉兰花瓣，在陶罐上一直开到了现在；

还有几只小鱼儿，围着吐水泡，想要游出水面的样子。

高处是釉色的天空和絮状的云朵……

一个女人的梦，就装饰在这只陶罐里。

泥土养活了我们。

水与火交锋后，泥土成了我们生活中坚硬的一部分，就像长在我们身上的一根肋骨，已无法抽离。

帝王，寻找美玉和金属，制作奢华与剑戟；我们靠着泥土作息，直到彻底用完自己。

——生活仍如履薄冰。

交出泥土，交出词根上的玄机，我们还有什么？

把陶还给泥土，把泥土还给宿命。

古盐道

那些青石板，压着多少惊慌，压着多少喘息的身影和山谷的回音。

秦巴古盐道。纸做的梯子，侧着身子的路，石头缝里的蛛网，泉水滴落的寂静……夜里的虫鸣与风声，让盐夫们汗湿衣襟。

避开山蚂蟥和野蒺藜，当然还有野猪和山猫。压低帽檐，不去打草惊蛇。没有季节和寒暑，也没有灯盏。野花在想开就开，石子和溪水磨亮的日子，在没完没了。

只有盐。靠它支撑，靠它出力，靠它心怀悲悯。

夜幕降临，过风楼的风和山洪一样恐惧。栈道摇晃，我们已然身不由己。

像溪水一样顺从，像石头一样习惯宿命。

黑暗淤积。卸下担子，也没能减轻身体的重量。光阴又沿路折回。反复纠结，古盐道不是我写的这么简单。

邑：湮没的城

邑——湮没的城。

坍塌的墙垣，灰尘中的瓦砾、陶片，流徙的内心，一堆喑哑的时光废墟。

擦去镜中衰老的容颜，我看见时间的另一个轮廓，看见一丛青草的修辞夹在典籍里，与它押韵。

一盏灯，传递的影像，在于它的方向性和灰度，在于掌灯之人。一块石头，它的重和隐忍，在于它失去空虚。

采诗人搜集的脚印，还在民间行走。曾经的檐雨，躲过今宵，那只旧燕仍在衔泥。黍、野菌、山核桃，还有桫椤、蒺藜、毛竹笋……

关关雎鸠。柳枝上的月晕，垛口漏掉的光线、暗影，晚风扶起一阵空旷，岁月卷走半坡风雅。诗歌怀中的绣球，还有在河之洲，君子和伐檀者，一起在一颗砾石上采集夜露。

草丛间，鹧鸪啼清怨，杜鹃血。一页竹简翻旧事，两壶蓼酒醉扶归。

邑，草和石头的隐语，所有声音，都收集在手指上。词场。墨汁和刻刀。笔。云朵赶着牲畜。溪水和羽毛汇集。剩下的声音。飞翔的栅栏。

经卷里的册页将我们打开。

山高水远，城邑梦寐，登基的夕阳是升起的假象，我们深陷其中。时光缝缀了它们，再释放、埋葬，仿佛一座桥，被词语停止呼吸。

汉水时辰

一滴水，一朵浪花，能否咬掉石头里的金属。再用一个漩涡潜伏，一根绳子留下的勒痕，让一块石头成为陷阱，成为一条河流的去向。

时间沿汉水的脊背蜿蜒。

剑戟，硝烟，歌吟，齿痕……挂在峭壁上的惊涛与心悸。龙滚滩滚过的巨澜。舟楫。浩荡的瀛洲渔火。往事从风中的一道道豁口溃败，又悄无声息地葬身这片水域。

远处——众多得道的凡夫俗子，让时间漫过江滩，漫过恐龙失足的爪痕，漫过崖墓，漫过祖先遗失的骨殖，漫过水中的郧阳城和坍塌的宫墙，漫过瓦砾和泥沙，漫过石头里的呼吸。

时间是一堆废墟。

曾经的激流，一定有汉江号子带走纤绳的喘息。赤脚的牵水人已经上岸，已经腾出身后的天空交与远方。

靠着流水种植退潮的月亮，春天布下绿荫；秋天，他们仍要打捞落叶。瓜田李下，秩序中的楼阁瓦舍，没有遮掩，也没有秘密。

山水之间，时间不会厚此薄彼。

（选自《散文诗》上半月刊2017年第10期）

■[河南]敬 笃

曼德尔施塔姆

白银时代的诗，像石头一样坚毅；漂泊无依的人，像气球一样孤独。

1 生命不可赎回，逝去的时间，在逻辑学的视野内，从不会有任何商量的余地。

冷峻、反叛、孤绝，映射在曼德尔施塔姆的脸上，彼得堡城市的光，亮了许多。

死亡与贫穷，一个时代的缩写，艺术家们赤脚行走，他们不是恐惧，而是用血与肉在与世界做斗争。

白银时代的诗，像石头一样坚毅；漂泊无依的人，像气球一样孤独。受限的灵魂，在寻找着靠背，尘世多么寂寥！

脚下的故土，在莫斯科，在加里宁，在萨玛基哈，直到他流亡的每一个角落，祖国既大又小。

肉体在呼吸，林中雪地里，一切都很平静，透明的冬天，诗人迷路了，所有关于忧伤的词汇，灼痛双眼。

字符、元素、冰块，命运悬而未决，俄罗斯民族，用英雄赞歌，向大海敞开。时间的喧嚣，像乱了阵脚的音乐，摇摆不定。

2 他感受到一种奇怪的命名：“时代的孤儿”，躲在西伯利亚的森林里，注视着莫斯科的家。

苦难，在夜色中无比的痛，一枚寒风包裹的月亮，照在脸上，那与生俱来的纯净，是对原始寂静的渴慕。

星星像宝石一样闪耀天空，却不能拯救迷失的心。而萤火虫发出微弱的光，给黑暗中的诗人，找到了方向。

羞涩的活着，不愿面对美丽，因为谎言充满大地，即使温柔的微笑。也会像刺刀一样，刺痛柔软的心。

冬日的严寒，像幽灵一样穿越时空，捆绑着这个民族的血脉，瑟缩着，忘却自我，无依无靠。

真理如铁，铁如诗歌，一切在遮羞布下隐藏的语言，于重构的天堂中，升腾。

异域的神圣，有大海，有浪花，还有远帆，谁会选择沉默的祈祷，把喧嚣掩盖。

生活的梦呓，折磨着那些愿意承受折磨的人，被掠夺的爱，关乎胜利，关乎生死。

镰刀割取诗的麦谷，布谷鸟的啼叫，诠释着天空的广阔，翅膀无法支撑命运的重力，它要突破。

诗，是你最锋利的武器，词语是你的家，你的专注，可以将天空变得更高，白云也可以被火烧焦。

命运的单行道，渗透在骨子里，逆行的火车，契入瞳孔之后，消失在雪的国。

曼德尔施塔姆，北极圈的光，给你灵感，赐你力量，在上帝的征召下，点燃一支黑色的蜡烛，奔向自由。

污浊、冷漠、晦涩，春天的雪没有融化，地狱之门仍旧紧闭，初升的太阳，正在努力融化这冰冷的心。

阅读者，关注战栗的苍穹，那些被剥夺的生灵，消失在国土扩张的双手，被漠视的农耕，迷失在克里姆林宫的地图里。

闲置的梦，用骨头在思考，被缠绕的境域内部，紧张且乏味。意识将呓语带进蜘蛛网，紧紧闭合的嘴巴，需要面包之外，也渴望大高加索山的雪化成水，解救民族的干涸。

曼德尔施塔姆，没有草稿的文字，把荒唐无稽都刻在历史的石板上，任风的销蚀，也无所畏惧！

时间不可赎回，西伯利亚荒芜的芦苇荡里，偶尔还会看见一面镜子，闪烁着变迁的岁月，诗歌也会适时地发出声响！

（选自《散文诗世界》2017年第10期）

■［山西］卢　静

穿过青铜镜的风

许多人立在阴影交叉的入口，用天蓝色长笛演奏他的旅行智慧与孤独。

1　旅人啊！我要用竖琴的金弦，拨响太阳的颂诗。

说出黑夜的庞大，说出黎明抬起的额头，那无法遏止的梦想。

说出层次起伏的山峰，鸟，缓缓上升与下沉的万物。

曾经植入深爱与苦痛，像一棵攥紧闪电的树。

但是，我说不出四野的沉寂，说不出那火，像蜘蛛始终沿着蛛丝向上升，永远飞溅出火花的火。

但你和我，是钻木神话的见证者，断崖阐释了篝火的底片。

时间只露一个孔洞，茂盛的词语四处拔节。我分明踩响了大地的鼓。

旷野正慢慢缩小。是空间吗？像魔方旋转成一粒光？

你肯定地说，豪雨大风，果实落地……所有的声音都是心跳，是同一个濒近溶化的姓名。

只有用眼睛点燃星星，天穹才会演示美丽迷人的图案，你黝黑结实的胸脯，盖下了启明星的邮戳。

究竟，要多少世代的勇气，才能说出这苍茫中的神圣？

2 那是不可分离的事物。让甘渊的太阳返回瞳孔，让苦楝果、幸福与最初的恐惧返回味蕾，只要一只布谷鸟的啼鸣，就可以拆解空气。

卑微与伟大，都返回我们的身躯。

你是独一的，我是无二的。

一个男人和一个女人，在野花的簇拥下彼此进入，怒放，完成了黑暗中的明亮。

星座在草席子里构造，风把我们的呼吸，高悬世界的每个邮址。

一只鸟唤醒了我体内的火烧云，大地的镜面上，两个人牵手成繁茂的森林。

你说，时间和空间是同一个盒子，盛装让词语熊熊燃烧的黑燧石。

只露出不同的侧面，相异的纹饰吗？

我用力咀嚼新鲜的红草莓，如果抽去时间的纤维，盒子是一张分解灰烬的纸。

下一个驿站，在野麦子抵达的远方。

胸章镶嵌你的回忆：我和一切成形的事物互为血液，互为应答。

3 落叶的下一层，居住着我们的亲人。

昼夜诞生的词语，撒开四蹄奔跑，一忽儿熔化，是无数扩散的同心圆，套住重叠的悲欢，一忽儿结晶，是一根刺入穴位的针，又被锈涂去。

时间不仅仅告诉我们，那建立在消失上的消失。

窑口的火，始终举起飞溅的焰。

比死亡更厚重的泥土，在一只陶罐上塑造铮铮风骨，又抬高温暖的把手，摩挲我们的食指。

那是大地的注视，去寻找罐盖的铭文吧！你说。

4　我们就在船上啊，把影子雕凿在水里。

水分子变幻图案，搁置我对抗的桨。一幅古地图漫漶的大河，黄莺乱啼，历史的峡口轰然洞开。

辎重或者没膝的雪，落日或者旷野。

你在长途迁徙的队伍中，像一只犁，啃过深壑吗？像一只青铜大鼎，去承受日子底部的重，光泽的轻吗？像一只蝶，在空气的布局里穿梭吗？

“我在，我始终在这里！”你始终尝试，为寰宇与鞋子画一张像。时间切割你的长袍，你就把炽爱卷在胡子里。

陋巷或者宫阙，书院或者江湖。

你仰望高山的垂直，俯视虚实的流水厚载万物。

你暮采木兰，一棵树的手势拉响天地之弦，方寸得失，你胸中的丘壑弥漫浩然之气。

“我在，我始终在这里！”在每一片朝霞上做新功课。镜中是一日三省的你，镜外是山峰的头颅，天下的忧乐，勾勒出一个屹立的背影。

5　时间伸出灵敏的触角，送我们环游天涯。

一枚缓缓腐烂的果实，从一个城堡到另一个城堡滚动。

城墙闪现焦黑的战车，陌生的骨肉，比风雨还逶迤的悲叹。

从梦与醒开始，一道闪电拉开的护城河上，在欲望与舍得，自由与束缚、绝望与希望交叉的桥洞，浮出表情繁复的脸孔。

水分子结晶的“我”，简直是一幅奇观。

世界塞满了纷争的跑马烟。

潜入心的洋底，静悟者的目光，铺砌大爱的岸。

只要一叶的悲欢，菩提树上方的月亮，就缓缓摊开了金箔。

更古老的世代已经隐遁，只留下扩大的扇面。

圆满的光芒，笼罩了蚂蚁与大象，千峰与万谷，炉火与幻影，笼罩了你胸廓的顶点与底边。

6 经纬线在大地的布局中穿梭，让我们挂上去，洗净钟面的音符吧。

像你抱住的水珠，那么小，却演绎一个圆。
谁在追忆三月的笛孔？它罩住落日的火祭，又吹醒了午夜的瞳孔。
毒药进入喉道之前，那个人说，哦，让我学会最后一支曲子。

比岸低的地方，一朵浪，高举着惊世骇俗的舞台。
黑白之间的翅膀铺天盖地，卷起昏沉沉的风暴。
这是一场绿油油的悲剧吗？钨丝的声音劈开爱琴海，像一只鸥鸟，伫立在船舷上回望。

那个人，一无所知。
曾经遗忘了寒暑与饥渴，那个人光着脚，在雅典的大街小巷四处寻访。
圆形的历史剧场，许多人立在阴影交叉的入口，用天蓝色长笛演奏他的旅行智慧与孤独。

（选自《诗潮》2017年6月号）

第二辑 “我们”诗群年度新作（13家）

■［北京］周庆荣

我的童年地理（组章）

生命中即使遭遇再多的崎岖，我全部的地理就是苏北平原。

1　记住：童年地理永远拒绝修辞。

我不是简单地把真相和档案对立，我为一种倾向担心，胭脂用在自己的出处，然后，那个最初的环境给过我们的生命，它会委屈？

立秋之夜的北方，我仰头望月。

好月亮，梯田状的白云没有干扰月亮的皎洁。

今晚，月亮的地理似乎充分客观，秋天的夜空就应该这样。而秋天到来时，有人称呼我为爷爷。爷爷站在远离故土的北方，他开始回忆童年。

2　一节节藕手臂纯洁，虽然被污泥纠缠，它们不放弃去握地面上的世界。

韩家荡的藕是近年的存在，它们代替了我记忆中的麦子和地瓜，玉米在村东，玉米在村西，我走出一片高粱地的时候，已经从夹冲走到了韩家荡。

母亲在家里最忙，我是替她看望故乡最多的人。

韩家荡因此也是我童年的村子，东边是一条人工河，它的名字叫大寨河。村子离政治似乎一下子很近，我和表哥表弟以及年轻的小舅舅们在河里扎猛子，有时互相比谁在水里憋气时间更长。

我把芦苇打通，在水下衔着它，潜艇般地沉住气。

河的上游是另外一个村子，我的一个美丽的远房小姑姑在那里。谁说乡下的孩子性情愚钝？我的性别意识好像是从大圩开始。多年以后，小姑姑离开了大圩，嫁到了镇上，大圩从此暗淡。

3　韩家荡和夹冲之间：一条小河和河畔的坟场。

我在这片区域识别了乌鸦和喜鹊，勇敢的孩子必须走一段夜路，夜路包括黑暗中的坟场。

两个村子的人一旦死去，现实在继续，而他们抱着梦想在地下长眠。

梦想永远无法实现的人，会在地下叹息？

风吹过坟场，我是一个从未在坟场迷路的孩子。

当过兵的爷爷，长长的烟锅如同戒尺，不怕鬼！长眠的人曾经是我的乡亲，包括我敬爱的爷爷，他多年后也躺到了这里，如果有鬼火，那应该是老人在乡村闷热的夏夜，一边纳凉一边吧嗒着旱烟。

我要坦诚的是：没想到自己会从村子里走出，从一个城市到了另一个城市。我握过许多陌生的手，仿佛他们都是我的乡亲。

恍惚的时候，鸦群飞过城市的上空，人心再不测，我已经成为不怕鬼的人。

4　夹冲的西边也是一条河。

过了河，正西是月港。

几滴雨落在荒凉的小街，事物就可以热闹。

我对城乡差别的最初认识应该从这里开始，人生的第一次斗殴印刷在小街的黄昏，农民的力量在月港得到证明。

月港之南，我乡村的首府，张集适合农民赶集。

土特产和城市的味道，和北边的小尖相比，我的童年最远的地理似乎就是对小尖的敬畏。我童年的模样只属于一张泛黄的照片，那个照相馆成为我记忆中深刻的高科技。

我还是说说我童年亲切的村庄。

夹冲的南边叫姜塘，夹冲的西南叫圩角，曾经熟悉的男同学女同学，几十年过后岁月变成了皱纹。

风云是什么？

厮守或者远离，近处是爱，远处也拒绝仇恨。

祖国的版图，童年啊，只是几个村落。

左右的两条河流，内涵丰富成长江和黄河。

母亲河，母亲在哪里，它就应该在哪里。我一直忐忑，祖国辽阔，在我的童年，祖国委屈成几个村庄的世界。

5　是庞大地理的一个标点呢，夹冲给予我生命。童年的江湖无非就是从一个村子闯向另一个村子，向日葵成熟时，我们几个小伙伴揪下它们的头颅，它们是我们童年的营养，直到生命装进更多的内容，我才思考向日葵和信仰的关系。

如果没有后来的远方，韩家荡或者夹冲，它们会是我的国籍。随着国土的扩大，我记住了根部的忠诚。我朴素的村庄，你木讷寻常，缺少层峦叠嶂的风光，但我永远不会改变自己的籍贯。

母亲的故乡现在是万亩荷花。

任何地理都会有它独特的美丽，微风吹来，故乡荷叶婆娑，音符里重复着母亲的叮咛：孩子，走到天边，你也只是韩家荡的骨血，双脚沾满了童真时的泥土。

康庄大道是土，坎坷是泥，千山万水不过是泥土的丰富，我是故乡土地上一株老庄稼，秋收如果到来，我投进故乡地里的粮仓。太阳照耀在故乡的白天，月皎洁村子的夜。我是故乡整个岁月里的种子，举不起高粱做火炬，我就做藕，心宽装下世界的山河；坚持，生命中即使遭遇再多的崎岖，我全部的地理就是苏北平原，在一马平川的意境里，让梦纵横四海。

（选自《诗潮》2017 年第 11 期）

■［北京］灵 焚

韩家荡的荷花（外一章）

路过韩家荡，我来自远方，将再走向远方。

我曾想说，不知道韩家荡的荷花与其他荷花有什么不同。

印象中的荷花，多少是有些矜持的，正所谓“重重叶盖羞人见”。她含苞不语，纵然舒瓣也低眉，在无边的莲叶中频频藏身。难怪曾有诗人，以荷的气质赞美女人：“最是那一低头的温柔，像一朵水莲花不胜凉风的娇羞。”

面对荷花，确有“佳人彩云里，欲赠隔远天”之感。

而韩家荡的荷花，确实与其他荷花有些不同。

她们在莲叶托举的天空上忸怩三寸金莲，谁也不再藏姿匿色；她们紧紧依偎着来自大海的风，深一脚浅一脚踩在莲叶上婀娜弄姿，娇媚招展。每一朵都有“出浴亭亭媚，凌波步步妍”的卓然。

也许，这是今日苏北大地的自信使然。

曾几何时，灌河的日出只与夕阳齐肩，云梯关外，万里乡愁。

如今的“响水”，不再是贫瘠滩涂上每一粒盐的呐喊，不再是黄河夺淮时子民的呼救，不再是母亲转过身子潸然落泪的声音。

论身高，响水只有 8 米的海拔，却抬起 36.4 米的目光，俯视大海。今日的响水，长颈鹿一般高高昂首，不再是瞻望岁月，不再期盼远方。

响水说：再给我一次关于东海龙宫的想象，我将壮怀杜仲的热烈、捧出棉花朵的温暖、递上浅水藕的纯情……

那么，韩家荡的荷花，你怎能只是传统审美中的温婉与娇羞？

曾经，我不知道韩家荡的荷花与其他荷花有什么不同。

到了韩家荡，我明白了那里的荷花，为什么与其他荷花有些不同。

七月流火，路过韩家荡

季节开始下垂。立秋还在路上，隔着今晚的夜色。

今晚，我从韩家荡路过。想起某诗人曾经仰望着哈尔盖的星空，任凭“群星的亿万只脚”，把栖身的屋顶“踩成祭坛”。

这里不是圣域高原，也没有一座火车站连接没有终点的远方。
我、天荷园、荷塘栈道、碧叶暗香、参差夜色、还有夜色之上高高的神明……

究竟是什么让我企图寻找什么？

同样有七八个星散落天外。没有山峦的参照，苏北滩涂的“两三点雨”，滑倒在莲叶上无法站立。

没有稻花香，此时的蛙声也被人删除。也许此时，白露、秋风还早，青房晚节尚不堪忧。然而，七月流火，秋之将至。

入秋，“不堪翠减红销际，更在江清月冷中”，元人刘因的提醒谁能省略？
星移斗转，此行的韩家荡，正在成为此生的内容。

那么，七月，我的文字在祭奠什么？能为谁招魂？

七月流火，这是季节的审判。
路过韩家荡，我来自远方，将再走向远方。

（选自《盐诗刊》2017年第2期）

■［北京］爱斐儿

科尔沁夜歌（外二章）

只因每一片沙漠都是曾经的绿洲。/只因每一片沙漠都是生命的再生之地。

今夜，天空为我降下了一朵白云，它在白云上镶上钻蓝色的名字、花儿、还有羊角。

今夜，这朵白云成为草原上众多繁星中的一颗，我被安放在一颗星星中央，手捧一只银碗，外加一枚满月。

我必须像云一样轻，才可以贴着草尖慢慢沉醉。

这是一个酒香高过稀薄月色的夜晚，秋虫拨响大地的琴弦，我被琴声深深打动，像一个朝圣者忘记了自己只是一个途经的旅人。

来来来！我要邀明月和这四野的寂静与我对饮。

且饮下这第一碗，酒中繁星点点，尽皆清冽。

再饮下这第二碗，酒中饱含低下来的草香和升起的马头琴。

这第三碗酒，是一只凤凰刚刚被火吻过，正像燃烧过的湖水一样陷于对爱的回溯。

三碗酒饮尽，我真的醉了。

宝马香车都不及我自身轻盈，当我蝴蝶一样飞回格桑花铺满银安殿的前世，人们呼唤着布木布泰或玉儿的名字前来相认。

这前世的故园和亲人啊，即使我醉了，我也依然记得，这片在我胸怀里装满爱与慈悲的科尔沁，曾经是我亲爱的额吉，这片在我心里种下善与美的草原，曾经是一个帝国的风暴中心。

即使我醉得比科尔沁草原的夜色还要深，我依然知道，如果它的美若不能与祥和与安宁有关，那样的美就不足以深入人心。

如果，一场风暴的平息，需要用尽草原的光芒与能量，我依然愿意献出我一生的繁花与众草，去换取那一统江山，万世太平。

清晨的阳光是对万物的祝福

虽然已是八月，一些事物还在生长。

草尖长出露水，露水上生出云雾，云雾上长出清风，清风上长出天光，它们用内心的美生长出香气。

当太阳慢慢从山顶升起来的时候，晨光开始顺着绿草往山下流淌，而万物开始闪烁。

我开始重新认识崇岳的别名：“海日罕”，我开始被一棵美丽的树木神秘牵引，它温良和聆听的样子美如一只回眸一笑的神鹿，又美得如同等待一场永恒的约定。

——它在等谁并不重要，重要的是，有些风景值得一等再等。

我一直走在朝圣的路上，我知道一定会遇见这么美的风景在此等我。

世界如此广阔，阳光那样暖，只有饱含了祝福的问候，才可以轻松地把那些碎银似的露珠点化成金。

于是，我背靠海日罕，面向金光闪闪的草原，说出了我对万物的祝福！

是你，美丽的科尔沁草原，让我几乎忘记了自己曾经是个满怀忧伤的人。让我看着这遍野阳光灿烂，风一吹，就心动；青草一晃，我的幸福就满溢出来。

宝固图沙漠，消失的绿洲

在宝固图，风能让沙子飞得比云朵还高，阳光为流沙涂抹的每一笔阴影，都能代表绝境之美。

这是我最不熟悉的景象，没有草木用来赞颂，仿佛在我没有遇见它的时候，就已殚精竭虑，仿佛阳光的余烬，今日之袅袅思绪，写照着昨日之孤石断崖。

在此，日与月，沙与影，它们彼此倒映，觥筹交错，它们利用稀薄的生命气息制造海市蜃楼。

这是一场庞大的寂寞。

365个日夜都活在同样的寂静里，让每一个落入其中的生命，都变得特别渺小和孤单。

比如一棵小小的沙蒿。比如独自行走的我。

它很轻易地照见我们内心的苦涩远比溪水丰盈。

在宝固图沙漠，每一粒沙都把沉默当作酒歌；每一场大风都把呼啸当作痛饮。

只有它们可以把愁容，展示得光亮如新；只有它们可以把磨损的皱纹，保存得光洁如丝绸。

仿佛曾经死过，才更懂得生之寂寞。

仿佛曾经深深地爱过，才不惧怕时间的威胁。

只因每一片沙漠都是曾经的绿洲。

只因每一片沙漠都是生命的再生之地。

（选自《散文诗》上半月版2017年第5期）

[新疆]亚　楠

昭　苏（组章）

大地上，松涛阵阵，鸟声此起彼伏——这一刻，我的内心一片澄明。

1　这寂静是月光在水面轻摇——不断扩散，又缓慢汇聚。沿着思绪深入蓝色森林。风依旧劲吹，宛若一种抚摩，柔软的部分开出花朵。显然，我并没有进入，若朝圣者坚守的信仰，只对自己洞开。季节开启的门扉，酥油草漫过天涯……

此刻，一只蝴蝶轻拍翅膀。这紫色光晕缓慢移动，在花丛中，在露珠的眠床上摇摆。在昭苏空旷的原野，众树歌唱，神灵以慈悲之心超度。万物，或者一枚落叶，皆回到了他的故乡。所以风是明亮的灯盏，循风势，灵魂得救。

2 但那时，天高云淡，苏木拜河静静流淌。思绪悠悠，仿佛飘浮的音符，在时间拐弯处，和那些炊烟一起成为草原的证词。羊群散落在地上，舒缓、宁静、明亮……我知道，这是生命在本真状态下所拥有的姿态，也是草原带来的安详。人们并没有注意到这些，也没有在意一枚落叶的心情。此刻，山鸡已经回到了树上，红狐四处游弋，野鸭在沼泽里扑棱……似乎只有这时，世界才真正属于他们。

3 我记住的，正是草原被遗忘的部分。雪峰静穆、明亮，在它的内部，晶莹的脉络朝前扩展，仿佛无数秘密通道，传递人类史前的消息。我看见红蜻蜓，黄昏星，以及沧海的浩渺。因为，时间回到了从前，石头的歌唱还在持续。

空旷中逗留的风，这绿色苇笛，和那些依稀可见的谣曲，曾经，它们缓慢滋养，也把内心的疼痛酿成美酒。所以你无法看见它们。远古壁画，黑色图腾，无法在一次孤旅中完成自己。但时间还在继续……河水汤汤，万物皆回到它的原初。

4 那么，我又将看到什么？油菜花密密匝匝，宛如金色水波一直涌向天边。你看吧，她们透着灵气，妩媚、睿智、安详……簇拥大地精华。这黄金的舞蹈，仿佛苍穹之上，天光绽放，众神歌唱……是的，在昭苏，我沉浸于诗意，也沉浸多彩的梦中。这是牧神的花园吗？看吧！风轻轻地吹，山花摇曳，鸟儿在自己的歌声里沉醉。啊！欢乐开启，思绪悠悠，疲惫的心被时光照亮——倏忽间，沉重的脚步得以安歇……

5 也预示着，广袤的原野水草丰美，四季牧歌。牛羊沐浴在晨曦中，这舒缓的节奏，聆听晨露之微响。繁花携着春梦，鸟雀自由飞翔……她们在空阔的苍穹下，装点大地，晾晒心情，也为一季的丰腴辛勤劳作。在我看来，这是自然界和谐的颂歌，是万物沿着时序旋转，并最终抵达的永恒。

没有繁文缛节，没有尔虞我诈，没有喧嚣、芜杂，也没有嘤嘤嗡嗡——那些趋利之心。洞开心扉吧，与大自然和睦相处，这便注定了，拥有神圣、自由的土地，就会风调雨顺，万民归心。因为，人们辛勤劳作，所付出的，都将获得丰厚回报。

6 这便表明人世间充满悲欣。风来了，又走了，太阳升起降落……这些我们每天都在经历的事，还将继续重复下去。直到有一天，我们都老了，再也走不动了，就会寻一处僻静之地，歇一歇脚，让疲惫的心获得安宁。而这时候，昭苏就是值得我们驻足、歇息的地方。我知道，每当烈日炎炎的盛夏，这里山花摇曳，百鸟欢唱，和煦的风轻拂，一种心旷神怡的感觉常令人忘乎所以……那是一种童话般的世界啊，忘却烦恼，用一颗朴素的心面对，静静感悟，便有神秘大鸟从天而降。这样的时刻，灵魂被濯洗，思想被净化……大地上，松涛阵阵，鸟声此起彼伏——这一刻，我的内心一片澄明。

7 其实，大自然也是很脆弱的。尤其在西域，大漠荒滩，苍凉是其主色调。即使那些绿水青山，一旦遭受破坏就难以修复。那么，应该怎样善待大自然呢？显然这是一个值得人类持久关注的课题。当气候变暖，雪线上升，冰川萎缩，河水断流，土地荒漠化……这些严酷现实威逼人类的时候，就更应该清醒认识到，保护好赖以生存的环境多重要啊！

因此用自己的行动，用一颗爱美之心呵护天空、土地、山水、草原，呵护那些青枝绿叶，花草虫鱼，便是一种明智之举。应该明白，人类不能向大自然过度索取，不能竭泽而渔，否则，必将付出惨重代价。这就意味着，人类发展经济，追求富裕生活，绝不能把这些建立在牺牲自然环境的基础之上。

8 是啊！人类已经觉醒，千疮百孔的大自然得到了修复。你瞧，退草还牧，保护水源，美化环境，这一系列以人为本、科学发展的举措，凝聚着智慧和心血，是百年大计，关乎后代子孙……那个黄昏，我在河边漫步，就在想，这些鸟多么幸福呀，只有这样的时刻，它们才会相信，在这片水域，人类才是它们情同手足的兄弟。

你看吧，苏木拜河两岸，葱郁的植被就是鸟儿的天堂。河柳随风摇曳，草色青青，花香迎面扑来……这人间仙境多么令人神往！每当盛夏，那些鸟就在这片湿地上谈情说爱，繁衍生息。很显然，它们舒心惬意，和睦安详，也在这宁静的时光里尽享美好生活。

（选自《西部》2017年第6期）

■［北京］黄恩鹏

甘南记（组章）

一头白牦牛驮着一座雪山念经。寺铃响了，我从低处走向高处。

伽　蓝

金泽拒绝腐蚀。圣佛感受尘世疼痛。阳光里有麋鹿踏丝绸奔跑，蹄声似草尖撩拨草尖。清寂的天空，脚印叠着脚印。孤独的大地，一步三叩的人，把自己栽种进时间的土壤。石头与石头相撞，发出了鸟鸣的声音。双手合十，泪水漫过悲悯的指缝。大地溪流闪亮，八瓣格桑盛开。盲窗前有人晾晒经书。泥土的味道，故乡的方向。以仁慈的手拥握光芒的人、以善美的梦想行路的人、煨桑的老人、撒龙达的汉子，都是大地佛灵。远天之上，一只鹰停留，一只鹰远走。一头白牦牛驮着一座雪山念经。寺铃响了，我从低处走向高处。

风马旗

落日玛曲，黄河滔滔流淌。我身体里的羔羊迷路了。暮色里的经幡随长风诵唱。满载大宝石的马车隐现。牧羊的羌人骑着大马，狂风掠走云朵，白鹰携净月奔赴。身边没有青碑，心灵没有墓志铭，只有苍茫野草覆遮大地。我的根须是清亮的水声，濯洗我的族谱。

山坡山顶，谷壑岩石；风马行走，满天蹄声。

圣者升天，化为阳光；俗者入地，化为泥土。

太阳是一座转经筒。风马旗，是天空里骑乘着高大骐骥一路随清亮雪水诵经的神。

米拉日巴佛阁

孤独的米拉日巴，以一人之力，建造了九层佛阁。清风、冰雪、暴雨，把金铜的工匠浇得透明、闪着红光。挂在犄角的弦月，通宵明亮。我看见了他合双目，观内心，合双掌，看前世。我读诵，心灵内外茂盛的花朵，听它绽放幽香。花香抱紧风、云和雨雪。远天的风，吹进了云的缝隙。雨水冲决尘世的污垢，大风吹尽凡尘的喧嚣。我从佛阁出来，身心压着的巨大石头松动、粉碎。一位老僧从我面前慢慢走过，天地霎时生动。远处的山梁，一只鹰隼，凝住不动。一朵云带着雷电绕来绕去。宗教的大水，涨满并淹没了我。

大德的人

背影，躬诚、谦卑；面容，沧桑、红润。一条窄小山道，没有繁杂的拥堵，没有大声的吆喝。如水的脚步，围着高山转经；缄默的身影，趺跏慈悲的大地。鹰翅划响天空的风声、骏马奔跑群山万壑的蹄声。

桑烟升起，山峦转动。清风撒播花香，阳光大片生长。大德的人，身披氆氇手持经筒，以心匍匐大地。他们把肉体给了荒山，把灵魂给了天空，把灯盏给了脚步。

握紧爱情和马，把刀剑从内心解除。我的脚印受伤，但能辨清方向。

甘南的羊

从这个草原到那个草原，大地弯起了曼妙的曲线。我的目光被缠裹，无法看清哪里有沟壑哪里有溪流。我听见羊群从草里钻出来，好像婴儿，细润、白嫩。羊是草的孩子。羊是草结出的果实。羊群睡在天空，云朵睡在草原。我睡在雷雨颤动的草尖。听羊吃草，听自己吃草；听羊飞翔，听自己飞翔。羊群融进了草色、那些念佛的声音融进了云朵背后。雪花隐去了，风雨雷霆闪电隐去了。甘南的羊长着翅膀，和鹰一起飞，闪电般的快。

郎木寺的溪水

我把魂儿放在溪水里濯洗，拿出来的，是一个空空的贝壳。贝壳里装满了风。唉，活在俗世，我只有空空的壳。我回到都市，又把这空空的壳装满。蠢笨、愚钝、恶俗、邪祟，拖曳的身子。而让一条溪水入梦，是多么惬意的事，让一个叩拜的人沐浴福音，又是多么奢侈的事。斯时，天风猎猎，狂草搅拌乌云，大地陷入渊薮的抢劫。顷刻，大雨砸下。我像个逃兵，迅速躲避。我听见郎木寺的僧人大雨里念起了经文。今生啊，我要锻铸闪电，淬炼雷声，我要丢掉尘世珠宝的负重，把一身空空的壳，装满纯净的一尘不染的清风。

拉卜楞寺

石头的王位，大地的火焰。一只蜥蜴快速穿过了时间的墙缝。我站在大寺的墙外手足无措，看身着绛红袈裟的僧伽一队队从身边经过。面容和身影，像牦牛或骆驼，与高耸的红墙一起，温暖着。我听见了辨经和诵经的声音。凡人的心灵不能企及，喧嚣和功名无法抵达。甘南夏河，一边的街道，挖掘机正在翻腾着街面，尘埃飞扬；一边的拉卜楞寺，静谧的草木和牛羊听着盛大的佛音修行。多像入世与出世。我躺在寺院对面的山坡，眺望蓝天。草木高大，我比羊群卑微。拉卜楞寺啊，一切获得终要消散，一切名利终要化作泥土。

（选自《诗潮》2017年第4期）

■［上海］语　伞

与伯温先生书

先生凹凸不平的一生，早已替人世，把那些陡峭的秘密说破。

1　据说人造心脏可以开启无脉搏的时代，“不死人”或将诞生。

先生，这是700年后的夜晚——

城中无草湖，亦无白鹤飞来。我手执酒杯，全身的血液沸腾得近乎冒昧。我在想，地球像雪球越滚越大，你活到公元2017年的样子。

书房外有车鸣声响起。书房内，神话在某一本书里替代历史……

白天为未来纠结。

天黑了，时间仿佛就绕到身后，一直后退，后退。我想退回到青田女子的模样，沿着红枫古道，闯入向往的古代。

酒精像谋士，它助我走进，从未历经的王朝。

但是先生——

野花庭草仍在，我看不见南田山顶圆月盈满，道士用月光洗手，焚香祷告；春满郊园仍浓，我没有赶上山崩地拥，草湖幻化山阜，你惊叹号般的出生。

一阵静寂。

我记起衰老越来越近，疾病的恐惧，正在从滋生城市忧郁症的大脑里站立。

你卧于病榻，不再慷慨陈词：

故人发犹黑，故人心尚赤。

唯有后世，在慢慢修复一场留有漏洞的死别。

2　想象和占卜一样玄妙。

先生，你以一尊铜像的威严示意我，太阳以一道犀利的金光示意我，我完整的肉身，还安放在21世纪的一个早晨。

酒醒了。对镜梳妆，点娥眉而不挽云鬓。手指顺发丝而下，我无法取来窗外飞机刚刚划出的弧线。它把大明王朝越拉越远，仿佛多横亘了几千年、几万年。当最后一阵轰鸣消失，我喝完了一碗红豆粥，辞别天然氧吧文成一月有余。

时间有很多种形式——

你曾意气风发，借《郁离子》立言：

讲尧舜之道，论汤武之事，宪伊尹，师周召，稽考先王之典，商度救时之政，明法度、肄礼乐，以待王者之兴。

只是王者拥有谜语的内心。一方锦盒，一封召书，十五载春秋，便迅速隐去。从备受恩宠到君子绝交，他一个淡漠的表情，就悉数总结，往昔弹指之间灰飞烟灭。

你病入膏肓，承接圣旨的手不能抬起，拜跪谢恩的腿不能弯曲，却依然持心如水，以天下为己任，委身于遗言。

上天预先设想的悬念毫无征兆啊。

我难以接受，你为自己掐算的场景，是一个残损的暮年。

3　整个上午，我都在同一个空间重叠脚步，缺少几枚铿锵有力的拟声词，落向平静的生活之水。偶尔，我在纸上阅读，心中溅起小波澜。很快，城市的庸常，就抚平了它们。

遥想先生当日的豪情抱负，一个女人，就羞于谈美馔，谈华服，谈珠宝可以唤醒麻痹的身体。似乎应该在脑中立刻浮现：

山峦、河流、湖泊、城镇、关隘，用手指展开《时务十八策》的卷轴，听命于神机妙算，运筹帷幄——

一个朝代的灭亡，另一个朝代的降临。

可是先生，我愧于踩踏过以你的谥号命名的文成大地。祖国有边境争端，世界仍存在种族歧视，我却日日与人为善，心柔软得难以承受一点委屈。作为女儿、妻子、母亲，每每为鸡毛蒜皮的紧紧裹挟而烦恼。

你痛惜众生，哭人不能勤，一艺耻不知。我惰性成灾，沉迷闲情，甚至没有做到友人所说的“无日不读书”，想想这其间的隐秘关联，我就对自己感到满怀歉意。

4 水星在北，火星在南……先生说：

万物莫不得五行而载天覆地。

因此，太阳最高的时候，我对遥远的事物深信不疑。

你22岁中举人，23岁中进士，25年宦海浮沉，只为等待一个迟到的使命：不抽刀而定乾坤，不举枪而安天下。

日复一日，我从卧室走向餐桌，从餐桌走向人群。背负一个城市的拥挤和嘈杂，我适应一切沉默。有时停步张望，就想起一些冥冥之中仿佛已然注定的事，潜藏在令人恍惚的细节中，客观真实的叙述性语言，说不清，更道不明。

某一段时间，我也曾迷于经史，仰止象纬术数之学……整日浸泡在无效的时间里，妄想在云蒸霞蔚之时深谙“望气”的玄机。

只是，宇宙它越漫不经心，我们越难以寻遍。

所以，大峃是唯一的，武阳村是唯一的，南田是唯一的，珊溪是唯一的，百丈漈是唯一的，飞云湖是唯一的，铜铃山是唯一的……与文成公诚意伯观山听瀑，攀崖壁，探古道，是唯一的。累了乏了，品伯温酒，喝刘基贡茶，是唯一的。

我们所有人的遇见，也是唯一的。

我用唯一的自己与你交谈。

我想悟得你脸上的修辞，我一生中尚未写下的句子。

5 我点笔斗室肉身，先生著天下文章。我们都相信，学问里有仁山智水。

穿行在上海，我视每一幢高楼为悬崖。前路未知，时时有纵身跳跃的紧迫感。

都敬先生前知五百载，后知五百载，不用计算器起身，我就遗憾，我至少晚出生了两百年。

龙湾战役、安丰战役、江州战役、鄱阳湖战役……风起云涌。战鼓吼旌旗。想你一次又一次，像赶赴太阳的盛宴，志在小小的掌心，抒写朗朗乾坤。

“往事无劳问，空令万感生。愁来重回首，涕泪下沾巾。”天子一朝一暮一个念头，你就从九霄掉进万丈深渊，被猜忌，被冤屈……黄昏来临，落日之忧，胜却千年孤独。

“霜雪之后，必有阳春。”这是你送给自己的预言。他日为帝师，称王佐，享太庙。你有了永生，有了永世。说到此，我甚想再举杯痛饮，并与你碰出阴阳两隔的空谷回音。

活在文字里比活在人世更幸福啊。

一曲《烧饼歌》，扼住了一切渺小和伟大。我淘米、洗衣，转瞬就相信了宿命。

在纸上与你对坐，我奢望你感到某种声音存在，却不需要回答。因为先生凹凸不平的一生，早已替人世，把那些陡峭的秘密说破。

（选自《诗歌风赏》2017年第3卷）

■［陕西］三色堇

相遇黄河故道（外二章）

众鸟高飞，一条河流的梦想就是一个时代的梦想！

苍穹也无法压低你曾经的汹涌！

在初夏，在阜宁，在绿茵的隐喻中，在青蒿的记忆里，一条河流的历史呈现得恰到好处。

如镜的水面，清澈，舒缓，寂静，不带一丝“灰尘”，你甚至在一枚鸟鸣里洒落清雅。一条河流的沧桑孕育了生命的永恒与无憾。难以想象，有多少人间烟火曾在这里繁衍，有多少美好的爱情曾从你的奔流中经过，有多少春天曾被你恩典，又有多少遗落的唐诗携着宋词的韵脚滔滔东去。

今日的黄河故道，早已延绵成一部不朽的史诗，你不是黄河遗漏下的影子，我不愿让烦乱的脚步惊扰你的静美，不愿让那一只泛起微光的舟楫成为你最后的绝唱。

佛语搅动着流水，我与你相遇，进入你的内部独守苍凉。

入梦，入境，你有着更远大的情怀。

众鸟高飞，一条河流的梦想就是一个时代的梦想！

让我卸下尘世的牵累，在万物静默之时，怀念一条河流的悲壮和对一段历史的仰望。

在黄河故道的烟尘里，我以这样的方式躬卑！

在丹顶鹤的故乡深感羞愧

潮湿的世界，大片的水域，古老的芦苇，鱼群，菖蒲，它们彼此相拥。

一群有些优雅，有些矜持的丹顶鹤漫步的轻盈而孤傲。优美的舞动，婀娜的有些让人心颤。硕大的翅膀擦过湖面，烟雨升腾，碧波鹤影，它们的缓慢让这片湿地成为一种温暖。一种恬静的诗意，充满了神奇的色彩。

阳光漫出，四野静怡，一层层绿色的光芒就在眼前，只有远处水面上抖动的那巨大的翅膀，爬满记忆的每一个细枝末节，带给我不歇的抒情动力。

“走过那条小河，你可曾听说，有一个女孩她曾经来过……还有一群丹顶鹤轻轻地轻轻飞过。”我猜想，这群天使般地丹顶鹤一定见过一位天使般的女孩儿，她纯朴，清澈的眼眸让月夜明亮起来。它们一定见过一位扎着小辫子的徐秀娟，用生命去追寻鹤鸣。一个女孩与这群丹顶鹤凄美的故事像涌动的湖水书写着这片湿地的传奇。

活着和失去都将沉重，信念是一种精神品格，让世界无语！

我终于没有勇气去看看女孩的坟茔，我为未能给她送上一束花而深感羞愧。

——突然，湿地深处传来一阵阵鹤鸣“呵呵，呵——呵——呵”

这不就是那女孩儿的身影吗，有什么比呼唤更加永恒！

（选自《青岛文学》2017年第10期）

■［北京］唐朝晖

唐朝晖的散文诗

你来的方向，隐藏在树叶背面，泛微微白光。

终生穷尽的：找回灵魂的翅膀，给一个纯净之所。

人造化出来的阴影隐于不可究的岩石中，书写才有可能触及到它的咆哮。它不是虚构之物，是靠近的暗示。

不再受无穷欲望的控制，你自由地选择场景和色彩，心灵与肉身不会再纠结、相互猜疑。已经与你得到证实：暗杀的武器、千奇百怪的招式，只能用身心疲惫来概括战斗的全过程。

“不要责难。”“应该受到惩罚。”“它也没有办法。”“谁能控制！”“天命如此，何能敌？”

不再甄别成分，争论的理由足够充足。

灵魂清风细雨地飘过昨天的伤痕——记忆永存，身心与植物一样，需要空气、阳光、水和一片丰饶的大地。

你唤回那群失常的孩子，让她们的左手握住右手。翅膀在爷爷辈就只留下一个隐约的痛。

爷爷说，年轻的时候，身体两侧和背部，在挺胸拔背的时候，会硬生生地疼；中年以后，腰弯了，背驼了，疼的意识也没有了。

爷爷说，小时候，看见过村子里的一位老人长有翅膀，像手和脚一样自然，看到的人都舒适坦然。

…………

藏身于图书馆，诸神隐在每本书里。

时间的流尘，像水车一样，自动翻页，旋带起低处的水，输给高处的干涸之地。

做个图书管理员，一片钥匙，晨光穿透轻浮的灰尘，书脊上、地板上，有时光的声音——移动窗棂上的线条。

博尔赫斯又讲了一个故事；史蒂文斯以虚构之名勾勒出灵魂的声音；艾略特，一朵迷失在弹痕血迹里的残败之花，灰色的光彩；圣琼·佩斯，从暖暖的童年出发，远征一个又一个由心灵挟持的营帐；沈从文走过的那条河重新打湿书里的章节，巫风鬼气，在流水的河声里轻吟低唱，一个靠近悬崖码头的村镇。

放大局部的记忆。失重于心。

一个专注的姿势，亲近那些尘归尘的书页。

…………

凝视之后。滴落，幽暗的性灵之花。

向上、垂落，植物生动在黑夜深处。

目光集结了身体的全部力量，手通向你。

无论是你的跪伏，还是微微的前倾，只是不想站在你的对面。

植物怒放，安静地离开。

直到老去。

…………

你来的方向，隐藏在树叶背面，泛微微白光。

连续两个小时——密不透风的炸雷、闷雷、滚雷、撞击的雷、靠近山头的雷、落在古槐丛林里的雷、云里翻涌的雷、挂在闪电尖端的雷，天庭狂欢、盛宴的醉歌，诸神畅所欲言，不会顾忌人类的猜度，舒展生命的大势之美。

对生命的愿望，展示在光明正大的夜空：雷雨阵阵，
疼痛撕开闪电的刹那，
美的睡姿躺在湖水的旁边。

（选自《中西诗歌》2017年第1期）

■［青海］陈劲松

故乡如碑（组章）

暮色中，父亲从旷野中回来，他鬓角的白，是最深最浓的霜迹。

苦杏核

守口如瓶：用坚硬的壳守住一腔的苦和涩。

在乡下，我见过太多心怀苦涩的父兄和姐妹。凄风苦雨中，他们咬紧牙关，努力想拔除那钉入骨头的苦和痛。

沉默如钟，抱紧喑哑的声音。
苦难如鞭，驱不散繁茂的人群。
一次又一次滚石上山的西绪弗斯，看到自己的身影遍布大地。

苦杏核：如果你不开口，那满腹的苦，
你要说给谁听？！

母亲的白发

没有一种白，如此惊心动魄。
没有一种白，能按下我此刻泪光的闪烁。
娘啊，你解下头巾的那一刻，我看到岁月深处最大的一场雪。那刺眼的白，是突兀的闯入者。

穿过饥馑的年代，母亲遭遇了一场又一场黑色的雪，痛，咬牙忍着，苦，咬牙忍着。

娘啊，我使出浑身力气，也无法推开你头顶的雪，这让我沮丧，更让我难过。

（我也渐渐人至中年，头上也开始落下薄雪……）

娘啊，虔诚的基督教徒，我祈祷那些温暖的福音，在你身边，如雪飘落。

霜　迹

最冷的月光，有薄如刀锋的锐利。
万物的秩序，悄然进行，古老而神秘。
秋虫把歌吟压低，它们打制的银子的歌声如镰，把怀乡的人收割。
旷野阒寂。
那悄然撒下的，是神的足迹？
万物披覆着无边的凉意。
蓬勃之火，空余下疲惫的灰烬。

暮色中，父亲从旷野中回来，他鬓角的白，是最深最浓的霜迹。

莲　子

要走多远的路，才能从泥泞走入一方晴空？

在一朵莲中打坐，由青涩到洁净的白，是生命析出的一颗舍利，一场又一场的风雨都无法焚化。

悟风。悟雨。
翻阅天空，翻阅大地，也翻阅时光里镌刻的无尽的苦难——
那生命里最长的经卷！

只是，心里仍有一丝的苦
无法参透。

（选自《上海诗人》2017年第2期）

■［北京］蓝格子

风雷颂（三章）

风吹拂着什么，我的安慰就是什么。

风

风从上一个季节吹来，或者是某个让人难以忘怀的夜晚。一种飘忽不定出现在空气里，展示出巨大的力量。天气在一瞬间变凉了，云朵被吹向别处，天空变得更空，树木的叶子像脱落的爱，不停往下掉。站在树下的人，为之所动。

我们在风中行走，势必要承受，迎接。在辗转反侧的深夜里将一阵冷风独自咽下，像是吞咽一段艰难的往事。是什么将一个人空荡荡的身体注满？又该如何辨认失散在风中的面容？一个无辜的孩子是怎样被经年的风吹成年老的模样?

这些年，冷的风，热的风，西北风，东南风，曾给我以深沉的打击和隐秘的指引。但我无法把握一阵流动的风，它将吹来什么，又将把什么从我身边带走，我别无选择。可我知道，风吹拂着什么，我的安慰就是什么。

雨

一场突如其来的雨从天而降，并非受命所致，却像是一段往事从时间深处赶来，让人措手不及。它们在空中自行分开又不断弥合，形成一种庞大有序的叙述。漏水的屋檐，一种承接，抑或是一种自我安慰。没人在意它的私心，也没人看出它的孤独。同样地，大雨在它的世界里自顾自地下着，没有人能够阻挡它，也没有人能够改变它下落的速度和方向。在它连绵不断的滴落声中，时间被肆意浪费掉，过去的不等于被遗忘，从高处跌落的记忆，往往以加速运动而来，反复敲击失眠者的神经。我看见玻璃窗上，一滴挨着一滴的雨水，类似于被生活缩小的河流。辽阔囿于逼仄，隐约道出了某种真实的人生境况。而我们的一生都在这样的一场雨中穿行，像一只揳入时间的孤鸟。

雷

不是你听到了雷声，而是雷声捕获了你的耳朵。

先到来的，是闪电发出的夺目的光，雷，是闪电擦过天空发出的回声，一场大雨发出的愤怒，一种撕裂的痛苦，一个极具诱惑力的词语。它不懂得寂静的哲学，它更愿意服从于直接的感性。遭遇雷声的人，被瞬间的孤独击中，像被刀切开的果实。孤独感在爆裂之后，蔓延在空旷的夜空，甚至是整个夏日。

由此，你被一种来自过去的声音牵扯住。在一座破旧的小火车站，没有雷，可那是个即将下雨的下午，阴沉空气造成的窒息感在此后的岁月里多次涌来。有人曾按下快门键，将你固定在那一刻的风景。时隔多年，小站已经翻新多次。而你，也多次被异乡的雷声从睡梦中叫醒。一种虚无之美，却造就真实的痛苦，犹如雷声在空气中猛然竖起一道峭壁，不可抗拒。终于迎来一场大雨，像是一个人，在经历世事沧桑之后蓦然跪倒在亲人的墓碑前，落下百感交集的泪水。

（选自《绿风》2017年第5期）

■［陕西］李 需

路 过（外二章）

随后，那条河流的浪涛，一下，就淹没了，万籁的寂静。

从此路过，这里已成为时间里一个不大不小的缺口。我迷茫着我的迷茫。空对着空。

在一条河流的尽头，我望见了南归的雁阵。
风被谁喊住了。
一个季节被谁喊住了。

从此路过，一种过往，还是一种过往。
背影只留在背影里。
大地辽阔。一只落单的孤雁，叫了一声，又叫了一声。
随后，那条河流的浪涛，一下，就淹没了，万籁的寂静。

从此路过，无语。
你站在别处。我仍站在此地。
黄树叶，绿树叶，
片片飞来像蝴蝶。

雨或雨

雨，明亮雨的路。雨，明亮一个坐在屋檐下看雨的孩子的眼睛。
黄昏下，那个读雨的人。他读到了什么呢?
雨是一部无字的书。

爱雨者如是说：雨是鸟儿的灵魂。
爱雨者还如是说：雨照亮了每一位去天国者的归途。

后来，看雨的孩子，眼睛里着满了雨滴的星星。
闪闪烁烁的星星啊。
迷迷幻幻的星星啊。

读雨的人，在雨外。
他读不懂岁月深处的惆怅。
雨归于雨。

一片水

一片水，我们可以把它称之湖或海。但这片水最本性的质地还是盐。水域白花花的，盐白花花的。

站在这片水畔，我常常会望见历史，还有传说、神话。

我常常会望见血将水染红，包括，爱和恨，苦难和福泽，一并与水荡漾。

白花花的盐啊，白花花的骨头啊！

那种苍茫，在思想的叹息里弥漫；

那种与众不同的高深，在我们的血液里滚动。

后来，我们会将这片水叫作盐池。并造一个神出来，筑一座庙出来，美其名曰：池神庙。

神看护的地方，才不会出跳梁小丑。

阳光明亮亮的。阳光翻晒着一望无际的明朗朗的盐。

风起于青萍。

大风吹兮。大风吹过我们纯粹的灵魂。

（选自《散文诗世界》第4期、《散文诗》第1期）

■［江苏］麦　子

五点四十五分的蓝（外一章）

这命定的秩序，有着让人沉陷的美。

一念起，而万物生。
这命定的秩序，有着让人沉陷的美。

五点四十五分的蓝。空旷，孤单。
蓄满了离愁别绪。

就像首班地铁，寂静地穿过城市的心脏，带走怀揣远方的人，并将更深的寂静留给站台上——那个被离别锯疼的、孤单的影子。

在月河，等一场风花雪月的爱情

1　从上弦月等到下弦月，从初起的心跳等到这一刻的忐忑。
月河，还是没有等来那叶思念的孤帆。

时间的秒针不急不缓。
却加重一个人内心思念的分量。
驻足，徘徊。思想一次次从身体抽离。
此岸到彼岸的距离被反复丈量……

只一个不经意地转身，你却静静地站立在面前。闪电一样的明眸，照亮逐渐沉下来的暮色。

高楼上，隐于窗帘后的秘密被谁打开，流出蜜似的黄昏。

2　黑夜如同一条沉默的月河。
我是岸边的听众，你唯一的听众。
风把你的声音放大，粗糙的夜色变得无比柔软。

你微闭双目，以嗓音，以肢体，诠释着，歌唱着。
那么多的月光倾洒下来，将你包围成一个熠熠的发光体。
你激荡着月色，并鼓起一缕又一缕不断吹向我的风。

我以缱绻的目光亲吻这一波波的月光，并在月光里不断地陷落，下沉……

3　在月河，沦陷于这一场夜的高蹈。
我的身体内潜伏着另一条更加隐秘的月河。
等你来泅渡。

蜜似的月光下，你以潮湿的呼吸撩起透明的水花，让我在黑暗中不断地战栗。

我伸出双臂抱紧这一轮月色，抱紧你的呼吸。
抱紧月河里这唯一的孤舟。

4　允许我在高速转动的车轮上展开一场相思。
如同雨，从一个城市铺向另一个城市。
从月河里，我采撷第一片月光，希望可以照亮走向你的那段路程。
并从你的眸中，采撷更美的另一片月色，装点我此后的梦境。

亲爱，我们迎着月光在月河相拥，多像两朵开在月河里的并蒂的花朵。
此时，在月河，我终于等来宿命里这一场风花雪月的爱情。

（选自《诗潮》2017年第1期）

■［山东］陈茂慧

碎片整理（外二章）

夏天不是夏天，雨水不是雨水。她也成了另一个。

一捧花，挤挤挨挨，露羞怯的笑。似亲近，一朵有一朵的表情，一朵有一朵的姿势。

阳光是必需的，也是自觉自愿的。

有时普照，有时也偏心。全看它的心情。

一群鸽子，在对面屋顶飞翔，嬉闹。全不顾对面忧伤的目光。

柳絮飘舞，哪一丝缝隙都成为它的安居。比如我的鼻子或嗓子。

因此咳嗽，因此发炎。春天，有激情，亦有伤感。

高低烧循环。病菌排列整齐，随时准备攻陷肉体的城池。

脑子年久失修。思维已成碎片，遇黑夜或者月光便混沌一片；遇春风便飞散。

花瓣片片坠落，没有相似的际遇，疼痛有着不同的锐度。

灵魂覆尘，精神走失。

需要给人生的硬盘来一次碎片整理，必要时可格式化，重置方向和力量。

自由选择的耳朵

它是自由的。一只或两只耳朵。

它可以选择听，也可以选择不听。

可以选择听多少，也可以选择有多少不听。

可以从左耳朵进，从右耳朵出；也可以从右耳朵进，从左耳朵出；也可以选择集体失聪。

自由。选择。都是它们的权利。

天黑时，万物宁静，仿佛一切都归于永恒。偶有的动静，是耳朵选择的结果，可屏蔽，也可以全部开放。

有距离远近之分。此时，耳朵是清醒的，在暗黑中，无眩晕，无迷茫。声音的分贝穿透黑夜抵达。

黎明似乎近在咫尺。耳朵离它最近，也最远。光明突破黑暗的一瞬，被大地尽收囊中。

雾的灰，光的亮，覆盖了声音。

耳朵，开始忙碌，开始寻找新的目标。纷至沓来的，浩浩荡荡的，前赴后继的，悠扬婉转的，嘈嘈杂杂的，叮叮当当的……众声鼎沸。耳朵失去判断。

此刻，耳朵也失去了自由。

一只耳朵失去自由，是否意味着另一只耳朵也要失去自由？

失去自由的耳朵还能否进行选择？

拉开窗帘，窗户洞开。森寒的冷气扑面而来。窗帘在窗边飘拂，耳朵在窗后瑟缩。

传说，流言，谎话，童话，故事轮番被风刮进来。失去自由的耳朵，实际上就是受伤了的耳朵。

受伤的耳朵依然可以选择——

耳鼓留下忠言。

耳膜留下漏洞。耳石留下平衡。

耳轮留下疤痕。

命运留下悲欢。

立夏后的雨水

不紧不慢。不磅礴也不温柔。

滴到屋檐上，是铮铮淙淙的。

滴进泥土，是心甘情愿的沉闷的“噗噗”声。

有人在雨中漫步。伞下，是独语。雨水溅起一幅水墨，在她的眼前盛开。

立夏之后，应该艳阳高照。一些花朵开始凋零，另一些开始结果。

雾岚在山脉间纠缠。一千个梦幻，一万个哭泣的灵魂。

阴沉，让气温骤降。

河流奔腾。树木抱紧自身，一棵与另一棵紧紧相依，互相取暖。

是的，取暖。草靠近了大地，鸟靠近人类的巢穴，小心翼翼。车轮滚动，车辙很快就被雨水填平。像岁月中的沧桑，不经意，被时间填满。

生命历经春天之后，是休憩，是暂时的停顿。是激情的余韵，缓缓。

没有电闪雷鸣。

她躲在屋内，像躲在伞下。时而自得其乐，时而哀怨凄楚。

任时光的箭矢准确无误地射向远方，任耳鸣的折磨浩荡。
她无能为力！
磨损的红颜，在人间，与之相遇的种种，皆成绝唱。
再一次轮回，已改了模样——
夏天不是夏天，雨水不是雨水。她也成了另一个。

（选自《天马散文诗专页》2017 年第 7 期）

第三辑 史诗（精短17家）

■［甘肃］阿 垅

史 诗（组章）

远来的风，从不同的方向，把我的来生不知不觉吹了九遍。

头 羊

在欧拉，在阿万仓，人烟稀少的原野，我见过一群羊，庞大的队伍逐水草而生。

一只领头的羊，体魄健壮的羊，只在日出和日落之时，威严的走在最前边。

它两只曲卷的角，如灰岩打磨出的花冠。

被霞光涂上金色的硕大的睾丸，悬垂于胯下，甩动、鼓荡着，如一部辉煌的史诗。

米拉日巴佛阁

落叶纷飞，幽径曲折。

有人要为我的庭院，清扫过往的灰尘。

佛阁有九层，天高气爽的深秋也有九层。

每到一层，看同样的风景。

远来的风，从不同的方向，把我的来生不知不觉吹了九遍。

格桑花

写下残酷的一面，百年不遇的暴风雪、枯萎的牛头和迷失的马尾。写下这些在冬季酣睡、在夏季惊醒不知所措的名字。

写下她们失色的花容。

写下她们毁于眷恋之手的青春。

写下她们对已知世界之外的渴望。

与以往不同，写下赞美的另一面。

露出的半个月牙，是缺失了嘴唇的忧伤。从夜空铺到一张虚无的纸上，看皎洁——

多么饱满的爱情，垂挂着干瘪的乳房。

（选自《奔流》2017年第9期）

■[黑龙江]贾文华

扎赉诺尔记忆（组章）

每听一遍昂扬的气笛，我总能想起草们弯下身的弧度。

黎　明

无论天蓝到哪儿，不管雪白到哪儿，白毛风一嗓子长调，总是无所顾及地唱。

这位无家可归的歌手，把星星唱落了，把太阳唱红了。把一位刚迈出矿井，就迎着歌声的矿工，唱得热血沸腾。

他高八度地吼了一声。只见，白毛风弯了下腰，顺着地平线溜了。

前哨车站

一间黄砖房，与成片野草相依。

天空多蔚蓝；它们，就多平凡。

客车，从空旷那头，向空旷那边飞驰；敞着怀，非得往风雨里奔。

信号灯，听诊器般矗立。

风，形形色色。站台上，常能听到它们咳嗽的声音。

父亲提一袋小人书，兴冲冲迈下车梯。

每听一遍昂扬的气笛，我总能想起草们弯下身的弧度。

边境线上

仲夏，我喜欢背一只望远镜，跨两座山冈，凝眸尽收眼底的小白房：好比一张大绿布，摞几块奶油味道的白方糖。

季风，便徐徐吹来，把我的领巾翻成波浪——

是不是邻国的孩子，拂来的热望？

（选自《散文诗》2017年第6期）

■[四川]伍荣祥

十朵云在天空浅唱（外三章）

听到了惊悸的季风吗？当你在收获，其实也在终结。

十朵云在天空浅唱，这是一幅最后的景。

我在云的边缘缀上洁白的鸟羽，并将黑夜的星子全部隐匿，还高擎双臂用心装置着昨天的苦楚和未来的失败。

这是一次忙碌事件。

与一些旧事物相关，也不仅仅是为了证明。

抑或是放逐。我用十朵云将自己和万物最后一次虚无。

河水在山下淌流

在舞蹈，像星子闪烁与滑动，水面和天空相互辉映。

但不是，是我十指放飞的一群鸟，只顾前行却没有后退。

此时，浪在秋的词中跳动，水滴抚慰我的脸，若梅的婉约和轻盈的鸟鸣。其实，我只是微澜下擦肩而过的石子，只有沉闷，还有木纳和眸子的泪痕。

就这样度过，脚印被水声缓缓抹去。

淌流，犹如诱惑，包括一阵阵弥漫。

槐叶被细雨淋湿

不知还要虚无多久？走入秋了。细雨不停地下，除了院子的瓦顶与槐叶，还有思想和墙外的呐喊都全部淋湿。

庄稼又过完一季，万物却是干枯的词，或许只等这场雨。

或许都不是。而日子在前面一路在病，仲夏的天空已多次呕吐，包括多年失修的堤。

秋雨留下水渍，槐叶学着飞翔。

听到了惊悸的季风吗？当你在收获，其实也在终结。

（选自《散文诗世界》2017年第10期）

■［湖南］刘定中

生命水（外一章）

捧着这杯温暖，/捧着这杯冬天里的春天。

人生的冬天，雪花飘飘的冬天。
爱情，坎坎坷坷地走进冬的深处，
老了老了，
老成了一杯白开水。

微微颤抖的双手，
捧着这杯老了的爱情，
捧着这杯生命水，
捧着这杯温暖，
捧着这杯冬天里的春天。

时　光

一缕香魂拥着落霞悄悄飘远，飘远，
春青飘远，岁月飘远。
大山无语。
夕阳无语。
天地无语。
鹤发童心的我，
站立着微笑着，
无语。

（选自《社区与教育》2017年第4期）

■［江苏］田字格

老屋赋（外四章）

又添白发，并不摘除，还要坐等苍老，独钓寒江雪。

我太老了，从铜锈里剥落，这些绿锈不是我，那阵青烟也不是我，我已决定不再显形。锈迹继续模糊，模糊门环，模糊过旧的日子，日子苟延残喘，满嘴泥土的苍凉。红砖无声于世，它除了还潮，再也给不出祖父母十九岁那年，张灯结彩的拜堂之喜。芭蕉映窗，是水墨逸出的残笔。照墙满腿黄泥，在梅雨里站成遗物。

记　录

很多年了，我抱着豁口的瓦罐，熬完祖父的药，就熬祖母的药。喝药的人都没了，只能在罐中煮一场梅雨。泼进竹园的药渣，还憋着一肚子苦水。荒草长到坟头，烧它的不是夕阳，是山羊咀嚼春天的声音。

你无法否认，这世间除了药引、药渣，还有捂紧嘴，喘不过气来的人。除了枯荷折茎，还有古柏，使日子绵延。

迷　途

关门时，裙子卡进门缝，并不急于取出——也许，有一小股风回不了头。铁门生锈，锁芯走样，并不急于提取真相——真相牵扯到隐疾和疼痛。又添白发，并不摘除，还要坐等苍老，独钓寒江雪。

位　置

我有薄田三亩，但已上了冤家的红本子。我有祖屋三进，但已挂满故人的遗照。父亲长着漂亮的牙齿，曾祖母挪了挪秀气的小脚。屋檐流水槽的倾斜度，泄露了一只猫的行踪。粪桶里还漂着烂菜梗，一股肥沃的力沿着稻田绿起来。我买了两张《珍珠塔》的票，托菩萨带给祖父母。届时，两份虚空将准时挤入两张空椅子。

（选自《诗潮》2017年第2期）

■［山东］厉彦林

山　草（外一章）

而高耸入云的大树，从不节外生枝。这是自然法则，也是人生秘密。

山前，山后，田畦，房跟，路旁，河边，沟底，石缝……自由地活着。
近看有形，远看有影。
绿色的云。朦胧的雾。飘摇的梦。

泼泼辣辣，伸展青翠的手掌，从不奢求。有一把土、一滴水，就悄然扎根，就憋芽，就吐绿，就结籽，就繁衍后代。

生性纤细柔弱。虽然有骨、有筋、有肉，也有头颅，却风往哪边吹就往哪边倒。

老人可踏一脚，顽童可踏一脚，每一脚都很残酷。
牛可以啃一口，羊可以啃一口，每一口都很新鲜。
镰刀可以割头，锄头可以斩根，依然顽强地活着。
一生贫穷、忍耐、善良，不说一句话。

山草，就是这一片片平凡的山草。

或为饲料，或为肥料，或为灶柴，
聚集起来，就是燎原的熊熊烈火。

林中小景

茂密的灌木丛，枝杈纵横；
而高耸入云的大树，从不节外生枝。
这是自然法则，也是人生秘密。

（选自《散文诗世界》2017年第8期）

■［浙江］李达飞

尘　埃（外一章）

当我凝视着虚空中的黑暗，你是否看到，我的瞳仁深处，那粒不熄的萤光。

拉开窗帘，阳光像水银泻地。明亮的空气中，那些舞蹈的细小精灵，我把它们叫作尘埃。

它们是死的，但它们分明是活的。它们在我行走卷起的微型风暴中不规则运动。这生命的轨迹多么浪漫，虚无，不可捉摸。

它们坠落，它们上升，它们滑翔，它们旋转，它们尖叫，它们欢笑……

我能感受到它们的快乐源于它们的自由自在，无拘无束。

最后，它们静止于我的书桌。一口气，一块抹布，便足以让它们从这个世界悄无声息地消失。

呃，它们中的一部分随水流走，附着在植物根系，一部分跟着气息，进入了我的血肉之躯，剩余的，随风浪迹天涯，以另一种不可知的形态，去了另一些不可知的地方。

萤　火

在阡陌上，在场院里，在桑林与橘园之中，在村落与村落之间……当夜幕降临，小小的萤火虫漫天飞舞，一群追风的少年，气喘吁吁，汗流浃背，追逐、捕捉这坠落人间的闪烁的星星，这飞翔的轻盈的火种……将它们一粒一粒收集于掌心，看指缝间泄漏出来的殷红光斑；将它们一粒一粒装入透明的玻璃瓶，看瓶中一明一灭的青蓝幽光。当他们松手，当他们打开瓶盖，犹如天女散花，萤火虫忽闪忽闪，四散纷飞……

这微弱的神奇的光芒，点亮好奇而兴奋的眸子，照拂微醺的夏夜，温暖微凉的童年。

这尘世间最卑微的光芒，一口最小的气就能吹走，一滴最细的雨就能浇灭。而多年之后，依旧闪烁于我的记忆之中。今夜，当我凝视着虚空中的黑暗，你是否看到，我的瞳仁深处，那粒不熄的萤光。

（选自《散文诗世界》2017年第10期）

■［四川］杨　通

在黄昏里静坐的人（外一章）

姐姐的美，令骄傲的两岸青山哑口无言。

1　闭上眼睛，袖着手，只用一刻钟的时间，感觉自己不在自己身边，让偌大的世界四散逃逸。

风翻没翻开蝴蝶的翅膀，水提没提上月亮的灯笼，你都不用去猜想。你只是想，让心空一刻钟、黑暗一刻钟，来证明这一生，是否可以不着一物。

2　当太阳就要落山的时候，你看不见鸟儿们更遥远更轻松的飞翔。仿佛万物都低下了头颅，把更多的空间留给了撒野的风。

光线越来越暗，暗得水流只能听见自己的声音。

春天已经走远，落花看见自己的影子还在往事里作短暂的停顿。你已身陷秋水，所有的讲述者都趋于安静，这是极其自然的事情。

太阳终归要落下去。你看见的或看不见的，皆是时间的错觉。比如，荒山上的那只流浪狗，看似与你近得有些不分彼此，其实它是在引领你摆脱或忽略身前身后的那些致命的障碍物。

对于突然消逝的苍穹，你并不悲凉与黑暗，只是有些措手不及罢了。

3　黄昏的黑布终归要大于墓碑的尖锐。

于是，你祈愿——大风吹不掉树上的鸟巢。流水不腐。虫蛹们都能破茧成蝶。冬眠的动物们醒来后，世界还没有改变模样。孤独的旅行者在路上马不失前蹄，饥渴时有人施舍一碗干净的井水。你爱或恨，都不会有人找你秋后算账。

4　你说，你的生活始终是一手烂牌，你已没有耐心奉陪到底。

你只想要一头白发，证明生命经历了足够的风霜。

你将退出诗歌的江湖，去诗意的坟墓里安眠。

那时，或散失在天马山的一些成长碎片

那时，月亮就像村里小寡妇白晃晃的乳房，总是在我幼小的心尖上不安地颤动。我悄悄地幻想，如果我还是那个偎在她怀里吃奶的娃娃，是多么的安逸。

那时，阳光明净得就像水井里的波澜，荡漾着我花儿一样烂漫的梦，梦见我像野草丛中的羊崽儿一样自由自在地玩耍，漫不经心地长出头角。

那时，喜欢早早地起床偷看邻家姐姐下河游泳，痴迷于一只水妖兴风作浪黎明，让整个夏天的心事活水生香。早慧的我就开始在在作业本上书写“就像安慰失眠者的雨，安抚失恋者的花，让河流的体态婉转妩媚。姐姐的美，令骄傲的两岸青山哑口无言”。姐姐远走他乡后，我失落的伤感从未平息。

那时，怎么也听不懂教书先生的喃喃自语：“我来的时候，天空的蓝里飘着白云，栖着鸟羽；我离开的时候，大地屯满黄金，人间却空着。”懵懂在晨钟暮鼓里，想梳理清楚烟弥云漫，却是“六月间的斑鸠，不知春秋”，不知天有多高地有多厚。

那时，总能在通往山外边的大路上听见一个失魂落魄的姑娘唱的歌：“你说花开的时候回来看我，如今花儿已开满了山坡，满山坡的花香都是我的寂寞。我问路过的风儿：你还回来吗？风儿告诉我：那只是一个传说。”后来姑娘不见了，听人说她跟着歌声远去了。

（选自《山东文学》2017 年第 5 期下半月版）

■［贵州］姚　辉

蝴　蝶（选章）

蝴蝶璀璨。风暴中，只有一只近似于风暴的蝴蝶……

1　没有哪一种黄昏可以把我变成蝴蝶之河。

——变成蝴蝶微斜的缄默。

没有哪一种黄昏能够超越蝴蝶的眺望——我的深渊在蝴蝶的旋涡上——没有哪一种黄昏，能高过蝴蝶酸楚的喜悦。

雪卸下的诗篇与蝴蝶无关。蝴蝶在疾风中归来，像一次承诺。蝴蝶颠覆整个时代苍茫的光景。蝴蝶被蝴蝶记住，剖开——蝴蝶，被整个时代低矮的天

堂压碎。

但蝴蝶抓紧的黄昏依然坚硬。一滴雨走到石头与石头之间，它想为蝴蝶修建一个文字般焦灼的位置，让蝴蝶被一次吟唱唤醒，被颂歌的伤痕顶高。

没有哪一种黄昏可以战胜蝴蝶的冀望。蝴蝶被水滴推远——波涛中的蝴蝶，是不是，仍然能够成为帆影上蜷曲的蝴蝶？

——蝴蝶轰鸣。时代找不到更好的症结。

匍匐的灵肉升向落日闪烁的高处。

蝴蝶，与你珍藏多年的所有梦境重复——

没有哪一种黄昏，能让蝴蝶的梦，成为，你梦境深处的折痕……

2　蝴蝶减去黄昏大于什么？

石头在问。市街上灰暗的霓虹，在问。

我看见了那只刻在少女耻骨上的蝴蝶，鹅黄，如一片经过多次淬炼的刀刃，那只蝴蝶，保存着，某个黄昏褴褛的苍茫。

我看见了少女不断卷动的潮汐——时代摊在潮汐的阴影中。诵经者被简牍压垮。他试图说出什么？我，看见了一只蝴蝶隐忍的倦怠，以及震惊。

蝴蝶减去潮汐等于回望。人影在空旷中，浮动，不带来锋利的沧桑，或者怯懦——人影被蝴蝶淹没。蝴蝶，正以黄昏的方式，减去多余的潮汐。

我很难在蝴蝶的时辰中剖出少女蜿蜒的质问。蝴蝶小于霞光，小于手势上皲裂的欢欣。我，很难在蝴蝶的面具里，找到蝴蝶崎岖的往昔。

我比蝴蝶超越的黄昏更为陡峭——

蝴蝶画着一张张消亡的脸。这些脸啊——脸上的天色开始卷刃，脸上的天色，毁坏了唯一值得我们坚守的天色。

蝴蝶减去黄昏小于什么？

蝴蝶削开遐想——

我们的道路，正丧失着，谁最后的目的？

3　蝴蝶是一种风暴。

长满触须的拥有六种以上方向的风暴——雨与酒滴的风暴，甚至血脉及石头内部碎裂的风暴……

蝴蝶是某种教训，是折断的黄昏和它高悬的警示，是火的安魂曲，是酒滴碾压石头时的那次震颤，是雨的默想，是杂色之雨。

蝴蝶近似于三月的山岚，街头的零食摊，绶带，货柜上的果冻；近似于小说中的交媾细节，口号与歌声——蝴蝶，近似于值得被反复诅咒的秘密。

蝴蝶超越浮华。蝴蝶将一粒粒螺丝拧在自己的梦境上，蝴蝶想锁住自我的风暴——蝴蝶是某次回溯，是长笛里飘拂的尘烟，是被青苔抚热的勇气。

蝴蝶更新着自己的传说——梦境疼痛，蝴蝶，近似于脂粉外的欢欣，脊梁两侧的肉欲。

蝴蝶近似于风暴之魂。

——近似于即将消失的落日，谷物与田畴之静，近似于河的忏悔或省悟。

蝴蝶璀璨。风暴中，只有一只近似于风暴的蝴蝶……

（选自《绿风》诗刊 2017 年第 3 期）

■［陕西］王　琪

时光物语（三章）

虚妄之光无处告别，它承载着，在这尘嚣之后的千帆过尽。

阔　地

汹涌，并不能成为江河唯一的代名词。

梦魇深处，被雷鸣蓦然惊醒的人，泄进最后一丝气力，收回游走的魂灵。很多无从知晓的秘密，带着慢节奏和怪脾性，走向一块未曾开垦过的领地。

嘶鸣中死去，远天喑哑。再听不到响亮的歌喉。

暗自拔节的生命，再一次碎成粉末。

花朵等来白云，我看到了惊艳；

篝火等来星辰，我体悟到静默……

饮尽孤独和美酒，大多数相附依托的时光，原来，是用漫山遍野的呼吸和心跳可以换回的。

哪一条路通向卵石滩、荆棘地，哪里就有和我相似的童年寄予。

积怨变浅，来路不明的咒语，令参禅的一行银杏林道破天机。

推开命运带来的暗疾，篱笆墙内颓废、残败的景象，除了墙体上的一丛新绿，没有什么是新鲜的。

静　物

举目森然，又仿若隐讳着孤苦之心。

镜面照不见的词义内部，叶片颤抖的山茶花，是山坡上另一个春风里的自己。锦瑟年华，蒹葭与群鸟按兵不动。那个夜晚，四面楚歌，拔剑出鞘，你四顾茫然。

要带来《悲怆曲》，才能从负伤累累的时刻走出？

在晓风照见的纬度上，角落阴暗，火虫荧荧，四方一片空寂。似乎母亲孱弱的身子，要重述一次她凄凉的晚景，熬制一大罐中草药，才能除却心头垒起的那道天障。

风雨际会。去岁忆旧，不改故人新颜。

虚妄之光无处告别，它承载着，在这尘嚣之后的千帆过尽。

虫鸣，延续了在伤口疯涨的折磨。

灯光下，那只白色花瓶，不倾斜也不摇晃，它细长的瓶颈、敞开的瓶口，像一处无底的深渊，难以探测到一生苦难的辽阔。

火　焰

夜晚舔舌，一道火焰伸了过来。黑和白不知去向何方。

云影收留了天光，泥土独自芬芳、喜悦，催醒了暗处凌霄的花蕾。

我是那个忘记名姓的人。当我变得苍老，我乐于在喧嚣中，接受寒意、冷漠和排斥。

不要责怪任何亲近身边的事物。影子与闪电都是虚妄的。我用不再清澈的双眼，洞察这世界的浩大与狂欢。

无形之手，是岁月献给黑色的一次狂澜与舞蹈。我站在高处，听风吹过楼栏，悄无声息。

我一身黝黑的肤色，仿佛烈焰的烘烘熏烤。

火焰，在不可复制，又似曾相似的夜晚内部，履行着自己的责任，从远古走到现今。

遇见火焰，我愿守着热烈与向往，守着三分光芒和七分热度。也愿在火焰熄灭之后，将无尽的冷寂与灰烬相守到老。

（选自《青岛文学》2017年第1期）

■［福建］林登豪

越析魂（外二章）

《蛮书·六招第三》曰：越析，一诏也，亦谓磨些诏，部落在宾居（今宾居街）旧越析州也。越析州—越析诏—宾居—宾居川最终演变成宾川县。

千年古诏的牛羊似白云拥挤天边，演绎畜牧业繁荣画卷。大地破解许多难题，唯有视我如无。

从荒蛮中走出，走向粗犷，驰骋彩云之南的一隅。

户户酿酒，醇香四溢，方言滚动农业经济腾飞，磨些人豪饮欢庆，能歌善舞。土地丰饶，子民辛勤，富甲满仓储，雄武大开大合。

利剑“铎鞘”光芒溅起，“所指无不洞”，新锻的兵器寒光仄起，金戈铁马，一代雄风，翻卷数千里。

千支箭影跃出，留下道道伤口溅血，通透历史的点线面。

落满红尘的“赶马调”回旋宾居重镇，飘荡古道，纳西河之源，潺潺向东，滋养悠然的古镇，在历史的长河边，我一低头，葡萄架上的夕阳醉了。

夏天的火焰，烤透百年朱苦拉咖啡树，四射宾川的魅力，是谁重温历史的沧桑，参悟时光的玄机。

泪涌眼帘。

萂村古民居

艳阳天——

瓦片挨着瓦片，檐角压着檐角，起伏——凹凸——起伏。霞光跳跃片片檐瓦，四合院的白墙描绘白族民俗的风情画。

森森屋宇，依依古风。

绿树哗然，闻风而动。

喘息的古民居翻阅着旧人、旧事、旧段子和传奇，迎风摆动的情绪，滋润着趣闻逸事时沉时浮。

沿着气息，放松脚步，步入青瓦白墙的院落，层层递进，与方言共同飘移。

泉水沿巷道流过门前屋后，户户花开，香气环屋抱舍。被灵魂提升的植物，点化古民居的情结。

灿灿的果树挂在村边。

茵茵的田垄延伸天边。

岁月的葡萄藤，枝蔓众生态。各种信息，汇集而来。

“三道茶”待客，香气袭人心扉，温柔众心，清韵绕怀，怡情缓缓回甘。

小巷串大街，大街连小巷，青石板流溢的古典气韵透亮老街。

悠然的古陶水瓮叮咚大本曲调。霸王鞭舞穿越古驿道，舞出老宅新气象。

“洞经古乐”回旋长空，追溯历史的脉络。

南薰桥

一座桥浮在水上，照亮了道路和天空。

向历史深处飞翔，春与冬代序。

聆听河水流动，视线突现红军的烽火，硝烟南薰桥。

岁月之笔一次又一次勾勒飞檐斗拱的线条，流畅出日子的红与绿，回廊洒下一腔热血。

老街指向，国语问路。

河水难以言说，干脆微眯双眼坐禅。

博弈岁月，迷茫与慌乱，沉浮光阴的涡流中，波影抹彩，留下红军的足迹。

又是南薰桥。

又是南薰桥。

河水依然汤汤。沿水脉蜿蜒向前。

山长。道曲。水远。

我的双手一掬水，一寸又一寸的光阴，滴答滴答……石榴的笑容，惊醒栏杆的宁静，杧果的精灵四射，复活了几多记忆。

河水流放了数千年盐马古道的心事，闻鸡起舞。

又是南薰桥。

又是南薰桥。

熊熊的誓言，燃烧天边，灵气依旧。

伫立廊桥屋顶上，西望苍山洱海，大声呼啸，近五百年的时空呼应声声。

（选自《散文诗世界》2017年第10期）

■[广东]陈计会

时光册页（组章）

光可呈现你的脸孔，却无法呈现你的内心。

灯　光

它是属于夜晚的，并且是夜晚的重要组成部分。它有母亲的手掌，有流水的抚慰，甚至有空气弥漫的香味。它在夜里生长，或亭亭玉立，或凌空高蹈，或俯下身来亲吻你，用蒲扇大手将你庇护。当它以流水的姿态淹没你，你将自己的影子踩在脚下或涂在墙上，你的脸熠熠生辉，黑夜也因你而生动。如果你摊开手掌，你可看清上面的河流、山脉的走向，这与命运相关或无关。在那背光的一面，是被黑夜所占领的，命运更不可知。

光可呈现你的脸孔，却无法呈现你的内心。或者也可以这样认为，灯光是夜的面孔，夜的内心被阴谋掌握着，那是一匹巨兽。

另一种书写

雪白的纸上匆匆留下一行行文字，从左至右，迅捷而有力。笔尖犀利，它所抵达的地方，弥漫着热烈的味道，但不见硝烟。

那支笔斜在书桌边上的笔筒里的，被一双清瘦的手取出并紧紧握住，几根手指并拢犹如榕树的虬根。它瞬间积聚着力量，好像要在漆黑牢固的堡垒里寻找突破口，让被遮蔽的事实吐露真相，或戳穿一个编织严密的谎言。笔杆指向一张冷峻的脸，以及紧锁的眉头，尘世的风霜聚拢于此。每一粒文字都带着目光里的火焰落到纸上，让人灼痛。它与眼窝的湿润相关；与嘶哑的声带相关；与风雨中趔趄的背影相关。

写到最后，在空白处，那只手重重地写下三个字——控诉人，并狠狠地点了两点，差点让白纸受伤。然后，笔递到另一只手上，只见那寒风中的松树干颤巍巍地接过，歪歪扭扭地签上名字。那名字却像台风中倒伏的庄稼，无力地耷拉在泥水里。

良久，寂静中传来一声长吁，两只手紧紧地握在一起。

城　市

忽然觉得城市是由昆虫来统治的。

遍地是蚂蚁。红的、黑的、白的、灰的……它们筑巢、垒窝、搬运粮草、做爱、生产……终日埋首于各自的劳作。被称为“蚁民”，也就不分大粒的、细粒的了，谁都躲不过上帝一跺脚。从白蚁的咀嚼里，你感受到钢铁与水泥的冰凉。城市的滋味由此略见一斑。

沿着街道行走，迷路是难免的。蜘蛛精心设计的迷宫，每一次眩晕都会带来一个新的出口或入口。其实，若我们逃离城市，走哪一条道路又有何区别，除了死胡同。当然，在城市行走要懂得规避。随时随地冒出的甲壳虫，在大街上如过江之鲫，鳞光闪闪。流水是不为人知的，旋涡往往就在脚下潜伏。这些穷尽想象又让想象贫乏的虫子，带我们逃离城市或永久身陷其中。

最没阻碍的行程是跟随蚯蚓，这些缓慢的爬虫不知哪来的神奇力量，拉动地铁犹如穿越岩层的一阵风，实现我们小时候土行孙的梦想。

偶尔，我们也会仰望天空，森林般的楼宇出现了蜻蜓那轻盈的直升机，虽然没有小荷尖尖角，但却让梦想酝酿新一轮的飞翔。从一座城市到另一座城市到底有多远，长蛇用它火车的躯体作过丈量。它穿过田野时最美，野花和蒿草抖动着。

或许，人类试图用梦想在城市构筑一个新的原野，让昆虫来统治，这是可赞或可悲？阿门！

（选自《阳江文艺》2017年第5期）

■［河南］李俊功

通许菊花（外二章）

一朵花，一座神秘的宫殿。

以沉默，开采黄土金矿。

一朵花，一座神秘的宫殿。

长高的身段，远眺到通许安静若山，生长美术、黄金和星宿。

真英雄扬鞭策马，鞭退突至的微寒。夜晚的踢踏之声，吉祥的骑手，执菊花，拂净云，迎望到黎明之光，赫赫画卷。

邻近的岳家湖，于宽大的胸襟间，绣满了晨昏大美的时刻：它有菊花的观湖，就有流水的一醉。

就忘记了吧，菊花之外清贫的忧愁，就忘记了吧，菊花之外物欲的高烧。

通许一隅，菊花依然旺盛，酝酿着，酝酿着仿佛一剂剂良言。

一杯禅茶里，喧嚣的身影在祛火，妒红的眼睛在消肿。

燥热的抱怨，消隐。

九月：菊花的一场恋爱，细语里有糖与火的味道。大过自身翅膀，和染香的空气。金黄的花朵，大地之钟。承受秋天之重、梦想之阔。

一群群前来观赏的远客，久久凝视。那飞翔的菊花跟着在走，跟着在吟哦。

听着，一句句，散发着清凉。

请原谅我怀揣着尘埃般的自私和罪恶，跟他们一样，正于千里之外奔赴通许菊花。

我将自比于它的恬淡、禅意、大静，以及灵魂沐浴，若佛的无念和无尘！

秋日：心之静谧

处暑。于溽热中，世事浮躁悄然消退。

冷静独坐，豫东大平原如我开阔心胸。

欢喜已过。

悲伤已过。

中原的玫瑰，带刺的花，给狂躁的风声悬腕针灸。

疼过的黄土结玉米的长穗，红薯的兴隆，菊花的黄金。

结我的淡然默思，

神游宇宙一极，若一弦空管，隐含音乐、自然、极度的幽静。

纷然落雨，洗净绿野飞尘。亦在通宝寺上空逡巡，驱逐迷蒙烟云。一滴一因果，一滴一善行。

惶惶人群中，你的突然仰望，沐浴，你的突然止步，沉寂。

秋日静谧，

一人屏蔽，市廛隐隐。

独坐内视。安心处：静谧扩大了，脚步扩大了——

（选自《山东文学》下半月版2017年第11期）

■［北京］鲁 橹

废园碟片（选章）

题记：2009年大年初三，一场大火烧毁了我京西南顶层的房间。此后我便把这里命名为：北京废园。

把年过得像个事故

有些事没有暗示，就扑面而来，它们从不选择季节。
从一棵树到另一棵树，谁会停下谛听鸟鸣？
——谁都要落下来！
——谁都不可逃避！

消防车对灾难发表演讲，黑暗中火神在鼓励燃烧，而陌生的人群还在互致问候。
——那些翻飞的黑色蝴蝶！
——那些叫喊的明亮玻璃！

我愿意沉默。如果大火的高度降下，我或许还可以回忆起春天的生长。
如果能让我们回到从前的千头万绪，我愿意越过火舌，依旧做相爱的人。
——就算大火还在燃烧！
——就算我们化为灰烬！

给大火戴顶帽子

我想给大火戴顶帽子，我想遮住它丑陋的脸；
我想拖住它施虐的尾巴，我想按住它淫魔的身体；
我想泼熄它疯狂的理想，我想啊——
我想跪下来，我跪下来，倒在朋友的怀里！

我没有能给火戴上帽子，我一辈子也达不到它的高度。
火把自己扭曲成黑暗，阻止人们自在的呼吸。
火站着，像一道危墙；它卧倒，像一个忘不掉的仇恨。
火，以邪恶的姿态出现是灾难，让我一辈子铭记。
火，一段时光活生生的祭奠！

而月亮已经升起

破房子还没收拾好，像是一个战场，布满时间的尸体。
而月亮已经升起。我心里的废墟也已安静。
仿佛从星空下传来呼唤，你们握紧了我的颤抖。

你们知道我不会是孤独的。你们依旧是我结伴而行的人。

就让我们重新出发吧，已有人行进在途中。当彼岸仍是彼岸。当追寻只是追寻。

不要顾忌这破房子还没收拾好。你看，那月亮已经升起。

（选自《散文诗》2017年第1期）

■［湖北］向天笑

虚　构（二章）

一滴露水，就是一只眼睛，静静地看着你悄悄到来、匆匆离去。

露　水

一滴露水，就是一滴透明的思念。无论你关注与否，它就潜伏在那里，静静守候着你春暖花开，从不声张半句。

一滴露水，就是一滴轻轻的月光，它在叶片上轻轻摇晃，它在花朵上轻轻跳荡，生怕惊醒一个人的美梦。

一滴露水，就是一朵花苞，只有你一个人才看得见它的绽放。

一滴露水，就是一只眼睛，静静地看着你悄悄到来、匆匆离去。

一滴露水，像是一滴淡淡的忧伤，它渴望阳光明媚，可等你繁花似锦，它早已消失得无影无踪。

一滴露水，就这样无怨无悔地等待着那一刻的到来。

一滴露水，多想在你的怀抱汇聚成一条小溪，一条有着白雾笼罩的小溪，没有人能够看清它本来的面目，除了你。

它悄悄地流动在你的身旁，不离不弃。

鸣　叫

这世间上，只有鸟的行走，不需要道路。就是模仿鸟，像飞机一样，还需要一条航线。

我没有翅膀，我只有想象里，隔山隔水，隔着栋栋楼房，隔着道道门槛，轻易抵达你的怀抱。

就是有翅膀，我也只能盘旋在你的窗外，偶尔鸣叫一两声。

面对你的窗户，我一次次抬头又低头，正如我的一次次远离，又一次次地靠近，只是你很少用心去倾听窗外那只鸟的鸣叫。

隔着透明的玻璃，我无法丈量与你到底保持着多远的距离。忽近忽远，忽明忽暗，像是怨恨与缠绵，像是生气与宽容，像是不会留下痕迹的飞行，像是不会留下影子的隐痛。

其实一只鸟率真的鸣叫，多么阳光，多么灿烂。

自己抓落一地的羽毛，那是一片多么轻的忧伤，那是一片不敢也不愿惊动你的忧伤，只要你轻轻走来，一阵微风就可以轻易吹走一片忧伤。

（选自2017年6月1日《北海日报》）

■［四川］鲜　圣

一根神木，在青神江湾园林打坐

一棵树还没有走完的路，定格在它打坐的这片土地上。

1　那是从未开口说话的一棵树，现在，端坐在青神江湾园林，打坐，沉默千年。

乌黑，内心发亮。与众不同。

看似容易破碎的脸上，沉淀数万年风云。

数万年时光中，它并没有发芽。

埋在地下，再一次活过来，转世之后的身姿飞翔久远。

在时光隧道行走，脱胎为鸟的形象、走兽的形成，换骨成花朵的形象以及众多人和神的形象。

2　不高，也不矮，从未开口说话的这棵树，失去枝枝叶叶的牵挂。

我无法形容它埋在地下成长的每一天是如何度过的，我只听到它的血脉里有一阵又一阵的涛声在翻滚、涌动。

倒下去的那一天，它以毁灭的方式重新为自己找到另一种存在、复活的方式。

现在，它活着，活得铮亮，活得坦然。

端坐在青神江湾园林，至少也有三千岁。

依然有根、有魂，有一双乌黑发亮的眼睛，仰望日月星辰、凝神人间风雨。

站立的姿势，像一只手臂把天空托起。

3　数万年时光中，只剩下一身骨骼。

它只能在地下呼吸。只能在丢失的荒原独自成林，化为林木之神，与风云共舞。

对于昨天，这棵树并没有刻骨铭心的记忆。它在痛苦中死去，又在寂寞中活过来。

现在，端坐在青神江湾的园林里，打坐，看似沉默，事实上，它在述说。

栖息在它怀里的一只蝴蝶，与它有缠绵的话语：破茧成蝶，是它们共同的话题和命运。

打坐的片刻，它醒来，园林一片寂静。

4　它的存在，是一次生命的还原。

林木森森的世界，众多的树，在死亡路上早已腐朽为泥，它依然保持一棵树的形状，身上，有烈火的图案。

地狱之火，替它练就一身坚硬的筋骨，站立起来，被重多的树包围，尊称为“神木”。

它在微笑，脸上泛起历经磨难之后荡漾的层层波澜。

一棵树开始讲述的，不仅仅是生死的决裂，还有沉淀的悲壮。

5　它终于活过来了，能够成为一块“神木”，不是它的目的。

大地依然。它存在，是一棵树的修炼和尊严。

大地之上，芸芸众生都有存在的欲望，它存在，是在向自己的从前和未来挑战。

在青神江湾园林，它像一面佛，述说或歌唱。

它的头上，有日月的光环，眼里，有大地的苍茫，内心有人间的烟雨，它的生命里有从未道破的秘密。

打坐，养神。在青神江湾园林，等待又一次死亡的降临。

6　仰望或瞩目，我闻到大地深处隐藏了一千年或数万年的气息。

死亡，不朽，重生，一棵树还没有走完的路，定格在它打坐的这片土地上。

（选自2017年《四川诗歌》第4期、《散文诗世界》第10期）

■［新疆］李　凌

峨眉一日（二章）

一只木鱼空灵的声音，引领着尘世或皈依的路。

金　顶

这是凌晨五点，晨翳初露。
那些来自五湖四海的游客，向着山顶奔跑。
在峨眉，他们心怀虔诚，登上金顶，看祥云漫天，
看金顶佛光。看地平线上的日出喷薄而出的美。

站在高处，地平线不再是地平线，地平线被一枚叫低处的词汇遮蔽。
低处的东方也不是东方，东方被一方火红取代。
火红的东方，火红的朝霞手心向上，缓缓捧出一轮金色的圆盘，就像缓缓打开的潘多拉魔盒。
亢奋的游客开始尖叫，又在尖叫与尖叫的对抗中安静下来。
安静下来的游客面朝东方，只听相机快门在“咔嗒”闪动，
定格，定格一册河山。

佛光下，虔诚的信徒，怀恨在心的人来了，拥有爱的人也来了，
不爱不恨的人也来了。
此刻，在法师的引领下，他们跪下来，一个接一个地叩首。
当法师喊出叩首108，喊声此起彼伏，
有人喜极而泣，有人吐出积压多年的情感而大喜，也有人不喜不泣。
如释重负的信徒，以仰望的姿态，双手合十。
在他们头顶，道道祥光散开成伞状的穹顶。

此刻，峨眉的早晨已不再是早晨，一枚叫上午的词汇闪亮登场。
此刻，峨眉的日出也不再是日出，霞光老去，日出被太阳取代。我俯视下的峨眉、四野的山峦和田畴，清风洒下天然的沐浴液，慈爱地清洗着时光的浮尘。
现在进行时中，几多白云从谷底飘起，它们将跟随我，认真地在峨眉度过一天。

万年寺

面对饱经岁月的寺院，我不想写下历史悠久这样的词语，
万年寺的字面，已经泄露千年或者更加久远的秘密。
我不想写下香火旺盛，万年的香火已随洪钟之音声名远播。

我要写的是，那两个背夫，他们躬身爬坡，背上驼着寺庙食用的口粮，蔬菜和盐。

他们从山下启程，沿着一阶一阶的石阶，无须跪拜，不断流出的汗水，就是净身。

豆大的汗滴，就像融化的烛泪，无须燃烧，就对接了寺院的香火。

脚步走过，石阶记录了这一场虔诚的修行。

此刻，寺院内香烟袅袅。

一只木鱼空灵的声音，引领着尘世或皈依的路。

尘世或皈依的路，拥挤于同一个通道，木鱼敲击的节奏就像开合自如的手臂，随着人的意念开启或关闭。

我要写到的，还有寺院旁的一棵红柳，它是我南方见过的唯一的沙漠树。

它能三千年不死，死后三千年不倒，倒下三千年不朽。

此刻，它的树冠开满粉红的小花。蝉声悠扬中，飞临正午的蝴蝶，绕树三匝。飞起，落下。落下，飞起。

而红柳，不蔓不枝，沐浴清风，静穆听禅。

（选自《伊犁河》2017年第1期）

第四辑　蔚蓝色的咏叹（12家）

■［辽宁］张少恩

大海，蔚蓝色的咏叹调（组章）

我向蔚蓝的纵深去，在大海迷人的细节里深情地吟唱！

今夜，我的无眠被大海使用

波浪之上，月光的马蹄翻飞，穿越大海空蒙的七月。我的视听是它的骑士，超然而矜贵的威仪。

星辰的花萼闪耀，忽闪的亮眸蕴藉。上涨的潮水抬高月光，翕动的嘴唇，透露甜美的意绪。幽幽的神谕我无法听清，低头沉思与之会意。

上帝总是通过大海说话，并不断转变话题。我对世界凝神倾听，心灵的异想绮丽而繁华。匆匆的时光担承不了无限的世界，我不想让爱拘泥于梦的狭窄与单薄。

大海奥秘而又充满玄机，我的敬畏与探求永不止息。对美好的事物的痴狂是心智的磨砺，是沙中取金。我生命闪熠的光泽，是大海的投照与反射。

我已察觉到，除了一个物质的世界对我频频的惠顾，还有一个精神的星河踩着我的脚印走。我仿佛总被热烈的追捧，像阿波罗一样的美少年。

我怀抱大海吟唱，月光在弦上闪闪发光。

我用理性领取到大海的哲意，邃密的思想；我的感性亦频频得手，世界总是美意葱茏。

我鄙视那些无爱的人，他们不如朽木，隐匿些许的火焰；甚至不如顽石，亦能擦出石火电光。它们多么的空洞，却笑我种种的痴狂。它们无聊的噱头让自己暗淡无光。

夜深如许，月光依然在海上穿梭，那是我漂亮的无眠。我的醒，翻越了星辰的高墙，俯临于浩渺而朦胧的沧海。

我和海是一体的，通用的身子和灵魂发出悠悠的光！

我的道德与襟怀是大海的外溢

浪潮击退了黑夜，高擎曙色。新鲜的日子从大海那边涌来，我领得了这美妙而蓬勃的时刻。

我于此等候了许久。可能渔民还在梦乡，海鸟还在贪睡，而我的倾听已搭上了浪的早班车。

沙滩上有许多贝壳——

我目睹了黑暗一点点的脱落。生命的大海，懵懂的羽化，亦是冥冥的神意，不可抗拒的力量。我快意的迎纳，与之相融。

大海把新的曙光哗啦啦卸到了岸上。我是带着虔诚的心来领取的那个人。永恒与我面对面，舒卷自如，浩浩荡荡，而超拔的心是一双通灵的翅膀。所有的欲都是对自由的羁押，是沉重的枷锁，自投的昏昧，必须放下或击碎。

空净的心是自由的芳邻。

天天跟着大海走，与大海耳濡目染，耳鬓厮磨。我已学会了宽厚、冲融与淡泊。我的道德与襟怀是大海的外溢，足够我灵魂的畅游与回旋。

此时，我又把手伸入波浪，蔚蓝和辽阔往我的身子里传输。我的神态温文尔雅，目光从容淡定，情怀亦波澜壮阔……

这个早晨我起得太早！

大海不负我心，它赐予我滔滔的福。冲飞之意萌动，自由的羽翼渐丰……

在沙中，体拥浩瀚的宇宙

整个下午都是蔚蓝色，时间归了大海！

沙滩偎着波浪的闲逸——大海开放着的浩然的体系。新鲜的风加了一份轻松，我裸着身子，投奔于天体。

坐下来，掬起细柔的沙。它水一样从我的指间滑落。柔柔的，一大把时光。沾在我指肚上的沙粒，我轻轻的揉捻，——晶莹明亮，纯粹而剔透……磅礴的大海不疏于对一粒细沙的雕琢与打磨。也许，它浸透了大海的万世之功。我喜欢，要用这圣洁的沙子将自己埋上。

——双脚朝上。这尖嘴峰，沙子一点都不能少，何况它还不时的晃动。接下来是小腿、大腿、腰臀、私处、肚腹、胸膛、肩膀、头颅。想放过耳朵，又觉无大用，亦将其埋上。然后，将手臂插入沙中，如剑放回了雕鞘。最后，只留下了嘴、鼻、眼，与外界保持联系。

第一次在大海面前放得那么低。而那辽阔也谦卑了许多。浩渺隐失了，肉体与灵魂附着在一条蓝色的丝带上。波涛在我的胸前，它要冲入我的躯体，修改我对世界的认知，打磨我那幼稚而粗糙的思想——永恒的大海终将收复一切。

“死亡之海很高，生命的岸却很低。”如果风暴来临，我就会被大海拖去。也许就归入了大化与永恒。而现在它很友好，真诚相待。

世界只余沧海与浩宇。

我感受到了生命的渺小，它甚至比不上一粒细沙。有一天我无踪无影，而那粒沙子一定还存在，它肩着活泼的波涛，披着蔚蓝。或许，在我出生之前，它已拥有了亿万年时光。

我于此充满了敬畏，亦充满了欣慰。隐于沙——隐于浩瀚的宇宙——那无边的星辰……

海风带不走这一处沉重的忧患

刘公岛，一座沉重的岛屿。

当我从甲午海战纪念馆走出，阳光涌了上来，驱赶我心头的阴云。抬起头，一只鸽子，比阳光还明亮的鸽子落在岸边那尊英雄雕像的肩上——它咕咕地叫，抖动着翅膀，像是呼朋引类；又像是对我提醒——盛世的年代，幸福有着巨大的存量。

鸽子，多么美好的譬喻，平和而温驯，它最适合做天空的徽章。但它善良的翅膀并不会阻止叵测的野心，磨牙的贪婪——觊觎与阴险……它不会压下战争的硝烟，拂去大海的风险。

我懂得忧患与安乐的辩证，阴与晴的玄机。茫茫的大海，有多少深渊，隐匿着多少风暴——重重的危机和忧患。那场晃动的战争——崩裂的大海，倾斜的天空，烧焦的太阳，溺水的火焰……蒙太奇一样在我脑海中闪现！

我轻快的脚步被历史的烟云拖累……

——屈辱还在那陈列，伤口仍在展览。累累的疤痕收藏历史的巨疼——一个民族的悲壮的历史让我的灵魂唏嘘不已！

我用凝重的目光追问北洋水师的遗物——望远镜、指南针、克虏伯大炮……它们面面相觑，哑口无言。其实，还用说什么——因为懦弱，魔鬼上身！

必须懂呀——

幻想不是现实，鸽子不是天空。自强方能自救，强大才有和平。上苍从不为懦夫撑腰，你必须站起来，拥有丰沛的力量，蓬勃的锐气……

扑啦啦……那只鸽子飞走了，被划开的阳光弥合了。而英雄的肩上依然是天空和大海的蔚蓝……

我用一片雪花劈开大海

太幽闭了，我无法进入它的核心。总是在它的岸边徘徊，遐想在波浪上跳跶，缺乏深邃的力量。那些快艇、游轮、高张的帆，长风万里的考察船都在大海的表面，甚至洁白的鸥翼亦显得肤浅。我千百次的眺望、细致的倾听，到头来还是一只甲壳虫卧在硕大的葫芦上。浑浑噩噩，懵懵懂懂！

我用一片雪花劈开大海。我从浑茫的大海上取出一条僻静的小路，幽蓝四起，清新漫溢，与我的呼吸相契，亦与我好奇的心同趣。甚至，我想沿着那小路去趟马里亚那海沟，百慕大群岛的根部，追踪魔鬼的影子，摸到它的吊诡，拿到手中细细的端详。

一片雪花劈开大海，娴熟的指尖翻开大海秘密的页码。目光漫步，忽闪迷离，世界呈现它奇幻的截面——浩瀚的渊底静默如迷。仿佛幽隐的果核把喧嚣的世界拒之门外，在怡然的深处甜美地等待。我的身影投在壁立千仞的陡崖之上，散发梦幻的光芒。

雪花在前面开路，我向蔚蓝的纵深去，在大海迷人的细节里深情地吟唱！

（选自《诗林》2017年第6期）

■［上海］刘慧娟

仰望或惊喜

——致 ±800千伏特高压雁门关换流站

雁门关换流站，已经作为尘世的背景，屹立在三晋大地，抒发中国。

1　特高压没有昵称，只是俯首称臣的苍龙。

是一万只蝴蝶婆娑飞入梦中，一万朵玫瑰静悄悄地开。

是璀璨的风景俏丽枝头，惊艳的色彩在描绘锦绣。

生活的画面，被银色的天线放逐为油画。那道线路，有了祥云的感觉。有声或无声的名字，喊出村庄的安静祥和，叫出城市的端庄雍容。喊出人们幸福的笑靥洋溢，使青春越来越葱茏。

光明，四季不谢，情不自禁地发芽结果，岁月于是峰回路转，一路风调雨顺。电线，在空中开始四维思索，低调大气地俯瞰山河秀色。银色的光，将年轻的天空映衬得分外妖娆。这时，梦开始了。

在那段最荒凉的路上，遇到了隔世知音，想象一尘不染，有风情万种的造化，正华彩落地。

有若干种身姿，在空中舒展。有若干根琴弦，在弹奏乐章。

有多少根银线，就有多少种思绪。

那一根一根的线啊！可以称作神经，可以唤作血管，可以读成悠长的思念，也可以称作传说。

从女娲补天得到启示，从后羿射日找到籽粒。

把深藏幻海的种种迹象，汲取清澈，过滤混浊。裁剪一段段枯荣，抚摩一次次回声。

于是，一场浩大的思维揭开了序幕。

汪洋恣肆，又十分内敛。将800万千伏的正负电荷深藏在体内，演绎为秘而不宣的誓言。

2　能不说这是一项伟大的工程吗？它铺排出一行行华丽的文字，悬挂如火如荼的视野，坚硬或柔软，都通体透明。

撩动河流湖泊，穿山越岭。用缜密的推理，读取山水的典雅，一字一顿，一生一世，用最深的情怀塑造最美的你。

把心底的孤寂融进热望里，岸，在前方，请和我一起登上舟楫。去触摸平日里遥不可及的妩媚，做一项光的事业。

那束光，就藏在啧啧称赞的唏嘘里。

从地面到苍穹，逶迤而来，姗姗而去。是唐诗连着宋词，理想连着信念。

鸟儿口衔歌谣，在琴弦上站立，就知道，遥远的梦，熟了。

亲人相互依偎着，谈论起眺望，谈论起秋收，谈论起幸福的源头和视野中的前景。

在月光柔和的夜晚，清风吹来，一根线款款飞跃高空，夜色渐次丰满。

一滴汗，携带一个构思。一个手势，托起一份惊喜。

泪珠从滚烫的面颊掉下，伴着小声的啜泣，幸福，埋怨，以及对家的歉疚，汇成泪河，从眼睛流向心里，化作微笑，回到空中。高悬。

这时候，需要有纸和笔，需要有管弦，需要光阴给出的芬芳，描述季节姣好的面容。

洁白的羊群追赶着草地，蝴蝶捕捉人们的微笑，那被称作特高压的工地，有人影在日夜守望。像远方的渔火，忽远，忽近。

我沉醉了。沉醉于高空的铁塔风姿，沉醉于凌空高飞的银燕张力，沉醉于水中的宏伟投影。

这美的一页，有多少滴水穿石，有多少夜不成寐，有多少紧急的号子。只有那一弯月知道，只有星星清楚。

辗转反侧的纠结，离群索居的孤独。高温下的操作，严寒里的破土，高山上的挣扎，河流里的立足，都在艰难卓绝中一一破题。那人，那事，那情那景，都变为一首歌，一串旋律，镶嵌进时代春秋四季。

磅礴里，荡漾起一层又一层的感动。那塔，那线，那光明，那人影，从此，身披光芒，春晖不老。

3 山河日月都飞奔而来。

一万匹雄性烈马飞奔而来。

昂首聆听，或若有所思。

听心声与智慧的交响，听骨骼拔节和冉冉升起的强音。

思忖过去与未来，单薄与雄浑。

今天的时光，是月以灯的形式引入，日以电的形式利用，日月同辉是一曲荡气回肠的理论。千回百转，最终抵达陶醉。此岸与彼岸的种种相思，有了飞翔的路途。

祖国，祖国。来自特高压那声悠长的呼唤，声声逼近，又意味深远。

特高压之于中国，已经留住了高空高速的微笑。是蓝色的勿忘我挽住了白云的心情。

如果一定要细品，那就从一滴水开始，从一朵花，一缕香开始。

从极 II 高端阀厅和极 II 主控开始。从一根桩，一座塔，一根银线，放远遥望，收不回的视线，绽放思念。

由眼前的高山流水，到“西电东送”，到“一带一路”。

是静止与奔腾的衔接，黑夜与光明的转换，胆怯与勇敢的质变。

折叠起自豪的振奋，激动的泪水，轻吻劳动的双手，将神话留在心里。

循声望去。

一座 ±800 千伏特高压雁门关换流站，已经作为尘世的背景，屹立在三晋大地，抒发中国。

（选自2017年10月13日，第253期《中国电力报》"文化周刊"）

■[四川]周小平

大航海（三章）

既然，选定了目标，就把无怨无悔铺向向往的汪洋！

指南针

眼光咬定的方向，便是脚步不停的理由和参照！

向西。向西。一路，向西……

飞沙走石，沙石在干着偷天换日？

云遮雾绕，云雾在勾搭瞒天过海？

司南的磁性，永远手持犀利的斧正。哪怕如履薄冰，也不改出发的初心！

狂澜，露出尖牙利齿；巨浪，挥舞快刀游刃；沙尘砾石和海潮泡沫同时拉起惊悚的狞笑……

小心谨慎！但，刚正不怕！修正偏差，坚定航向。并一一戳破，海市蜃楼摆布的谎话。

岁月，在浪花中翻卷。岁月，在波澜中走向壮阔！

既然，选定了目标，就把无怨无悔铺向向往的汪洋！

陶　瓷

柔弱无骨的细腻，抚摩松软的洁白，活脱出厚积的泥土。

啊！——高岭土。

淘泥，摞泥，拉坯，修坯，捺水……

每一个工序，都拖泥带水，让滋润有度。每一道流程，都沾亲带故，让情感淌满虔诚。

给泥土，精心绘画。给泥土，小心上釉。光彩环环相扣，情节复沓顶真，万物呼之欲出……

把握好火候！送它到千年的窑炉，去看一看、走一走。历经千度高温，烘干潮湿的思想，凝固深刻的内容，焙烧出满目的爱不释手。

随后，让它紧跟远帆的目光，伴着浪花的呢喃，在异域他乡，在遥远的国度，晶莹明净地叩响：China，China……

桅　杆

是桅杆，便挺起正直的脊梁。

是白帆，便鼓起勇气的向往。

解缆！启锚！开航！

一气呵成！当云帆与朝暾同步，升起了冉冉的从容。帆，便以弓的姿势，开始了思考。

起伏平仄，跋涉崎岖，和着潮水的节拍，押着季风的骀荡。船头，大口吞进惊涛骇浪；船尾，反刍着簇簇浪花。

桡橹，在翻检海水的蔚蓝；舵手，在忖度将来的航线。而瞭望台，则聆听着过往的风起云涌。

追赶太平洋的大潮，小心马六甲的窄小，凌波印度洋的彩霞满天……

最先跃出地平线的，是高耸的桅杆。而郑和，是水手心中伟岸的桅杆！

（选自《天马散文诗专页》2017 年第 2 期）

■［北京］沉　沙

重走丝绸之路（三章）

让你的发现成为我没有发现的发现以及发现不了的发现。

发　现

重走丝绸之路，我发现三宝舟师没有发现的发现，我发现马可·波罗发现不了的发现。

重走丝绸之路，我发现：帆船发现帆船，海鸥发现海鸥，波浪发现波浪，大海发现大海。

我发现我发现了我自己。如果我把自己变小，我就会变成沙子，变成比沙子还小的海空的空无所有。如果我沉入海底，我就是一枚贝壳。如果无限地生长，我成不了喜马拉雅山的超拔，也会成为三山岛或海陵岛，我的头发会长成高大的椰子树和森林。

我还会成为月光，在中秋节这天照着你举杯邀明月的影子。成为海鸥，在你沿着我的路踏上发现之旅时伴着你飞啊飞……

让你的发现成为我没有发现的发现以及发现不了的发现。

波浪连接波浪，汪洋连接汪洋

重走丝绸之路，我要做三宝舟师走出人类航海奇迹之外的事情，我要做一首诗回到600年前为三宝舟师摇旗呐喊。

重走丝绸之路，就是再打通一次东方和西方，就是将世界的波浪连接起世界的波浪，就是将东方的汪洋连接起西方的汪洋。

重走丝绸之路，我走在前人没有走过的蓝天之路，穿越云海，我将蓝天披在肩上，我做到了：天人合一。

我用沙子将自己深埋在三宝舟师走过的南洋沙滩上，我的眼睛自沙土中向世界观看：斗转星移，世事如烟。哈哈，我做到了人与大地合二为一。

我跳进南洋的大海之中，大海的蔚蓝穿在我的身上，我做到了人与大海合二为一。

重走丝绸之路，我做了三宝舟师走出人类航海奇迹之外的事情，我做了这首诗让它回到600年前，为三宝舟师摇旗呐喊。

请你们一起来重走丝绸之路吧，请你们也来一次打通东方和西方，将波浪连接波浪，将汪洋连接汪洋。

举起大海

在有神的日子，举起一朵朵浪花，举起很多很多浪花，也想举起整个大海。

回到有神的大海面前，一千个人举不起来的大海，我相信我能举重若轻。

在没有神的日子，举起一朵朵浪花，举起很多很多浪花，也想举起整个大海。

回到没有神的大海面前，一千个人举不起来的大海，即使我能举重若轻，我相信大海不会把人类能够完成的放在我一个人的肩上。

有神没神的日子，我都这样过。

（选自《中国海洋报》2017年8月24日、10月12日、10月19日）

■［广东］孙善文

游轮行走在大洋之上（外二章）

岸沿的海鸥是飘飞的灯塔，虽然扑朔迷离，却总在引领着远方的目光。

行走在水天一色的大洋之上，不管是巨型游轮，抑或小渔船，都是云朵下一只飘浮的盒子。

各色的思想在船舱里尽情地翻滚着，喧嚷着。

每一个灵魂都有自己的去向，由此及彼的航向却已被提前锁定。

行走在大洋之上，游轮，慢悠悠的脚步。一步跨出去，又一步跨出去，尽管都有清晰的脚印，但很快又被海风抚平。大洋之上的路，被再多人踏过，都是新路。

行走在大洋之上，游轮总是不甘寂寞，各色的音调纷纷扬扬，伴随着整个旅程。无数的鱼儿与游客隔墙相望，一路同行。在它们的心中，再大的游轮，也是一条游动在大洋里的鱼。

海面，心平如镜，安静地记录着鱼儿的倒影。

海　鸥

成群结队的海鸥从远处迎了上来，它们或盘旋于船弦，或穿行于船梢。一张张翅膀，在空中热烈地挥动着，这是家人的手。

港内的船来来往往，面孔总在不断变换。海鸥是这块码头的主人，此情此景已是司空见惯。它的声音已经嘶哑，但不影响它的激情。我们突然想起少年时学校的锣鼓队，那时都是用声音来为客人接风洗尘的。

船靠岸的表情非常相像，需要贴着土地，锚绳看起来更像一条大血管，连着船体，又连着灵魂。

岸沿的海鸥是飘飞的灯塔，虽然扑朔迷离，却总在引领着远方的目光。

我愿是大海里的一滴水

1　海，漫无边际，一滴水叠着一滴水，一层浪叠着一层浪。

鱼、虾和许多生物把自己包裹在水珠之间。一个个成长的故事，在如水的岁月里惬意地游动着。

生命如水，柔软而不息。

其实，生命都是短暂的。只因留在了水里，才显得如此长久。

海，不会枯竭，无数在海里死去的灵魂在水中得到永生。

2 浪花总被举在船头，一朵一朵开放着，在瞬间盛开后，很快又凋谢了。

花开花落，只因心境。

浪是水滴交流的形式。撞击不仅产生声音，更会萌发激情。

看海的日子不需过于焦虑，因为当一朵浪花化为泡沫的时刻，总有另一朵在异处绽放。

3 一方水土养一方鱼。

水是鱼的土地。每一条鱼穿行的姿势宛若犁头翻转，一行，一行，又一行，每一行都如此深入浅出，刚劲有力。

每一方土地都有自己的约定，鱼儿循着时节而来，在自己的栖身之地，呼吸自由的空气。

一代人照看一代海，鱼儿也当遵循如此规则。

4 顺着涨潮的姿势，海风洋洋洒洒而来。潮水因此充盈着暖意。

潮起潮落已成为码头每天的轮回。每一次风起浪涌的情怀，都终归于寂静。

总有旧船在海风中凋零的，此时的码头如墓场，成为落叶归根之地。旧船板被钉成板凳、茶几，用于畅谈风月及人生。

再残旧的船，都有自己的出路，有时与潮汐无关。

（选自《散文诗世界》2017年第9期）

■[山东]刘向民

黄河，悲壮的图腾（外二章）

苍茫之水却是跌宕起伏……闪耀着深沉的时光，见证灵魂飞扬

阳光照耀，温暖大地和山川。

冰雪融化，水一滴一滴而流。

春天来了，与流水与时光一同过往，涌动着春情。我看见一地草尖顶破土地，一地鲜花正在盛开，一直开到春天，抵达高原和这个热烈的季节。

春天的草原就要从这里开始起步，从西向东，遍布天涯，一直蔓延到大海。

河流就要从这里开始起步，携着高山的纯、冰雪的洁、高天的蓝，以草原柔软的绿，蜿蜒着柔软。

水始终是柔软的，却以柔软的姿势，销蚀着疼痛。

在看似很平常的每一天，黄河都静静地流淌着，远行着，在细细的微波

中留下沉重的烙印和黯淡的呓语，在大地上蔓延着不朽。

或者，在一场大风劲吹的时候，苍茫之水却是跌宕起伏，铮铮地响，一如坚硬的骨骼，闪耀着深沉的时光，见证灵魂飞扬，成为赞美大河的一种叙述方式。

这根时刻跳动的血脉，从辽阔的大地上涌起，就有着辽阔的胸怀。胸怀无疆，一次又一次放低自己的位置，藏起苍凉的忧伤，让孤独汇聚成爱，记住八千里路和万水千山。

水抚平岁月的印痕，在时光与岁月的夹缝里穿过。这是绝世的姿势，绵绵的五千年五万年五亿年的时光，无论是急，还是缓，都凝结着深刻的沧桑，痛苦和嘶鸣，让发源于高处的水高处的浑厚不断反思，凝成歌谣，凝成大地的节拍，拍打着灵魂，逾越时空，抵达心灵的高度，始终演绎着图腾。

青砖，蔓延着时光

午后的阳光，耀眼。

穿过天空，直照着这一堵青砖墙。

黯淡。凹凸。青苔。阳光透视着岁月的经历。一株小草斜出墙缝，开出灿烂的花朵，与历史的事物相映。

我相信经历，我信仰经历。这陈旧的青砖，经历过风雨，经历过雷电击打，经历过烈火灼烧。也许已经五百年，也许已经一千年，那些唐朝宋朝的日子，就携刻在这上面。

这么多年了，只留下静静地等、静静地待，当年的名声、功利，以及华丽的张扬都归于黯淡和没落，归于尘埃，烟灭灰飞。不论怎样，却会有一株小草和一朵花，悄悄渲染着往日的气息。

我相信沧桑。每一个日子，阳光都会如潮而至，照耀着青砖，由表及里，一次又一次堆起温暖。

不单单是青砖在执着坚守，默默地坚守到今天。一粒又一粒久远的种子也坚守着信念，涌起一次又一次激情，开放花朵，永远徜徉着幸福，存在于历史的时刻。

人心思古，或许会有悲伤，但总要相信未来。

土地，今生今世的依靠

我始终在想：土地，不但是今生今世的依靠。

死后，依旧离不开。灵魂要回归，依偎在大地深处，安安静静。

不论是贫瘠，还是富饶，土地都会义无反顾地蓬勃着庄稼，开放鲜花，哪怕是肆意横生的杂草，也温馨着尘世。

流水潺潺，鸟鸣嘹亮，匍匐，跳跃，飞翔，哪一种姿势都呈现出旷世的爱、世俗的情，爱世间的每一件事物，爱世间的每一寸光阴。

我与土地有着天生的契约，来到人世，就拥有了土地。我要告诉爱我的人和我爱的人，土地给了我们所有，是我们今生今世的依靠和幸福的理由。

我攥一把泥土在手心，沉甸甸的，沉稳，而又低调，不张扬，也不失落，静静地，从生一地又一地庄稼，一地又一地苍茫。

无论我漂泊到哪儿，双脚始终踩着扎实而浑厚的土地，从来没有恐慌。寻找一些悲伤和幸福，我们共同经营着人间。

我无法回报土地，只能更加热爱更加感恩！

（选自《散文诗》上半月版2017年第5期）

■［山西］魏洪红子

沿着水声向上（外一章）

在它断裂落地之处，连接那两端的是一道闪电。

沿着水声向上，企图找到一匹白马。

这匹白马肯定要到河边喝水。它的体态就是这水的姿态，它的毛色就是这水之纯粹，它四蹄扬起的就是这水声。

它低下头去喝水，那咝咝的吸水声，明亮了整条河。

仿佛河是为这匹马而诞生的，是为这匹马才流到这里的。

河边的石头是为它奋蹄才坚硬的，河边的树木是为它扬鬃才疏朗的，河边的旷野是为它嘶鸣而无垠的，河边的地平线是为它狂奔而延伸的。

此时。

如果再调进些月色，研开，涂匀。这河水就更让人神往了。这匹马就更让人渴望了。

此时。

不需要去分辨哪里是水声哪里是月色。

也不需要人搅动。月已经和水融化在一起，至于是水在照耀，还是月在流动都无关紧要。

重要的是——

那匹白马，能站在水边，它的影子挪出体外，脱它远去；它的啸吟挪出体外，脱它远去；它的肌腱挪出体外，脱它远去；它的骨头挪出体外，脱它远去；只剩下赤裸裸的灵魂，生动着这条河的肉体。

这个时候，任何人只配有听觉。

一群鸟

雪后。一群鸟从背后飞来，超过想象和天空倾斜的速度。

我不知道那片林子是怎样一点一点地扒开雪，抖了抖身子，露出头的。

雪地里能露出头的机会，当然只有天空中这群鸟最先看到。

看到，它们就要向着飞。就要落。而且是以坠毁的方式落入林中的。

我正走在雪后的原野上。

我的兴奋不能堆积一个令人鼓舞的什么。只能拢起不远处的另一个我，且慢慢地越来越大，越来越虚。仿佛就是那个被雪掩埋而曾有火狐出没的洞口。

在这样的时候，我常想用看天空来表达我的宁静。用看天空中的飞鸟来表达我的骚动。

而这时，一群鸟以坠毁的方式落入林中。天空开始向南错动。

我开始寂寞。这是不是鸟对我骚动的一种报复。

（选自《中国当代散文诗·2017》中国书籍出版社，2017年5月出版）

■［山东］曲全胜

湖中月（外二章）

月儿，从天空沉入湖底，是一种穿越。

冷月，在湖中荡桨。

两头尖尖，星星是月牙孤舟溅飞的浪花吗？

那些白云已化作布衣。

那些青丝已化为蓝衫。

渡口，提着最后一盏马灯守望的人，是你把酒问月。

解开缆绳，漂泊是唯一的野渡。鸟不会再为你送行，残阳也已经西沉，只有风展的芦花，静静的在岸头为你哗哗作别。

月儿，从天空沉入湖底，是一种穿越。

跌落，痛吗？

潜游，把痛疼丢失在航迹的深处。暗礁，是一座座山。漩涡，是层层险。遂流，是道道栅栏。

湖，静静的。
水，翠亮的。
湖中之月，像夜湖之上的一朵游动的睡莲。
水灵而夺目。

铜　镜

铜镜诉说青铜制造。
圆的镜，水银依旧流光，没有
被盗墓者掠走。

照镜的人呢？一共换了几代佳人的面孔？

老去的袭人，当年的那层艳阳粉黛的胭脂，铜镜之上还遗留存着多少凝香。老不掉的是铜镜出炉那一个朝野的清规和尺度。

女人的手和玉指，在铜镜的柄上爱痕幽深。
铜镜，圆的从夏商走过春秋与战国。

天阁一梦的贵妇和小姐的香指已断。
出土，深褐斑斓的木盒子里横卧的铜镜，守望空尘。铜镜银光的边缘，竟乌黑卷曲着，一根
女主人的发丝。守岁。
为谁？

竹　竿

敲叩。敲打。轻轻探试着马路边的石阶。

一个盲人，用
一根竹竿问路。

地，回应了什么？
竹竿的结，稍稍有些开裂了。它想倾听大地一样孤独的心跳。

你握着的是一只桨吗？

摆渡着岁月，摆渡着你和竹杈间，这个想看你也看不见，如河流一样迷茫的人生十字街口。

竹的节。

被石缝折断。

（选自作者散文诗集《二月春风》中国文联出版社 2017 年 1 月出版）

■［上海］任俊国

一方净水中呼吸（选章）

我站起来沿湖边走。而灵魂未归，泸沽湖主宰了我的思想。

日出时，母亲背着神的光芒

远山朦胧而黑，一湖靛青的夜色和寂静正在醒来。

清晨和山水进入祷告程序。

有渔船轻轻划进湖心。霞云用光明捕捉了船和船上的人。

突然，渔船快起来，箭一般射出去，太阳惊跳起来。山头的白云像慌神的母亲，撩起胸衣把鲜嫩的太阳包进襁褓中。阳光透过云襟，亮了母乳一样的山峦。

湖水捧着圣洁的霞光，擦亮几棵岸树和一片水藻的白花。而云影下的湖水静如一块墨玉，浸润心田。

早先那条船已在我视线的尽头，如一只水凫划出两道翼展的波痕。

当摩梭人家的炊烟升起时，白云退回山边。青杉明亮起来，洛水村明亮起来，木楞房的青瓦明亮起来。那边，玛尼堆升起了青烟。

向日葵抬起一湖思念，阳光正好照在背孩子的母亲身上。

母亲背着她的太阳，背着神的光芒。

此时，泸沽湖平静而舒张。我弯腰在水里濯洗清澈的阳光，轻轻晾起，便是一匹月光的理想。

泸沽湖主宰了我的思想

我穿过村口，站在一湖月光的岸上。

月波偎着水波，一起婆娑。我趺跏在多年搁岸的独木船上，放走灵魂。

泸沽湖多出一尾鱼，听夜的喋喋。

夜露爬上草尖。高大的核桃树把影子递进湖里，苹果树和梨树把果香递进风里，虫儿把琴音递进心里。这是怎样的盛宴呢？不可名状。

小渔坝传来的犬吠，略略惊了一朵玄参花的梦。而水藻花的梦更加深了，有洁白的笑浮在水面。

里色岛、谢瓦俄岛和里务比岛的梦一定跨界了，如鱼般从云南进了川西。我从川西来，我在一个梦中寻找另一个梦。

今夜，谁拉了一把皎洁的月光，翻过了洛水村的后山。

我站起来沿湖边走。而灵魂未归，泸沽湖主宰了我的思想。

路遇一场洗涤灵魂的雨

在娜洼村，路遇一场雨和一群白鹅。

我们停下来等白鹅穿过道路，等透明的雨穿过透明的清晨和我们透明的情愫。转海的摩梭姑娘小伙已准备好新鲜的松叶香，准备好和湖水一样清亮的歌喉。

好雨，为好日子洗尘。

我感受到他们心中的祈愿也如雨一般透明。

而远来的我们，正接受一场灵魂的澡雪和祝福。

雨激发万物对草海的爱，白鹅向天而歌。终于，阳光伸出柔和温暖的手，抚摩白鹅羽毛，抚摩草叶和小花，抚摩湖面清波，抚摩清澈的笑容和人心上的水珠。

（选自《散文诗》2017 年第 4 期）

■［上海］清　水

风轻叩桥面（外二章）

像一个少女变成母亲。她脸上的皱纹曾经照亮了那个夜晚的星。

那些清凉的事物，行走在路上。

斑驳的石墙映着天空的蓝。

天空是一个谜。

水城四月。草木在更远的地方谦逊生长。

我看见时间之手渐渐破开水的纹路，明亮的水的躯体，是最干净的玉。我看见那消逝又重现的梦。那遥远而神秘的水域，你从哪里来，又往何处去？

多声部的乐章散落在时间的河。水声划破忧伤。

是谁把一座古老的森林埋入水下。是谁，在水边低低吟唱？

风轻叩桥面。风无法说出这些事物的来历。只有那时间的流水不疾不徐永向前而去。

听。水声不断。

水的声音那么微弱，却那么光明。

少　女

黑夜的软草，风几乎吹不动。

风醒在睡眠深处。那些长长的夜歌被草地根部的小虫紧紧咬住。

尘埃从夜色飘落，通常也会幻化成雨，测量时间的静。

我听见麻雀轻轻抖落翅膀的雨，它们总能抚平苍凉的脚印。

那个将爱给了你的人，请别难过，风会再起。

像一个少女变成母亲。她脸上的皱纹曾经照亮了那个夜晚的星。

静默的事物一无所获

风吹落了更多的树叶。

风吹空荡荡的橘树。

光的手婆娑枝头片刻流霞。果实弃置一旁。

使路人遗忘了的，橘的果缺少投机的本领和严肃的热情。它们一个个光着脚，打着瞌睡，汁水压裂了黄昏的落日光景。

静默的事物一无所获。地黄花开的早晨，一条河流带走了它们。它们承载那些流水，流水也承载这些事物。下一个季节来临，河水开始变得清凉，它们又会无声无息地回到原来的地方。

河流巡行，一路清洗窗子。瓦片。清洗一些匆匆赶路的内心。

那些细密的、水一样的光温柔流淌。很多时候，这些水也会突然穿过白天的视野，进入一个秘密的山峰或者一条陌生的江流。

我看见一个古老的故事在瞬间发生，又在瞬间消失不见。

（选自《诗潮》2017年6月号）

■［湖南］高　翔

黄河口三色（三章）

一个绿色的帝国梦，在黄河口的弓箭上，含苞欲放。

绿芦苇

十万大军，举起绿色的长戈，整装待发。

叶子的手，握紧戈柄，凝神静气地等待一声出师春天的命令。

风的马蹄声，在黎明深处潜伏，为一个军团服役。

当阳光的海浪涨潮时，一片茫茫长戈，举起闪亮的锋芒。晶亮的光泽里，绿色的帝国大梦，被举在生命的高度之上。

一个军团的雷霆，在阳光的海浪里屏息。

征伐是上弦的箭，黄河是弓弦，已被春天拉满。

一个绿色的帝国梦，在黄河口的弓箭上，含苞欲放。

白天鹅

从唐诗里飞出的诗句，排版在阔远的天空，平平仄仄的韵律里，一行诗，一风景。

散在滩上的词语，组成一篇自自然然的释义散文。文章写不尽诗句的内涵，抒不尽黄河口的恩义。

滩上，一枚词语动了一下，时光也动了一下。这些气定神闲的词，一撇一捺的脚步里，踩乱了一丝风的规律。

这从唐诗里飞出的诗句，题写在天地的纸张上，等待忙忙的人生，来解读天地的心境。

一转身，一枚血阳，为一首新生的唐诗签章。

红碱蓬

一洼苦难，在水陆间沉浮。内心积攒的火红的热血，射出水面，凝固成燃烧的姿势。

从黄河苦难里而来，淤积一生的疼痛，还不忘把记忆里积攒的热情和盘托出。

这凝固的火，燃透盐碱地的苦难，焚毁了秋天的凉。

这血一样的火，点燃了生命最后的灿烂。

（选自《小拇指》诗刊2017年第1期）

■［云南］陆晓旭

金色畅想曲（二章）

情愿与你一生缱绻，从我的温情江南，直到你的晨钟暮鼓。

是金蝉脱壳在这里邂逅了海，还是秋天脱壳在这里与海热恋？

流光溢彩的金，倾泻开来。在这里，你可以尽情领略山与海的璀璨。

我来了。你要等我。等我一起携手走向梦中的幸福。等我去看鹿栏晴沙的日出。人生总有苍茫需要眺望，有海风吹拂，有喧嚣，也会有宁静。一切都算唯美。

这里的海是金色的，金色的海发出的声响也是金色的；这里的沙滩是金色的，金色的沙滩释放了爱的柔软。心仪已久的灵魂相互吸引，谁愿意和谁虚度时光都不足为奇。无论晨曦初现的早上，还是霞光挥洒的傍晚，只要所有停泊的船只竖起耳朵，我们就可以选择一起聆听金色的交响。

思念疯长，因你而起。光阴在一寸一寸剪短。谁也不会后悔彼此依附彼此吞噬。大地消解着追寻的脚步。彼此碰撞的星座无声地陨落。就像多年以前，在没有灯光的屋子里，那爱的火花，发出了金属的声音，却一直未被抒情。

在这里相爱的人，也会从这里出发。漫漫人生，从此携手走过。

爱你，情愿与你一生缱绻，从我的温情江南，直到你的晨钟暮鼓。

蓝色引擎曲

面对大海，我也有自己的春暖花开。

绕开了人生的很多弯道，我直奔灵魂的大海而来。

也许，诗和远方，就在这片无边的蔚蓝里藏着。

我却总是一再担心，一旦失去了这片蔚蓝，就算我把自己全部掏空，也无法还原一条生动的小溪。因而，当勇敢的海燕在大海上盘旋，呼叫，我也有化身海燕的冲动，想要和它们一起扑向天空的乌云，扑向苍茫的时间，说出我潮涨潮落的想法。

我相信我是属于这片蔚蓝的。我相信世界也属于这片蔚蓝。

被灌了铅的梦想，总会挣脱愚昧的桎梏，为明天插上腾飞的翅膀。

如果可以，我想再拐过人生的一个弯道，化腐朽为神奇，化干戈为玉帛，把密封了无数个世纪的爱打开。

在时光的河流里航行，无论是溯流而上，还是顺流而下，只有清澈见底的心灵，才可以成为最好的引擎。

引导着所有的善意，步向正本清源。

（选自《散文诗》2017年第3期）

第五辑　生命的光影（17家）

■［浙江］张敏华

生命的光影（组章）

该怎样扬起马蹄，让冬天布满秋天的道路？

秋天在冬天的酒杯里迷失，向日葵被砍下头颅，十月的向晚，我像一匹黑马，该怎样扬起马蹄，让冬天布满秋天的道路？

谁是骑手？灵魂在马背上倾听，草地为我准备好了婚床，宁静的月光漫过往事，而通向黎明的时针——断了，我妹妹的裙子遗落在秋天。

那些充满禅意的芦花，沿着河床飞飞扬扬，仿佛要我淡忘一生的荣辱，穿上淡泊宁静的内衣，生命的光影厚重如金！

谁也无法锁住心的潮汐，仰望天空，我信守一份真爱，善良长出星星的翅膀——

所有的苦难，都被落叶轻轻地覆盖！

堆　积

走进酒吧，他看见砖墙上画着暧昧的图案。幽暗的光线，堆积大肚酒瓶，塑料紫藤，骰子。

吧女的身影从里间消失，他突然感到口干舌燥："也许我已经老了，我得先拯救自己的肉体。"

睡意渐渐向他袭来，壁上的音响，又唱起了老歌。他像一片树叶漂在水面，波浪使他远离陆地。

现在，他终于有了隐秘的激情，再一次在酒吧现身。他只想把自己掏空——

一杯扎啤，一饮而尽。

雪

在去公墓的路上，我看到了雪，像一件件殉葬品，在稀薄的阳光下怯生生地融化。过程就这么简单——雪还原成水，生命还原成土。

但水和土之间没有记忆，幻象一个个出现，又被光一个个取走。

起伏的墓地，高贵或低贱，富有或贫穷，被同一场雪所爱，雪成为某种化身。

从墓地回来，我必须摆脱雪，就像我活着，必须摆脱过去。

（选自《青岛文学》2017 年第 3 期）

■［江苏］马亭华

月光下的女神

故乡的云，像白发苍苍的母亲，守着村庄的眷恋。

1　彩霞在天涯舞蹈。这独舞的黄昏，蟋蟀有了近乎凄冷的唱词。

我怀揣着祖国的忧伤，背负诗的虚名，浪迹天涯海角。春风吹暖了人心，春风为我剪下一段霞光作御寒的围脖。

故乡的云，像白发苍苍的母亲，守着村庄的眷恋。

一场小雨，有黄金的头颅，熠熠生辉的灯盏，美丽的象形文字，走在春风里的低语里，排列成平平仄仄的诗行。

芦苇，以宁静的舞姿打开一座远山。低矮的天空下，一两声鸟鸣，带走了远方的乡愁。

一滴水在竹叶上滚动，滴落，风中似有祈祷之音。

一滴水，最终要回到自己的心坎上。

悲伤，不知所措。芦苇从来不会思想。

北方无名的小沛，却是大风的动词之乡。月亮高高升起，树叶像隐喻，启明星已消逝，比冬天更古老的是枯寂的大街，亭台楼阁，往事如烟，连同奔跑的石阶，只剩下冰冷的追问。

岁月里的清欢，你的笑，多么空寂，飘荡在风中，成为孤独的艺术。

秋天，透明的言辞，我站在山岗上，成为哲学前额的风，吹吧——

2　火车开走之后，身后的炊烟升起。

叫醒千山万水的，是阳光的雨。淡泊的日子，要一点点的过。

黄昏里，有奔马的铜铃声响过，让我停下来，坐在溪水做梦的地方，那些云彩，从头顶飘过，含着古老的神谕和清韵。

星星，把眼睛擦亮了，把灯光搓成了乡愁的绳线，你的笑，像一朵性感的小火焰，温暖着我的今生。

你明月的身体，丝绸一样顺滑，如果，你是一颗晶莹的泪滴，你还能活多久？即使你是我的小浪花，我也无法成为你的岛屿，你可以向我汹涌，我却只能对着明月灿烂。

爱你，以大海的名义，也不如以我小小肩膀的名义。

温柔就是力量，烈日不抵曙光。

3 远山的过客，远处的灯塔，春天的旗语，为你弯下腰身的才是爱情。

策马春风的少年，在奔跑的群山中间吹笛，让流水引领我们奔赴明天，如同体温、呼吸和心跳。那个举剑向月的少年正是我渐渐长大的儿子。

清淡的时光中，爱情不宜清醒，爱情似乎必须醉去。

篱笆没有围住白鹅，秋野上空是自由的跳舞的月亮，村庄多么寂静。

内心的大海多么辽阔，但记忆的秋天的河流，一步步走向星空，五里路的桃花就困住了我的双眸。如果天空下雨，那是爱情在追问，是一串串的省略号。

一枝玫瑰，一滴泪，盐或者其他……

4 所有的事物，都无法抵挡秋天。

九月辞行悲鸣。云朵的秘密，剥离了时间。好时光，就是一起幸福的破碎。

曾经有一个女子从远方来，她是小天使，静止的蓝，从头顶滴落的月光，到她清澈的眼眸，水仙的手指，到她薄荷的发香，到她水蛇的细腰。

她为一首诗流浪，低垂的火焰，借着月光，呈现出隔世之感。

那些田野中细碎的嗓音，那些前世的云朵，秋末的黄昏。一棵树，在宁静中呼吸，花喜鹊在故乡的枝头自信地鸣啼。

一颗心，顿时辽阔了起来。

那些沉甸甸的稻穗，在风中晃着，在闪电的瞬间。

心中想着远方，那在寂静中第一个醒来的人，一定是才华横溢的诗人。

远眺澄明的宁静，失散的光阴，你的歌舞是另外一种身体的语言，在秋天的怀想中，在风暴的中心，在世界上最小的信念里。

（选自《中国当代散文诗·2017》中国书籍出版社，2017年5月出版）

■［湖南］邓　杰

微尘之光（节选）

一粒粒稻穗无法保持一粒处子的沉静，太阳风让她如期受孕又如期产籽。

1 一粒微尘，也许就是一只癌的指甲。

指甲穿越时空的厚度，尖锐如箭，隐秘如箭，

戳穿内在的苍茫。

戳穿嘲弄大地生灵的妖言。

指甲脱尽。力，衰退至静石……

死者破译死者的警句。
警句之花绽放在坟茔里，
千百年后，出土成一缕缕惊世骇俗的微尘之光。

2　百尘归尘。从生命原地回到死亡原地的人，
其足茧里落满了归尘的惊雷。

4　尘埃在优美的翅膀上充斥着飞翔的欲望。
尘埃在交欢的通道里静筹快乐的扩散……

尘埃落定。骨灰的温度贴近大地内部的根。

12　一粒沙子抱住一种精准率为万分之一的精密武器，目的是讨伐一种对美德的过分的折损。

一种蘑菇云的升空，是正义的微尘集体力量的大爆发，更是对某个狂妄的民族的惩罚！

18　一粒文字如尘埃掠过一个盲人的眼睛，就像一颗调皮的石子滑过麻木的冰面，
溅出些晦涩的音符。
其实，盲人的眼睛是他灵毓的指纹，再多再细碎的往事，
他一摸了然。

27　芝麻开门？
如同演艺高超的魔术大师永远揭不开真理的盒子，芝麻的重量
永远也打不开一扇充满敌意的门。
但是，只要这种芝麻是温柔的机缘主义，
是紫檀木上的翻阅《圣经》上的手印，一旦把芝麻撒向虔诚的天空，
就很有希望找到一把打开这扇固若金汤的心扉的钥匙！

29　花岗岩遭到了火药的批判。
残忍的花开，在轰鸣中粉碎了一个坚硬如铁的神庙。
一线缝隙，诠释了千年信念的经卷
失去了传承的谪系。

30　一粒野生的辣椒籽，需要呼吸凛冽的山风；如同每一个湘人的味蕾之舞，需要辣椒的火焰来伴奏。

一粒天生烈性的辣椒籽，需要点亮激情，
需要充满血性的湘西南红丘陵男儿来解恨！

37 一粒粒稻穗无法保持一粒处子的沉静，太阳风让她如期受孕又如期产籽。
于是熟稔带给田畴无限忙碌。

水稻如韭，在红丘陵人的族谱上从未割尽，犹如一颗绿魂在镰刀飞舞的影集里从未安息……

水稻被割倒在田，新秧又被插入田中，
老家被掀成田土，田土又被垒成新坟……

熟稔像刀影一样，切割着红丘陵事物，倒下的和挺立的都是刀刃的两面——

一面是逝去的岁月与秋韵摄成的历史的胶片，
一面是新至的春天与春雨合成的白金。

54 你给沙粒献过花吗？
你给沙粒的生命唱过一次礼赞吗？
面对白茫茫的大戈壁——沙粒的海洋，你的心顿生苦难的忧郁。
你的欲望正从峰顶跌落谷底。

无论怎样超凡的静心也顿悟不了一种神圣的佛法，也顿悟不了沙粒后面的伟岸与浩渺。然而，只有沙枣花永远属于亿万沙粒中的每一颗沙粒。

这是一种独于忧伤、沧桑、苍茫的沙海中绽放的洪荒之花。
这是一种独于漫无边际的沙暴中绽放的凯旋之花。
粉白的幽香，如甘泉一样，浸润整片燥热的沙漠。
丰碑般的倩姿，月辉一样照亮整个沙漠的暗夜。

65 一粒土是劳累的。它，哺育着生，陪伴着死。

在田畴，土粒滋养着稻苗结出籽穗，一季一季，一年一年，与那头沉默拉犁的老牛没有两样。

在墓地，土粒陪伴着逝者萌生出安息的梦境，一夜一夜，一天一天，与那块忠诚的墓碑没有两样。

一粒土是可爱的。它，让我看到细小的美在事物的核心中
坚韧成钢！
钢也是由幸福和快乐的颗粒铸成的。一片钢，就是
一个强悍力量板结的家族！

（选自《雁南飞》文学月刊2017年第8期）

■［河南］王　剑

中秋的月光（外一章）

一代代人啊，在月光里死去，又在月光里新生。

说到月光，一缕清辉，就从窗外进来了。

一枚月亮，从古走到今，从月缺走到月圆。然而，它的行程刚刚开始。

苗条的月，挂在树梢上，像一把镰刀。看着成熟的庄稼，被农人收割。装载的马车，吱吱呀呀地从田埂上驶过。成群的牛羊走下南山，圆圆的肚子，在晚风中招摇。

丰满的月，照着家乡，也照着远方。新婚的妇人，手扶栏杆，把月光纺成缕缕的思念。远行的诗人，采下江边的芙蓉，递给月下的虚空。一位老人，刚刚咬下一口月饼，躲在里面的记忆，就连连喊疼。

月光流淌。照着树木，也照着行人。照着村舍，也照着村外的坟墓。

月光下，有人在微笑，有人在痛哭。有人在赞美，有人在诅咒。月光引领着人们的哭或者笑，爱或者恨。月亮神情淡然，透着生命的苍茫。

月亮和树木、牛羊一起，勾画出中秋的诗意。

月光里有远山近水，月光里有亲人音容，月光里有童年岁月，月光里有憧憬希望。

一代代人啊，在月光里死去，又在月光里新生。

童年的月光

井栏上。
斑驳的时光，开始剥落。
母亲汲水的手，日渐缓慢。

父亲背对水井。日子在他的烟锅里，明明暗暗。

梦里，我的水桶哗哗作响。
倒出的，
全是童年的月光。

（选自《湖州晚报·散文诗月刊》2017 年第 9 期）

■[黑龙江]曹立光

风，吹动银河（外二章）

因为温暖，我们拥抱，因为敬畏，我们感恩。

其实，我已经没有什么可仰望的了，我只是想在浩瀚的夜空下，静静地听星星拨动银河的浪花声。

那些闪烁光芒的河水，有多少是相爱的人儿说出的悄悄话，有多少是孩子睡梦中的呓语，又有多少是历尽沧桑洗尽铅华的安宁与平和。

风，吹动银河。

我的一颗心啊，也随之轻轻摇曳。尘世中那么多经过的事物，仿佛都没有经历过，仿佛一切都没有发生。

风，吹动银河。

那些星星的浪花中，也有我一颗闪烁的心。不细小，不卑微，并坦然，自信，天真……

清晨，一群不速之客

被一阵嘈杂叫醒，原来阳台上来了一群不速之客。

很多年没见到它们了，它们容颜没有太多改变，装束简朴的作风依然坚持。

它们的语速还是那么快，底气还是那么足。

它们说着节气，说着收成，偶尔为某个不同观点，陷入沉默一小会儿。

听到它们的话，我就想起老家外出打工的亲戚们，它们都有一样的境遇。

抓一把小米，我想打开纱窗，请它们吃顿饱饭，而它们谁都不曾低下头去啄。

在尊严面前，怜悯是多么可笑。

当警笛由远而近驶来，它们背起行囊，呼呼啦啦地飞走。麻雀和老百姓一样，天生对那个声音敏感。

今天是个好天气

淡蓝的天空下，有一朵优雅的白云在梳妆。结伴飞行的燕子呢喃春光。这些发光的好心情，都给忙碌的人享用吧！

今天是个好天气，上学的风筝被风牵着小手，早班的露珠得到青草的赞誉。

婚礼的鞭炮点燃爱情，轮椅中打盹儿的毛毯沧桑中有淡定，如脚下的河水，绵延不息。

看得见的，看不见的世间万物：

因为温暖，我们拥抱，因为敬畏，我们感恩。

（选自《散文诗》2017年上半月版第9期）

■［新疆］堆 雪

歌王·追赶马车的吉他（外一章）

时间摧毁时间，时间修改时间，时间追赶时间，时间复述时间。

在达坂城，与一位老人相遇。就像，一块石头与一弯星空相遇，一缕风与一座古堡相遇。

其实，我来到这里时，老人已离开多年。多年，我们之间，仅隔着一首歌的路程。

现在，冷清下来的镇子又重新热闹起来。他怀抱吉他忘情弹唱的样子，已经被塑成雕像，供游客瞻仰，留影。

生活里少了一个人，却多出一尊雕像。

它代替那个人在镇子上等你，总是那身打扮，总是那副笑容。风雨无阻。目光微扬，看着远处的雪山和天空。让你走出低矮卑微的屋檐时，不轻易放弃热望。

我活在他翻飞的手鼓和艾得来丝绸的旋律中，活在一把在雨中奔跑成牛羊或马群的吉他里。

他弹奏时，我就想起那个被石头围困的小镇，镇子上大眼睛长辫子的姑娘康巴尔汗。想象中，装满嫁妆坐着妹妹的马车，从身旁飞奔而过，扬起的尘埃，让很多人落泪。

在达坂城，我始终没有遇见歌声里美丽的新娘，但我相信那位老人：

一把吉他，就是一驾马车。跑快些，就能追上一首好听的情歌。

砖·历史的建材

在白水镇，我看到一堆没有用完的砖块。红色的砖块，像还未熄灭的火，与灰暗的历史隔着世俗的距离。

横七竖八的砖头，像未被整理的时间。虽然凌乱，但没有破碎，不曾损毁。

时间以各种形态呈现。时间从未死去，只不过有的留在原地，有的去了别处。

唐代时期修建的重镇，几乎被损毁殆尽。战火和大风，是摧毁它的另一双手。时间摧毁时间，时间修改时间，时间追赶时间，时间复述时间。

白水镇的砖，用红色修复灰色，用想象复原历史。只是不知，此时的时间，在谁手里？

我在想：那个拔地而起的城楼，有没有时间被不断假设或反复推定的图纸，更加接近历史的真实？

时间也需要被慰藉，就像干渴的石头，等待白水涧的溪流，让它们知道自己依然活着。假扮历史的时间，最该以接近真相的面具，回到它们原来的位置。如一尊佛像归位。

时间是很难理顺的，如麻如影。一根一根抽出来时，才能看清长短和质地。耐心地，搓成绳子，才能把代表着另一段时间的竹简和书页串缀、装订起来。让那些或重或轻的痕迹，更像历史。

砖头，是复原古城剩下的，代表威严和权力的城门已矗立风中。但两侧的城墙还残破不全，等待延伸。堆积在旁的砖块还有用，不久，它们将以时间的名义，被泥浆和沙石固定风中。

我到来，带着自己的时间。

深夜，穿过灯火辉煌的城门，留下一声，比梦还空的叹息。

（选自《山东文学》下半月版 2017 年第 10 期）

■［四川］徐澄泉

2017 年最初的鸡鸣（外二章）

2017 年的第一缕曙光，重重打在鸡冠上。

鸡叫第一声，天欲白。
鸡叫第二声，天正白。
鸡叫第三声，天大白。
2017 年的第一缕曙光，重重打在鸡冠上。
也照亮了一个人的光头。

城市广场。
有人闻鸡起舞，有人金鸡独立，有人山鸡舞镜，有人独鹤鸡群。
其中一个，破雾而来。他唧唧咕咕地招呼：
“新年好！”
好似新年的第四声鸡鸣。
有人看到：他披一身金灿灿的羽毛！

一碗饭的哲思

水，加米加火，等于饭；
饭，加碗加嘴加胃，即消费。
我曾扪碗自问——
一碗饭的成熟有何历史意义？多消费一碗饭有何现实意义？少消费一碗饭有何社会影响？
吃饱撑足了，是该搁碗骂娘呢，还是歌而颂之呢？
此谓思想。
思想总比饭粒多。我要打破砂锅问到底——
从物质到消费到思想的过程，是否就是智慧运行的轨迹？
以人类无所不能的智慧，能否把思想还原为物质的形态？
比如水。

称　谓

叫他向日葵？显得俗气。
叫他葵花？则有一些高雅。
比如革命战争年代，我们把二狗叫作“二狗同志”。

那时候，我们的头颅向太阳！
那时候，我们住在乡下，把葵花叫作“望魂儿”。

（选自2017年2月19日加拿大《华侨时报》、《星星·散文诗》2017年第6期）

■［江苏］朱群英

月的风景（外一章）

故乡啊，此时你身上披着的那层白纱，有我的点点泪光啊！

月带着水声走来。人影和树影都流进水声里去了。原野在画意中，河水从这画意中流得纵横恣意，一团团的树影和花木阴在一片月影里。

树木剪裁了更多的树荫，覆盖着村庄。又大又圆的月，不是穿梭在云里，是穿梭在树影花影间，田里归来的人，心地都那么纯洁。

月在水上，在枝蔓间，在树影婆娑的桥上，在亮亮堂堂的原野上，在画中，在诗里。

柳荫下的小径，菜花里的小径，浅草里的小径，稻田里的小径，一脚脚往月里延伸。

偌大的一轮，摇摇晃晃，离你离我离他都很近。

小草小花和小鸟都睡着了，它们是在月光轻轻的抚摩下睡着了。

只有风把月光洒在每一处每一个角落，为我们照亮了脚下的路。

月光翩跹着，低吟着。这光剔透，朴素，这光美丽，纯洁。远处仿佛听到花朵层层打开的声音。

静　月

月光射进了林子。树枝扑棱着翅膀。

紫色的花在林子里静着，嫩黄的藤在树枝上挂着。

一条白亮的小路穿过林子，路边开着蓝花，被露水洗得闪闪发亮。

一条河流在林子边，流水声灌进林子里，把林子洗得更静。

月光，静得像地上的白沙。静得像一片贴着不动的树叶，像一根若隐若现的松针。

村子里的人都睡了，没有人来，树下长出一蓬蓬黄蘑菇。

露珠干净透明，天上的月亮投影在她的波心，映射出又一轮月亮。

月，在一片套印的秋色中。小溪从林间响出，它的源头仿佛来自那轮圆月。月在林中，映亮了彩色的树叶，似有一阵光和雾在蒸腾弥漫。

月亮圆圆的，像纺车，纺着她浪漫的遐思。又像饱经风霜的老人，不紧不慢地梳理着白花花的月光。

远方，月光像水一样倾泻在大地上，游子情不自禁地弯腰掬起一捧，面对故乡的方向，轻轻地、慢慢地洒落出去：“故乡啊，此时你身上披着的那层白纱，有我的点点泪光啊！”

（选自《湖州晚报·散文诗月刊》2017 年第 8 期）

■［上海］王崇党

山　谷（组章）

我的山谷，是一张微开的嘴唇，正轻轻说着我的闲淡与富足。

要再妄想抓住什么，能抓在手里的都是把柄，都是掣肘。
山谷正在轻轻合十，为万物生灵祈祷。

仙居山谷，我已没有太多奢求。

一些时间，我交给饮食俗物，一些时间我与古松对弈。我每落下一子，都会等松树落下它的松子。

在深深的暗夜，我与星空博弈，我总是自作主张地让一颗星星亮起来，又让另一颗星星暗下去。

我的山谷，是一张微开的嘴唇，正轻轻说着我的闲淡与富足。

时间的咖啡

是时间在给万物机会。

如果时间凝固，万物都会被牢牢地浇铸在他的大厦里，无法动弹。

时间一直在调制一杯咖啡，他不断地放进白天与黑夜，已经放入很多了，但总感到不够。

我不知道他何时把我放进去。他在犹豫，几次拿起又放下，我看着他做着这些工作，有逃掉或主动跳进去的念头。

我一直在耐心地等待，只是想知道，他把我放进去，是要把咖啡调得苦一点，还是更甜。

篁　竹

西余山向南的整面山坡上，幽篁荫蔽，云烟漫漶。

隐约看到林中有人正拔节运气，往高处探身，一次次屏住开花的冲动。

城市越来越像一个花瓶，人们无论如何整饰自己，都插不出鲜活的感觉。

那天大雨，我忘带雨具，一眼就看见那件挂在山坡上的绿蓑衣。

唱　片

我来到这座山时，它只是一座光光的秃山，像一个谢了顶的老人。

我取来锯子，我要从老树桩里取出年轮的唱片，锯到一半的时候，我哭了——

会不会有后来人，像我一样来锯开我们的白骨，要找到尘世曾经的繁华。

穷　人

终南山的茅棚，是寂静在山腰上长蘑菇。

住在里面的人，是端坐在云彩上的人。

他从不对大山提出问题，回声里，只有大山不断重复的疑问。他知道——

所有的答案，都蕴藏在冥寂里。

他富足的脸上没有一丝忧愁。对我各种问题，他都不置回答，只告诉我——

一个没有寂静可以偎依的人，是一个穷人！

（选自《青岛文学》2017年第10期）

■［云南］鸽　子

如　风（外一章）

风吹走了万物，风也留下了万物。

做不了风，就如风，也是好的。

如风，像风抱团成为风，像风穿过风。这流动的鲜活与自由，像坚硬的石头有了柔软的心，像心脏一跳动，月亮石开始软化，而石头软化，世界就没有了你死我活坚硬的搏杀。

有棱有角的手收扰，僵死冰硬的脚移动，不用“是”或“非”，不用接受或拒绝，如风，轻轻一吹，让会动或不动的一切，活过来。

说出叶子语言的那个人，说出果实语言的那个人，说出花朵语言的那个人，和说出风的语言的那个人一同，走进了黎明，走进了风。

记忆里，有风是这样的：露珠晶莹，草叶清绿，月光朗润，棕榈鼓掌，穗谷低头，果实曼舞，走向屠宰场的头牛头羊哼着幸福调……

风吹走了万物，风也留下了万物。

听力如风，捕到鱼的歌声。

视力如风，看到远方和梦想。

脚步如风，让沙漠化成绿洲。

灵魂如风，梦想展翅飞翔。

用风的镜子，我看见孩子时的自己，初心如月，只有光明和圆满。

用风的语言，我看见诗歌本来的面目，吐露血液流淌的节奏和心脏跳动的声音，除尽一切阴影和黑暗，治愈一切疼痛和伤悲。

如风，大海进入身体来。天空进入身体来。远方，和远方的远方，就在脚下。

如风，每一个人的手心里都握着自己的心，每一个人的心里都吹着自己的风。

如风，我穿过你，穿过逼仄的世界和辽阔的自己。

如风，把石头吹软，把天堑吹平，把黑暗吹走。把天光吹下来，把大爱吹下来，把世界吹得干干净净，把蜜酿于每一颗怦怦跳动的心脏和每一个春暖花开的日子！

再没有比这更好的选择，倘做不了风，就如风。

属于我的春光

谁提灯盏，在轻轻振翼的木叶间踏歌？

谁骑快马，日行千里夜走八百送来一缕缕暗香？

谁，是谁，且歌且吟，放下一路的呼唤、呐喊、叮咛和呓语？

让空的身充盈，让虚的心坦然。

谁催开了一路桃花，谁喊出了蜜和蝶，谁让小兽善良流水温软？

谁剥开了黑夜的核，投进了光明、雷电和倚门回首的娇羞？

谁推开了一扇扇门，牵来一朵朵白云，泼下一湖湖蔚蓝，撒下花团锦簇的诗意？

谁让心回到心，让笑回到笑，让暖回到暖，让爱回到爱？

风蹑手蹑脚进屋，光不声不响进屋，鸟鸣悄无声息进屋，花香不动声色进屋……

被窗子含着的一树桃花，照亮了我昨夜的梦，回答了目光里的疑问。

屋外阳光灿烂，属于我的春光，早已满了庭院，满了人间。

（选自2017年《散文诗世界》第2期，《伊犁晚报·天马散文诗》第1期）

■［江西］周启平

树：一种叙述（外一章）

与最后一片叶子告别，你就赤裸裸地立在天地之间。

没有什么可以藐视你，包括桀骜的流云、静悄悄的风和那些张望的石头。你形销骨立，像一枚钉在荒野的钉子，剩下的只有过往。

你看见远方的另一棵树，招展着它的容颜。美，让它懒得修饰，它为枝繁叶茂沉醉。而你记得掉落的每一片叶子，谢去的每一片花瓣，平添的每一声叹息。

大地篡改了你蜗居的地盘，你看见那些脆弱的土壤彻底沦陷。你抗议，挣扎，但你拯救不了你自己。

你现在和你腐朽的身体一样安静。那些破碎的词语，已经没有收拾的必要。那些美好的、明亮的、荡漾的碎片儿，一棵树不会去认证。一棵树交出了所有，一棵树死无可死。

你啊，要告诉的好与坏，都落在这斑驳的身体上。看见的看见了，看不见的错过了。你没有长篇累牍，只有云淡风轻——

落叶：重生的童话

一片落叶，在旷野飘荡。一棵树闭口不言，它丢失的仅仅微不足道。对一片叶子的离开，一棵树选择最有利的沉默。

一片落叶认为这是默许，或者绝情。一片落叶并没有围着一棵树喋喋不休，它咽下难言之苦。对于瞬间抽走的肩膀，它没有破口大骂。既然不再给予与依靠，一片落叶就只有做回它本身。

从树上坠落，疼痛只有落叶自己知道。风是好心的人，它们除了给它拍打泥土，还要吹散它的忧愁。

一片落叶在风中清洗心境，它要让模糊的命运变得清晰，让人间诸多的阴影从它的心底抹去。它要给自己最好的世界。

一张长椅接纳了它。一片落叶躺在那儿，它开始幻想一些阳光从一个人的指缝里漏过来，照进它雕塑般的身体。或者，钟声就此停止。一片落叶停留在时间之外。

瞬间的变故，对它来说已经很久远。一片落叶在更替作为落叶的思维。它要变成一枚崭新的叶子。拿掉颓废，拿掉伤害。它要比一棵树活得更好，更有尊严。它要在所有的落叶里，做那个有出息的灰姑娘。

（选自《星星·散文诗》2017 年第 8 期）

■［陕西］左　右

稻草人（外一章）

我真希望，那个稻草人，成为我的前生，或者你的来世。

荒芜的稻田。一把废弃的镰刀，在霍霍磨着春天的牙。这个冬天没有下雪。

低垂又旷阔的天空。浮动的云，和影。

夕阳刚刚落，山腰敞亮，洞开一条远不见底的深谷。

一只鸟，掠走去年春天，残留的温度。一只鸟是一朵花，花开时惊艳，花落时芬芳。一只鸟是一枚草，晨起吮露，晚霞辉映。

一只鸟，飞成一匹马。一匹马，跑成一条路。一条弯弯曲曲的小路上，站着一个戴着帽子、有半年多生命的稻草人。他从初夏，一直站到寒，冬。

没有人，把他当人。也没有人，把他带回家。更没有人，把他扔回篝火旺旺的火堆。他孤零零，坚守与期盼这个冬天，坚硬的使命，以及长在他的手臂上即将融化的冰凌。

时光融化得真快。冬天还在他手里猫藏，春天就开始奔放，她骑着河流，破冰而出。从稻草人的鞋底，钻了出来，还探了探雪白的脑袋。

如有可能，我真希望，那个稻草人，成为我的前生，或者你的来世。

狗尾草

一株狗尾草，在山坡上摇曳着它零散的苍茫。

蚯蚓把自己的身子，埋得很深，又露得很浅。蚯蚓和狗尾草是一对忠诚的伴侣。它们相互怜悯，相互与秋风拥抱。

狗尾草喜欢与石头做邻居。它们之间，有太多恩怨，太多秘密。夜深人静的时候，月亮掏出自己的耳朵，偷听它们之间，坚硬与柔软的悄悄话。

狗尾草讨厌滔滔不绝的河。一茫无际的河流，让狗尾草失去活下去的勇气。一到秋天，它就提前准备好灰色的绝望。

一株狗尾草，是一地庄稼的晴雨表。春种秋收是它们共同的执着。

一株狗尾草，是一个农人，最不忍面对的童话。

狗尾草也会老去。在荒凉之地，它无疾而终，会为自己修好一座爬满鲜花的新坟。

（选自《小拇指》诗刊 2017 年第 4 期）

■［上海］朵　而

黑天鹅（外二章）

“嘿，你在这？”/此时，她的裙子紧贴着风。

起先，她是抵触的，为选择的这只黑天鹅，她瘦弱、狡黠、自卑、偏执。

跟着它不停旋转，终于有一天她背部长也长出一对坚硬的黑翅膀，深嵌在肌肤里，连着血肉。

为拥有爱的味觉，她们一起试毒，在悬崖上等待风暴。终于，她们有了这纵身一跃。

鲜红沾到那个站立在指针上的人，他眉宇间迸出一朵毒玫瑰，红与黑的组合。

无数个缺圆的夜晚，她托人给他捎去口信：

褪去羽毛的身体，一直虚无的白。

逆水而来

这些天想得厉害，那些在一起的日子摇晃着逆水而来，我又看到被你笑容感染的鱼了，它们乱跳着，金灿灿的，到处都是。

想起你提到的那句话：神灵喜欢在无声中抵达，在我们额头指点迷津。这样想着，我这沉重的身子，也便轻了许多。

蓝瓦白墙，你在一道门前停留，佛就在那里安静端坐，银杏树的上空，云朵不再游，乌黑的鸟，凝视着。柱子那头，爬山虎的叶子，红了。

今天不是受难的日子。我却执意跪下来，在贫穷的思绪里，合掌。

闭上眼。鸟鸣呢？消失了，都消失了……

湿　地

到处是芦苇。

不断有人从芦苇丛里走出来，几座防腐木与铆钉架成的桥，贯穿着这片芦苇，它们显得结实、紧固。

茂盛的苇花随风摇曳，时而传来野鸭的叫声，这种不紧不慢的节奏透过叶的拂动，向更远处传播。

靠着桥柱，仰望天空的表情最容易被渲染成湛蓝。这种蓝，驱散着体内的燥热，那股从鼻翼向耳朵流淌的纯净，容易被一个声音定格。

“嘿，你在这？”

此时，她的裙子紧贴着风。

（选自2017年《上海诗人》8月第4期、《青岛文学》第11期）

■［浙江］天　涯

宾川，虚构一场爱情

崇山背后，一个梦失落，就会有另一个梦升起。

在六月黄昏的余晖里，再次踏上宾川。季节揿下按钮，大地之上，所有花朵瞬间绽放。

抬头，22年前那位少女留下的脚印，已沁入岩壁，模糊成意象文字。从林里，骏马已老，牵马人不知所踪。一只与红尘亲密接触的猴子以偷袭方式，让我记住它别样热情。

遥远尽头，一位男子弯下腰，在红土地栽种第一棵葡萄苗。时光穿梭、裂变，转眼已蓬勃成绿色的海。

眼前的宾川陌生又熟悉，熟悉又陌生，就像我打量今天的你，你回忆昔日的我，寻找彼此重叠的记忆。

斗转星移，唯一不变的是鸡足山佛光，依然普照大地。

在宾川，虚构一场爱情。

崇山背后，一个梦失落，就会有另一个梦升起。人群拥挤或疏离，谁会是谁的过客？而我，需要怎样的缘，才能在葡萄架下遇见你？以树的挺拔，山的俊朗，土地的浑厚，自带光芒君临。

阳光穿透时空阻隔，屏蔽幽暗，牵引沉重的欲望。风过田野，向日葵解读飘扬旗语。停下来，张开心灵耳朵，倾听河流诉说一个前世来生的故事。那里有我的回眸，你的身影。

在宾川，虚构一场爱情。

葡萄园里，酸涩与甜蜜并存，中间需要时间过渡。你隐在尘世背后，天涯咫尺或咫尺天涯，结局是否早已注定？

让我以手测土地温度，看青色咖啡豆渐渐绯红。“朱苦拉”的芳名里蕴藏着多少秘密呵，沿着百年前山道蜿蜒而来的是生活沉积的苦难和苦难酿就的芬芳。

在宾川，虚构一场爱情。

仰首，雄鹰闪耀长空。有力量喷薄而出，那是光、是火、是爱的烈焰。

纯净蔚蓝，昭示人生相遇的美好。

给你我近视的左眼，让你发现盔甲下的似水柔情。留我远视的右眼，穿过千万张陌生的脸，读你脉脉深情。

亲爱的，让我在宾川，虚构一场爱情。

千回百转，你才是唯一的主角。你从空中飞过，云朵就幻化为七彩；你从林间走过，每一片树叶书写彼此牵挂的暗语；你踏海而来，浪花里吟唱着你我的传奇。

我听到，听到了灵魂在舞蹈、碰撞，因为有你，天地一次次刷新爱的宽广与厚度。为你，我愿停止流浪，在你心的桃源，日升而作日落而息。我要紧紧抓住你的手，不让你沦落于尘，拯救你，也拯救我自己。

这辈子只有你我，只在你我心里。亲爱的，让我在宾川，为你虚构一场与生命同行的爱情，无论岁月如何变迁，都不离不弃……

（选自《散文诗世界》2017年第7期）

■［四川］毛国聪

世界是交流的结果

我们总想跃上马背，远远甩掉过去和现在。

过去、现在、未来仿佛一辆马拉车。未来是一匹马，过去是一辆车，现在是联接马与车的缰绳。而我们就被捆绑在缰绳上。

我们总想跃上马背，远远甩掉过去和现在。我们也想回到那辆车上，把过去重新演绎。

跃上马背或者回到车里，都无可厚非，是人之常情。毕竟，我们是捆绑在中间的缰绳上，向前或者向后，都属选择的正常范畴。但我们常常忽略了：没有非凡的才智和胆识，你无法跃到马背上；没有足够的沉淀，你无法退回车里。而恰恰有一些自作聪明自以为是的人，想以此证明自己。于是，在我们中间便呈现出了种种荒诞不经、五花八门。他们只是马拉车前进路上溅起的一些泥点，扬起的尘埃，可笑且可悲地匆匆走完了自己短暂而虚妄的一生。

跃上马背的人，是值得敬仰的。唯有他们能与过去和未来、与宇宙世界有真正的交流。他们能够在过去和未来之间穿梭，并且掌握了马拉车的方向和速度。

但我们中的绝大多数，只是在马屁股后面感到没有帮助，没有依靠，没有支撑，从而丧失了自信。于是，发动一场场血雨腥风的战争，证明自己强者无敌；无缘无故地疯狂，证明自己是天才；与万物相斗，证明人的伟大；砍去别人的头颅，证明自己的胆量；呼来喝去，证明自己的权力；肆无忌惮地挥霍奢侈，证明自己的富有；奸狡巨滑，证明自己的聪明；赌咒发誓，证明自己的忠贞诚实；涂脂抹粉，证明自己的美丽；虚情假意，证明自己的善良；吃喝嫖赌，证明自己的能力；勇猛顽强，证明自己的激情；钩心斗角，证明自己的价值……甚至殚精竭虑地要证明上帝是否存在，要找出宇宙起源的证据，我们要发现人类的命运、未来和末日……我们要通过证明，让我承认我们是人，人的地位，人的尊严，人的一切。结果，我们把人证明得越来越孤独，孤立。最后，我们把自己证明成了一种物，丧失了作为人的自然与本真，没有了生机与活力，丧失了生命的价值，没有了人的自由与尊严……

其实，我们什么都证明不了，人之所以为人是无法证明的，世界之所以如此也无法证明。上帝我也无法证明。我们证明的结果只会越来越痛苦、迷惘和绝望。我们的证明仅仅为自己的为所欲为找到了某种借口。我们不停地解释、证明，根本目的就是想给世界定性，为万物命名，以此来拥有和统御。因为世界并非我们证明的结果，而是交流的结果。

（选自菲律宾《商报》“中国作家作品选粹”第 238 期，2017 年 10 月 20 日）

■［湖南］周文禾

纤夫（外一章）

井是老的，有清澈的泉水，流着低处的光阴。

那样长的河岸，那样长的纤绳。

谁能说清他们木雕般的命运，多么沉重。

不然，他们只需要一寸光阴，就能拉动夕阳的光芒。

而下一艘与一首歌有关的船，以及一条河流的故事，又将会在什么时候抵达？

漫长岁月里，要用怎样弯曲的角度，才能榨出浸透衣衫的汗水，测算这条河流的咸度？

与他们一同行走的，还有一些归宿的水鸟。

它们无视河流的清澈与混浊，也不会在意那一串串纤夫号子，少了许多风月。

它们只顾在回家的方向里，抖落被夕阳灼伤的羽毛。

肯定还有另一艘船，比现在的更沉更重。

不知道那段关乎生命的长度，还会不会被纤绳拉伤。

扮禾佬

记忆中的永乐江上游，林密田薄。

那些靠山吃山的“洞古佬”，用汗水喂肥自己的山林之后，三五成群，扛着一扁担的目光和希望，融入下游金色的田野。

一整天，原野上都飘荡着沙沙、嘭嘭的声音。

他们的手臂结实而有力，衣裳上结着白色的盐碱，硬邦邦的。

他们制造汗水，制造盐粒，在饥肠辘辘的厨房，捧着“谁知盘中餐，粒粒皆辛苦”的诗句。

轻而易举，致使我家的炊烟，从黑色的屋顶上袅袅升起。

一把烂蒲扇，扇着灰尘的翅膀。
病蝴蝶一样，飞起又落下，把一缕发烫的风搅得支离破碎。
夜晚，萤火虫打着小小的灯笼，照亮他们的梦境。
他们的肤色，像一尊涂上油彩的雕像，欺骗着阳光。
他们腰中的钱包稍稍鼓胀起来，腰却明显细下去。
骨头更有硬性，头上的发丝乱如荒草，东倒西歪。

他们疲惫的表情，迟迟看不到笑意。
因为他们当中的一个人，骨头散了，皮肉瘫成了一堆，发出磷火一样的光芒。
最终，因繁重的劳动和酷热而猝死他乡。
我的稻田因此在继续衰老，满面金黄的胡须。
那时候也好想手持一把稻穗，学他们的样子，兀立在巨大的扮桶边，大吼一声，挣下一天的口粮。
也好想把所有星星据为己有，把那些看过他们的萤火虫带回家。
可那时候我还小，还举不起一束稻穗。

（选自《散文诗》上半月刊2017年第5期）

■［四川］庄　剑

负重的情感（外一章）

也许永不会如期，但情感的重负啊，今生今世却永不能卸下。

冥冥之中，爱情不可抗拒地来临。
这前世的姻缘啊，在今生今世悄然而至。
情感的负重也由此而生。

也许早有默契，只是不曾点破。
春的柔情蜜意刚刚款款而去，爱意竟在这初夏的热烈里燃烧得如火如荼。
烧得去世俗偏狭的目光吗？
烧得去传统坚固的栅栏吗？
在幸福与痛苦交织的一刻，我们必须面对负重的情感做出抉择。

坐在黄昏，坐在历史裸露的树根上，面对燃烧得美丽而缤纷的夕阳，我们童话般幻想的摇篮仍然如此天真。

像孩提河岸边数水中星星的岁月。
没有刻意的装饰，负重的心此刻静如止水。
你的歌声仍然如此柔情似水，我的目光仍然如此如痴如醉。
可当启明星无情地拨亮东方，我们忧怨的眼神仿佛都在互诉：也许终不能相许，也许永不会如期，但情感的重负啊，今生今世却永不能卸下。

留一个青苹果给你

留一个青苹果给你。
不要让它红，不要让它熟透。
让它真实地存放在果盘中，郑重其事地做我们爱情的见证。

留一个青苹果给你。
不要伤害它，更不要用锋利的刀刃去碰它的肌肤。
让它真实地存放在思想中，成为你安宁生活中必不可少的静物。
这幅静物无须标题。

留一个青苹果给你。
好好照顾它，好好珍惜它青色的意义。
让它不知不觉地潜入你的心中，留给你最后一个永不能熟透的美丽。

（选自《海燕》2017年第6期）

第六辑 独自苍茫(10家)

■[河南]王猛仁

木屋里的灯盏(外三章)

你的声音，从窗口流下，似乎带着原野的守望与遐想。

歌声。暮霭。远山。青黛。

站在一株光秃秃的树下，翘首远方。

是心系一方茵茵的碧草，还是缘于一角蓝蓝的天空？

风吹草低，百花争妍。

我曾多次抖动生命的热忱，将你的影子，勾画在圣洁的宣纸上。很遗憾，你却偷偷地溜进我久违的森林，点燃烛光的温情。

我记得一片钟声，被一片云吹远。

半掩的小木门，映红了你隽雅的面庞，久久地，埋着头，不再向外窥望。

火火的烛光燃烧着，聆听漫野的布谷声声。

室内的那枚三叶草，隐没于一滴水珠的细小。

你的声音，从窗口流下，似乎带着原野的守望与遐想。

我陶醉于你的沉默与娇羞。

那一扇似启似合的闺门，我期待已久。心里的那把七弦琴，一遍遍被你拨响。

静倚在寂寥的木屋旁，颤动那笔尖的美丽，为你写下最真的诗行。

鸟在昏黄的帷幕里纷飞。我的心绪没有着落。

当清晨屋檐下第一滴露珠滚落的时候，此刻，所有爱的眼睛都将沉入花朵，一道置景，缀着待发的花蕾，倾听涓涓情话。

一抹水墨

啜饮三月甘美的乳汁，夕阳拽着春天飘逸的裙摆，黑夜沉没于一条静默的河流。一首诗，在一尾残缺的鱼化石上，酣然入梦。

每一次流水响起，都是一个翻腾的符号，或者暗藏在心中的记忆。

每一种声音落在心上，都是一阵掠过天空的鸟鸣，或者一曲白天鹅鼓羽的欢歌。

夜风来袭。一簇簇洁白的花，于不经意间，凝为冰凉的星斗。

我把我的欲望拉直，点亮。

无边无际的缱绻，于黑暗中奋力地挣扎。

跫音，自门前落石般踏响，或者消失，是俯拾还是担扰？

我站在阳光的背后呼唤，数着星星和月亮，一轮红日的夜，猛烈地撞击着胸膛。

一场风景来得好大好快，将我的心浸泡得冰凉酸痛。

只有那些遥远的，微微的光，如同乌黑的万物，干瘪着，在深深的黄土下，长久地睡眠。

目光穿透某种虚构，不让冷艳的光芒破门进入，无垠中，无风。无声。

一抹水墨画里的留白，悄然地隐匿在遥远的深处，偶尔在夜的眼中，一闪，一亮。

夏，在怆然的风景里喧嚣着

傍晚，在星光悄然隐没的海边，枕着心灵的涛声，我打算在一棵梦上开花。

或许，我已经将那个遥远、纯情的夏日，在心里勾画成一幅素描，在五月或者比五月更幽雅的时节，细细品读。

在江畔，试图把独居的日子照亮。

不再把一些隐私装饰成童话。

踩着飘摇的水草，顶着蔽日的浮云，寻找江鸥折断的翅膀，寻找一串残缺的年华，寻找那只血染的夕阳。

仿佛端坐在另一个夏天之上，携着亘古的箴言，梳理散乱的黎明。

起落与沉浮，身不由己。在掌声四起的雨季，只有被挟持的艰辛和激动的泪，竟随着闪闪的笑波溅落。

海风抽打着落叶旋转的陀螺。

让太阳晒黑一个个无奈的情绪，让最初的悸动与最后的归途变成风中真实可信的游戏。

从开始到结束，海鸥振动的双翼，是否能给我扇起静夜醒来的热情？

再没有比这更温柔的想象了。

一切华丽的锦绣，均会在岁月的浸蚀中化为斑驳。

一行诗，沉沉地落在情人的伞叶上，在海风轻吹的月色中静静地流淌，透露出晶莹的汁液，辐射眩晕的光彩。

当远航的蝴蝶飞来，只有含泪的张望，交织着银河与圆月的抒情。

又是浪的漂白。又是一次远足的夸耀。又是一盏明灭有序的灯。

在她飞扬的裙裾和长发中沉睡。

也许有无数个无形的东西压过来，击碎枯瘦的岁月，被另一双眼睛，瞻仰了千年，万年。

精彩孕育在孤独之夜。

在彼岸，我一直用眺望的方式做着波涛似的呼唤。

我的河谷，却覆盖不了一种黛青色的欲望

幻想再一次遗忘在昔日河谷。风，无力地吹起粒粒尘沙；雨，落在冬天的睫毛上，回味虚有的快乐。

我希望久合的苦涩，沿着扭曲的嘴角上升，在暗夜里，预示着前所未遇的结果。

在时间的旋涡里，交困的灵魂走向虚饰，在变异的生长中抚慰黑色的折磨。

一只被囚禁的鸟的啾鸣，用一双迟钝的眼睛，迎接你光临的风影。

岁月筑成的屏障，挡不住敏感的禁区和时间的倾泻。

在一个废墟的城池，你失手的门外和苦度的内心，抵御不了无数幽幻的生灵。

有时，诗歌过于瘦小，书法过于简单，伪装过于沉重，旅程过于短暂。

我拒绝人为的溅起与陷落。

当微风拂过天宇，大地荡起一片墨绿的惊慌，我始才发现，原本积攒的那段美好时光，早已孤独地躺在那片泥沼，恹恹地在故乡的田径上疗伤。

冬天即将到来，我的河谷却覆盖不了一种黛青色的欲望。

只有鸟声余韵，压弯了翩跹的晨风和卷土重来的温柔。

风，藏头露尾；黄昏，守口如瓶。

灯，如惺惺睡眼，任时光抽打没有硝烟的河床。

那些也许清亮过的青春和众多古老的话题，在无数个平静安宁的日子里，遗忘在飘流的余韵里，被雨声一点一点蚕食。

（选自《延河诗歌特刊》2017年第3期）

■[湖南]黄曙辉

独自苍茫（组章）

我拾级而上，置身于一朵莲花，在盘旋的念想里，高高上升。

诵经之后，蓝天白云

云开日出。连日的阴雨消失，一切又回到明媚。我在秋冬之际的阳光下打禅，不小心遗落了从前朝带来的一串念珠。

风在轻轻吹。习惯性的手势还在习惯性地动作，只是，已经找不到那一粒粒黑亮黑亮的念珠。

转经筒也已经被人带走。

我一直在原地转山。

经文在经幡之上，在风马之上。

用汉字写下那些无法读懂的音节，我像一个朝圣者，念念有词，心无杂念。只有阳光暖暖地照在大地之上，像我名字里的和暖的光焰。

一切都将在风中消散，即使再小的风，也将把尘世的喜怒哀乐带走。大地之上，白茫茫一片真干净，像极了一句古典的格言。

一些人在风中反反复复出现。他们的来去，皆有明确的目的。利用与被利用是他们信奉的原则，仿佛，他们就是风，可以带走所有。他们不知道，最后他们也将被风刮走。

春夏秋冬，我一直坐在喧闹的尘世打禅。封闭的园子异常安静，我敞开胸怀，接纳阳光，清风，也接纳冷雨，霜雪。和风细雨之后也许紧接着就有一场暴风骤雨，但是，阳光总是在我的名字里照耀，高居于风雨之上。

风吹浮世，时光不老。雨水洗尽尘埃，风儿吹走阴翳。

诵经之后睁开眼睛，内心空空荡荡，白得发蓝的云朵在蓝得忧伤的天空，何其自由，或者飞翔，或者停驻。

风，吹。浮，世。我借助这不可多得的大自然的风，清扫干净内心里的阴云，灵魂在冬日凋敝的旷野，寂寞成碧天里一朵被自己都能遗忘的白云。

悟道：置身于月明山的一朵莲花

走过了太多的夜路，漆黑的眼睛里沉淀的黑色素已经太多。转山，我绕过无数的障碍，在月明山寺的檐角，看到了高高悬挂其上的一轮月亮。

流泻的月光，泉水一样清洗着我的眼睛与魂魄。黑到极致的眼睛，此刻澄明如水。一盏心灯，高挂天空，瞬间照亮我的世界。

转山，我拾级而上，置身于一朵莲花，在盘旋的念想里，高高上升。

一株六百年的罗汉松，罗汉一样微笑着迎接我的涅槃。

一株雷劈之后残存的红枫，烧火叉一样叉举着那一轮月亮，成为映照我心灵的明镜。

两株巍峨挺拔高大无比的香樟，将朱元璋的霸气，巨伞一样撑开于苍穹之下。

但是，月亮的光辉没有什么东西能够遮住，它穿透所有的阴影和黑暗，佛光一样，照耀众生。

隽永的联语，黑底金字，悬挂在每一道大门的两侧。

劝世的诗文，精雕细刻，凝固在每一块青石的心头。

门脸增辉，顽石有灵。我将月光与佛光一齐攥进骨头深处，为自己的灵魂加磷添钙。

在深夜抵达月明寺，我不敢惊醒歇息枝头的乌鹊，更不敢摘下一瓣莲花。

我跪伏在菩萨的脚下，将自己的头，埋进泥土。

从不奢求成佛，只愿成为月明山的一棵树，沐浴着水一样的月光，佛前佛后，枝繁叶茂。

在冬季的暮色里，独自苍茫

空。寂。打开一个箱子，我复又盖上。

盖上，我复又打开。

在冬季的暮色里，独自苍茫。

空。寂。忧伤。

从破旧的杂屋里取出的这只香樟木衣箱，让我闻到了时光皱褶深处的浓浓气味。

尘封的物品，尘封的纪念。母亲的嫁妆，就是这样两担香樟木制成的衣箱。

姐姐出嫁的时候，母亲打发了两只；我上大学的时候，母亲又打发了两只。母亲打发完她的东西给我们之后，我们就仿佛掏空了母亲的心房，不知前路，去远方流浪。

生命里一场无法回避的龙卷风，疯狂地刮走了我的影子和思念。劫后余生，剩下的一只木箱，成为了我全部的家当。

我把思念与疼痛锁在箱子里，不敢在无人的时候再次打开。

母亲在我们转身的时候，去了远方。姐姐和我，在撕心裂肺的寻找中复又离散。

洋流。暗涌。飓风反反复复狂吹。

姐姐和我，以木箱为舟，在狂风恶浪的夹缝中，偷渡余生。

暮色苍茫。我和姐姐在一处无人的荒岛相逢。她曾经将那两只木箱与自己的生命绑定，一个渡日，一个渡人。而我，那满满的一箱思念，过于沉重，吃水太深，仿佛就要沉入海底。

姐姐为我擦去眼泪。我为姐姐整理衣裳。

姐姐和我在暮色里，反反复复，把时光咬噬得百孔千疮的香樟木衣箱，盖上，打开，打开，盖上。

瞭望远方，想起故乡。姐姐和我，在荒岛上，再也无法挪动黑漆的木箱。

（选自《星星·散文诗》2017年第7期）

■［重庆］肖 敏

独坐野码头（组章）

野码头的名字、风景、传说一起被日子折叠成历史……

1 独坐野码头，怀抱一片冷风景：江湾、卵石、岩岸……

江风，漫不经心地从沙滩上掠过，那些船桅、水手、号子，那些无数与野码头有关的故事、传奇，乘着波浪而来，拍溅出远去的声音，久久在苍穹下回旋……

2 故事里的“野码头”是一个女人的绰号，是一个被玷污被损害被无数流言淹没的美丽女人的绰号。是她，竖起一面蓝色的酒旗，在野码头，风流了船夫们消魂夺魄的梦想。那些侠肝义胆的桅灯，那些拉江拽河的纤绳，那些摇山撼水的桨板，总爱把辛苦和疲惫停靠在这里，把温情和爱意泊碇在这里，把滩吼浪啸、惊魂甫定的胆识和智慧留存在这里。

从此，这里声名远播，从此，这里让许多走水人、生意人怀念终身。

3 野码头吞吐过无数南来北往的货物，吞吐过许多波翻浪涌的船夫号子，吊脚楼上永远摆着大碗茶和老酒坛，永远是开怀畅饮开心大笑。

那些粗鲁的调侃，那些酡红的酒意，那些长声幺幺，野味十足的情歌破空而来，惊飞“江河水”缓缓的慢板……

岁月如水，野码头消失了雄性的喉结，消失了块状的肌肉；消失了捣衣洗菜的女子和站成石头的女子；消失了满江澄澈的流淌和满眼绿莹莹的清凉。

野码头属于过去，野码头的名字、风景、传说一起被日子折叠成历史……

4 独坐野码头，江风呼呼如旧，灼人心扉的号子早已沉没江底，船笛高亢的长鸣，一阵阵撕裂心旌。看两岸霓虹闪烁，看满江灯火如星，眼底却翻卷着白色的泡沫和垃圾的旋涡……

推开时间，问一问过去和未来，谁在呻吟？谁在喊痛？

恍如隔世的预言，让我无法表述……

独坐野码头，灵魂出窍，却无法逃避，只在心里默祷：

愿所有的泥土都能填海，愿所有的岩石都能补天，轰轰烈烈之后重返自然与和谐。

（选自《天马散文诗专页》2017年第4期）

■［湖南］陈旭明

山之上，一切皆轻（外一章）

散佚的光阴在何处借宿？万物在左阴右阳的手势下还原。

简洁得，时间也是多余的。

删掉修辞，剩下秋色。

删掉速度，剩下俯瞰。

慢，是与心灵赛跑。

寂寞，阔大得有浪费的嫌疑。天空终于捡起失而复得的影子。

漫步树林，孤独至少能找到三把启开答案的钥匙。心情，会更换舞步。

树枝成了经过秋天改装的一件乐器，那是蚂蚁的错觉。

倒是最后一句斑鸠声，细细的，足以把恨削短。

回声，是声音找到了另一种活法。什么，把旁白画在石板上?

脚印轻佻。人语谵妄。

好时间妙在，似有什么将要发生，最后没有这么一回事。

仿佛西芹相遇百合的时段。仿佛豆腐撞见鱼头的时段。一生，说长不长，说短不短，难得真正拥有一日。

不要与林间风争夺话语权。默认每一颗尘土的自责。

在山脚下，闲，慢慢成了一种超常规的透支。

天空即使高耸眉尖，人，不过盘踞一时高度的侏儒。

有些高度，是硅胶隆出来的。

快乐，不是手写体。越规矩，越添乱。

落日空阔。我们早已修炼出不因羞愧而脸红的不败之身。

如何为种种妄求，卸下外衣?

让景色还原成景色。使真实透明为真实。把日子过得像日子。

剪去时间的边角余料。独立。远离人。仰天地鼻息。

听心，振翅……

梵　乐

原来，寂静才是更加震颤心魂的乐声！

一万个传说死了。声音活下来。敲吧！敲出祈愿中的白荷、风雷与闪电。敲出身世里的大爱、大痛、大悲、大喜。哪怕只剩下一匹流霞，哪怕体内卧伏一头至今尚未驯服的野兽，他以青铜铸肝胆，在暮色边缘泼血成墨，诗惊天下。

蹁跹的七色玄鸟驭风而至。悬于九天的无刃之剑燎原了仙界鎏金的野火。大风所指，吉气盘绕峰涧，震飞的黄昏落地成泥，散落的众声为往事垒积成塚，迎风高诵，万象隐遁，只有音乐从来不佩戴面具。侧身穿过殿宇、经卷、法器……超脱巫术礼仪的狂歌劲舞，心灵在场，才有无可匹敌的气场。云海浮槎，碧霄捉月，一种高贵与天接壤。

鸟啼如空。落日西下，溅起一汪汪钟声。

记忆是一条漫漫大道，岁月，还在寻找一双合脚的草履。觅路。寻道。等不及了。画心为图腾，坦然接受时间的巨木撞击，金顶的磬声把血液敲打得灯火通明。熟稔太多生旦净末丑。深谙笛箫鼓钹锣、宫商角徵羽。鄙夷用修辞去堆砌祥瑞，满山的律拍蕴心，他悄悄卸下青衣肉身，空，是最大的圆满。

若说他冷，他便是水做的火焰。

若言他轻，他会掸尽灵魂的点点剥啄。

按住箫孔，堵不住时间的沙漏。散佚的光阴在何处借宿？万物在左阴右阳的手势下还原。盛世有大音，任它洪水滔滔。被美招安，与山水结拜，他捧琴托知音，春秋煮酒，在宿命的极地不笑人无，不羡人有。信仰最美，孤独会更累——洗礼。圣乐轻飘。是风。是雅。是颂。

从乐，到礼。从静，到净。人在天籁之中破窍而出，像时间一样优雅地老去！

敲吧！敲天地巨钹。敲万世薪火。

（选自《绿风》2017年第3期）

■［辽宁］晓　林

大地上的秩序

把寺院看成一只苍鹰，把僧人看成一片羽毛，让自然地俯视，即是人类的仰望。

1　草原的广袤，在于众草学会了马儿的飞奔，在于一根马头琴的断弦，被一丝掠过淖尔的风儿重新续上，在于一个从马背上站起来的骑手老了，可他昏花的眼神里，还有着凸起的敖包。

2　乡村冬夜的北风是铺张的。父亲从一样铺张的炉火里，把打造好的残月，在鸡声里淬火，然后眉须上结着冰霜，走近蒙蒙亮的天光里，隐去。每一年我的回忆，都成为小铁匠铺新的遗址。

3　父亲留下没收拾妥当的牵挂，就露宿山岗。他用一次草率的远行，小范围地改变了山中草木的秩序。父亲把这个春天的雨水都交给了我，让我以跪地饮水的姿势，再敬献给大山。除此，我可以一无所有。

4　溪水在冬天里缩紧身子，它把自己的一部分，打造成躯壳。它告诉那些倾听者——灵魂总是在暗处，且流动着。

5　父亲用额头上的皱纹，捆紧了我们一家人散乱的时光，再堆积起来。有时，我想象屋顶上的那根炊烟，是父亲最长的一条皱纹，父亲用它捆住一年四季。

6　按着大地上的秩序，分布在世间的危岩、寺院、高僧，它们一旦聚合在一起，就是不能杜撰的一部个人史。现在，我想把它们一一分散，然后依托山岩，把寺院看成一只苍鹰，把僧人看成一片羽毛，让自然地俯视，即是人类的仰望。

7　田埂是另一根缰绳。它因为一次舒缓，在一头牛的黄昏里延伸。从来是一头牛的影子被大地收藏，但它的缰绳，还田埂一样地拖在那里。

8　一根芦苇，用折断的声音，进行天问。可听到的，却是苍茫的大地。干枯和衰败，都让哪些植物有了自己深入冻土的根？

9　在山中，我胸中有多少沟壑，我才能说，大山里的第一缕晨曦，来自我与草木有关的身体里。

10　在山中，我走惯了夜路，摸黑也能看清我走在哪里。这些年，我还试着走过几次。其实，以前都是我和父亲一起走的。父亲在前，我紧跟在后面。当我独自走的时候，我才感觉到一个人的脚步声，是怎样加重了大山的沉寂。

11　没有一根扁担不是压折的。但扁担可以经过简单的修补，肩膀就不用了。

12　奔马死了，但涌动的马背，却留下来，纪念一个骑手抑或一个在马背上站起来的民族。

（选自《天马散文诗专页》2017年第3期）

■［福建］王忠智

叩问一滴水

世间一草一木啊，是否记住一滴水的前世今生？

1　风在咆哮，雷在轰鸣。

而泉洞里静若处子。

尘世之外，一滴水的滴答之声漫不经心，空蒙而迷离。

天长地久，矢志不渝，创造了滴水石穿的神话。

晶莹剔透，或者冰清玉洁，岂是虚无的桂冠；心地善良，柔肠百转，方是大家闺秀的品质。

2　一滴水，带着草根的芳香，携着大山的嘱托；

岩石缝，枯树头，悬崖畔，这些名字往往与一滴水牵连一起。一些意象，虽然零乱不堪，可那是一滴水理想的栖息地。

一滴水，走进一片森林，粗壮了躯干，秀丽了绿叶，沙沙作响，争相述说那些青葱的故事；流动的旋律，漫山遍野，招展生命哲学绿色的旗帜。

人类因你而繁衍，而创造世界。在人体这块国土上，你占据70%的比例。指尖划过彩虹，头额上泛着灵光，人类创造历史，你是创造历史的源泉。

3　一滴水，到哪里去寻找你的倩影？

在蔚蓝大海汹涌的波涛里；在一棵棵参天大树的绿叶里；在一朵朵鲜艳花儿的蕊瓣和沉甸甸的果实里；

在空中洒落一声声鸟音里；在长江、黄河上一阵阵高昂的号子里；

在古琴台潺潺湲湲的《高山流水》里；在空谷飞泉奏响的《广陵散》里。

4　风平浪静，月光与你厮守一湖幽梦。

梦里，你又回到少女时代，有多少憧憬，多少怀春，都成了冷艳的记忆。

一滴滴，胸中自有百万兵。一滴水，催浪涛一阵紧似一阵，以排山倒海之势，摧枯拉朽之力，荡涤出一个个朗朗乾坤。

推波助澜，一滴水改写一个个朝代。

5　一叶小舟，是一滴水承载的梦想；

世纪冰川，是一滴水凝固的诗魂；

一条条江河，是一滴水流逝的朴素时光，涓涓爱意；

大漠中的一泓月牙泉、荒烟中的一滴水，谱就一曲曲拯救生命的赞歌。

6　池边弄月，西湖泛舟，漫忆一滴水的时光。

那些饮水的人啊，是否感恩体内的河流；

世间一草一木啊，是否记住一滴水的前世今生？

（选自《天马散文诗专页》2017年第8期）

■［安徽］武　稚

章鱼：一个人的城市

她从另一个人的嘴里突然听到自己，她听到从未有过的清醒。

夜　晚

章鱼被拴在桩上，它缩成一团，想着心事。

章鱼有时候藏起手脚，或者手脚中又伸出手脚，它整夜醒着。在一个又一个隔间里，这条章鱼保持无声，一群章鱼保持无声，它们所能做的，就是席卷自己。

章鱼也想回到一杯茶的暖里，它想回到一个人的脉搏，可是章鱼更爱抱紧命运赐予它的结。

章鱼有时爬在繁华的夜幕，那么多人比它更深、更早地爱上它们，那么多人伸出攀爬的手，想接住星光和黎明。

明天谁会留呢，明天谁又会走？在并无花天酒地的屋里，章鱼缓缓地把自己浸入水槽中。

尾　气

它牙病未愈。它捧着手机，不知道打给谁。

回不回家并不重要。此刻，它需要踏实地行走，它和它的影子像城市的一抹尾气。

它伸出八爪的手，这么多年它像走漏的风声，它抓住的只有都市的气味。别无选择也是一种选择，它总是自备车辇，自知甘苦与冷暖。

此刻，这个城市灯火呼啸，这个城市从来不缺乏热情，它总是能够营造幸福的错觉。章鱼渴望以身相许或者舍身相救。她什么时候才能破空而出。如果她是存在的。

在这个没有夜风的地方，它把身子再一次旋开，它的内心仅剩光明的努力。

一个人的地铁

如果把灯熄掉，这条道就一直黑到底。

10站路，40分钟路途，7首音乐，看完2篇公众号长文。

静止，缓慢，安详，如果你不嫌它仓促，你可以把它当作有着晶亮餐具的家园。门一会儿打开，一会儿关上，那么多人，一会儿生，一会儿灭。

这算不算一场艳遇？这算不算一次灵魂在月光下的舞动？毫无理由地靠在一起，轻微摩擦，肌肤相亲。

无须善辨，也无须善辩，所有的美意不过是戛然而止，不过是浅尝即止，不过是昨日的故事又被替换。

一个人的地铁。

晚　餐

他把自己藏在低声部，他想用刀叉记住这一晚。

他安静地像牦牛嚼草，只有一株野蔷薇，静静地散发着微凉。他的头顶一片繁华，他低头，看见自己的影子与自己无关。灯光摇摆，邻座有人喧哗，有不同的乱，在燃烧的脸上。

他像牦牛一样嚼草，挤地铁，履历表，一小杯红酒，发呆。

他没有被蛀过的牙，生怕一个硬词破坏这一切。

他整晚都在等，一句金子的预言。

租

这里的一切，都叫租。

它晦暗不明地看着他，它将和他一同乍暖还寒。

它将沸腾的人世隔开，它暗示，这里有他深藏的未来。

这里的欢笑是谁的？这里的悲伤又是谁的？谁是谁的故事，谁又是谁的片段？

别指望在这里沉睡，租里总有堵车的路段。也别和租谈忠诚、信仰、信念，它有曲折的童年。它总是和漂客、孤旅、骆驼在一起，追逐、吸引、温存、背叛，他们的身影，交织成生动的家园。

总是用这样一种方式，扎根在人世间。

（选自《散文诗》上半月版 2017 年第 11 期）

■［重庆］海　烟

九月。木兰围场

像九月一条被遗弃的河流，流动，或是不流动，都是一个意外。

1　暮色苍茫。九月。

一个孤独者走进另一个孤独者的国度。

这里到处是钢铁般粗粝的北方嗓音，他们穿过秋天的第一场风，像茂密的白桦林透出尖锐的光线。

空气里似乎还有着古代帝王的气息。

百年兵马，千年湖泊。

这里仍然有战马嘶鸣，仍然有许多血性的马蹄声响，在土地里撒播下英雄的种子。

他们在清晨的草原逐鹿，或者骑马射箭。

在草原深处的晨光之中，我看见他们从那边的围场里招手。

我像逃离死亡一样，奔向那边，去过一种广袤的义薄云天的生活。

2　枯草、冷风、落日、归鸟，以及风吹草低时零星的羊群，像一些诗歌的词语，散落在大地辽阔的篇页上。

这庞大的风，似乎要把所有寒意逼进我的身体，又像是沉沉的轮子碾过我的前额，并执意要把这辽阔植入我的记忆深处。

一切都已消逝，一切都刚刚好。

我走向你，在你最凋败、最经不起岁月的时候。

金色的、日落余晖的草原之夜，在一片被风吹得哗哗作响的白桦林上空，繁星不乱，皓魂孤悬。

此时树上的每一片白桦叶都散发着美，就像我此时也立于枝头。

在这些枝头沉甸甸的梦里，还微微闪着狩猎者追逐的反光。

3　不管是好的，还是不好的，都是这里的回忆。

辜负了你的深草期以后，我虚弱的声音在空中化为雾气。

我拿什么来与你相遇呢?

在迟迟未黄的白桦树下，在牧羊人孤独而嘹亮的民歌里，在英雄和白马纵情驰骋的草地，我写你的名字。

在月亮湖，在望断归途的大风里，我写你的名字——

木兰，木兰。

此刻，仿佛上帝也在叹息。

一个阴影，拉长了孤独的身子，在离你很远的地方。

对于一个带着雪和刀子出发的人，绝望将在此降临。

或者，用这里的土壤和水，培植一场更盛大的悲伤，让它来与我的绝望同步。

来不及相遇，来不及爱了。

在草原最后一个日落黄昏，当一支断肠的草原长调向我走来，我的心立刻沉沉地盛满了滂沱的眼泪。

4 在告别这块土地的最悲伤的时刻，我还有什么话要说?
嗒嗒的马蹄声来到门前，带来了不祥的音信。
整个夜晚，一场雨，倾盆而下。
现在，不要说话，也不要告别。
不用在草地上写下赠言，也不需要其他什么东西!
哪怕我们分离，也不用决绝得像是死别。
哪怕我们死别。
潮湿的雨水落在我的脸上，然后是死一般长长的沉寂。
我奔赴另一个方向。
另一个方向，他既不让我沉默，也不让我沸腾。
像九月一条被遗弃的河流，流动，或是不流动，都是一个意外。
我迷恋这种漂泊，在马头琴的弦音把草尖点燃之际。

（选自《天马散文诗专页》2017年第9期）

■［陕西］谭斌康

牺牲，或者祭献（组章）

东方。半边红日，匍匐在大地伤口。

1 落日，一点一点下沉。我坐在黄昏边沿，选择坠落……
坠落漠北。那是我的语境。
之前，我的食指，必先击中一个目标，一个具象的活物——
他的眼神是干净的，骨骼是石制的。在漫长的时间堆积中，他身体的这些零部件，成了破碎品。血液，由红变紫，且，一滴一滴转凉……我要解开他身上的绳索，他的心脏，还未被时代的锈斑覆盖。
他说过，干净的人，终会赴向同一个刑场。
我触摸到地平线上，还有他的余热。
我和他的灵魂，还未断裂。那么，不同生，便共死。
我们有着相似的墓志铭。
这是向天地，祭奠的唯一方式。

2 子夜。茫世无边，明月抽象。
我们抱紧晚钟，不断地倾诉。倾诉我们前世投错了人类，倾诉今生的道路，为什么在穷途时又添末路?
所以，我们困扰在阴阳镜前，是必然的。
壬辰年。春天，我是他的绑架者，我用文字，为他布置祭坛。

祭坛上供奉的，是我为他交出的五谷和丰登。
他的炊烟，陷在黑暗太久——
我怎能不绑架这一具辽阔的神？
注意了。我并非要在月圆之后让他复活。我的指头，命中他的十字路口。
天地恍惚。众鸟未归。

3　鸡鸣。我们被人世的灯火，逼向黑夜的深渊。
肋骨上滋生荒草。
万声鸦鸣，哭断我们的墓碑。
魂，无栖息之所。
必须低下去——
我们继续垂钓，未尽的余生。
我们在悬崖上攀缘，穿越天堂与地狱。
星辰，为之众叛亲离。
欲望不古。我们回到老井前，摇起废旧的水车。用月光，一针一针串起时代的裂缝。我们丧失了血和泪啊，祖先，还我们古老的姓氏。
十指相扣，我们打捞故乡的原风景。
面对遗失的村庄，我们还能流出一捧清泪……

4　他说，天要亮了，天降大任于我。
夜晚的潮汐，慢慢消隐……
我该放下孤岛了。放下孤岛的日子，多美好。
我还能残喘着，找回自己的囚衣。还来得及打开瘦削的胴体，拥抱旷野。
我躺在黎明的肩头，依然无眠。面对大地这样一张白纸，该如何写下悼亡的诗篇……
是啊，无法奋笔疾书。我才从夜茧中破出，浑身无术。
请为我剔除黎明的胎衣。
完成一种仪式后，我似乎又回到了人间，举着自己的头颅，再一次图腾、阵痛、痉挛、抽泣……
东方。半边红日，匍匐在大地伤口。

（选自《天马散文诗专页》2017年第10期）

■［河南］孟令波　晚秋，山野笔记（三章）

天黑之前，我将踏身而去，留一抹背影给远近的灯火。

野渡，虚无的呓语

草色驳杂，流水静远，我徘徊岸边，等待那条适合我的渡船。

心已经不起血流狂野的冲撞，需要放下的必须放下，可以拾起的不再拾起。

天空的云朵，就交给风去放牧。我要离开此岸，没有回头，没有彷徨。

也许，彼岸还不如此岸，但隔水的想象，足以让人心旌摇荡。

不需要彩排，选择了就不再返程。每个日子都不可重复，我等的是宿命中那一叶扁舟，随水行止，向着彼岸。

没有什么能够羁留，渡口已荒芜千年，我却记忆犹存。天黑之前，我将踏舟而去，留一抹背影给远近的灯火。

晚秋，置身旷野

烟。霭。晚秋。暮色。眼前是田地空旷、开阔、沉静，一色凝重的黄。

田地的尽头是树，枝叶稀疏。树的外围是烟霭，缥缈萦回，或浓或淡，凝定不动。

辣。痛。双眼。内心。那些化作齑粉或者灰烬的秸秆径直闯来，让我感受生的虚无与死的真实。

我的泪是因那些默默孕育了籽粒的秸秆而流，或者说是被它们逼出来的。

生命的过程在沉默中接受风霜雨露，出于泥土立于泥土，最后在季节的安排下又归于泥土。正是这样，生命得以延续和繁衍。

晚秋，那些站在大地上的生命，只有风经过时，略微抖一下肩膀。

黄河，羊皮筏子

从风中撷取一抹水腥，在我走向堤岸的时候。

你用滚滚的浊流等我，用浓浓的水汽送我，大河啊，你在落日黄昏的当口，冲决了我郁积已久的情愫。

这个夜晚注定无眠。你滩涂的黄沙正在漫向我的胸口。

低头，抬头，我以难以掩饰的错愕为你献上深埋了三十多个春秋的敬慕。

这个夜晚，我会让灯一直亮着，让那盏煤油灯把微弱的光芒铆进岁月的暗角。

在那里，有最朴拙的羊皮筏子就够了，只有这横渡孤寂与苍凉的筏子，能够诠释你此刻深深的沉默。

（选自《天马散文诗专页》2017年第10期）

第七辑　我的村庄（20家）

■［浙江］晓　弦

仁庄纪事（组诗）

那欸乃的橹声，是摇船的妈妈哼给我的最最朴素的谣曲。

父母的罱泥船

那是我人生最早遇见的一条船——仿佛来自童话的，吃水很沉的罱泥船。

船头，爸爸用两枝竹节粗粝的竹杆，在河心罱起一坨坨乌金般的淤泥；而船尾，一个5岁的孩子挣脱妈妈的缆绳般的目光，从船舱的淤泥里捡拾起一枚枚陈年的菱角，嚷嚷着要吃掉它里面又脆又甜的白。

这是在20世纪70年代末的阳光里，我在水乡一条颠簸的劳作的罱泥船上，宛若进入人生最生动也最无奈的学堂。

不错，父亲的罱泥船是我温暖的摇篮，那欸乃的橹声，是摇船的妈妈哼给我的最最朴素的谣曲。

我与形影不离的小花猫一起，在船舱寻觅鲜蹦活跳的鱼虾，寻觅童话的五色螺，寻觅那启蒙我人生的智慧的宝藏。

在父亲的罱泥船上，我学会了打赤脚丈量船舷，做到了在暴风骤雨袭来时决不晕船，锤炼了浪里白条的果敢和患难与共的意志。

我以为，船儿的摇摆与人生的动荡有着某种必然的联系——那些在生活的船上晕了头、把心肝哗哗吐出的人，那些因贪得无厌而频频制造人生翻船事故的人，当初一定缺少这一课。

鱼儿在蓝天和白云间穿梭，时间在流水和劳动的艰辛中穿梭，要是船儿穿过桃花坞，栖息在竹影婆娑的梅花洲，我便与船上小花猫一起，跳将着离开这神奇的幼儿园。

这样的幼儿园，是我今生上过的品牌大学。

捅灶夹者说

我是乡村炊烟忠实的守望者，手握竹条，打马串村。

我有包公的黑脸和火焰的心情，爱用烟灰色的暧昧，涂抹村姑好奇的心。爱将自己，比作乡村欲望勤劳的清道夫，排除岁月淤积的疼痛；

爱把灶膛比作男人的最爱，比作旧年花事奇痒无比的耳朵。

爱在竹子开花时，摘一束晃过童年屁屁的青竹条，做日子耳顺的扒子。

我还喜欢调侃那些目不识丁的女子，并告诉她们：一灶洞的灰烬，可做十筐墨水，可做千筐天下文章，被一代又一代书童优美地挑着，陪伴万颗秉烛夜读的书生的心。

年关将至，我用粗糙的手，如痴如醉地把乡村的炊烟，一遍又一遍地抚摩。

挥舞铁锨的人

闪烁其词一番，他亢奋地说：

“为了不辜负肩膀上那柄铁锨，得照准地上一个小土包，硬生生挖掘出了一个坑。”

看倾塌深陷的那一丛墨绿，和一窝慌乱四窜的蚂蚁，他激动得像发到一笔横财的地主。

是的，他是地主，他能改变一片野草的长势。

可这野性的一锨，村庄的脸儿变了，要是雨天，远处奔跑过来的雨水，便找不到这个已经散开的小土包。

冬天的雪花飘洒过来，也会迟疑片刻，才肯缓缓降落。尽管，有缘无缘的雨或雪，最终会埋没掉挥舞铁锨的人。

这随性的一锨，这发情般的一锨，让天空与大地的距离越发地远了。

一生窝居在这里的蚂蚁，再也找不到，那个早已倾圮破败家园。

（选自《伊犁晚报·天马散文诗专页》2017 年第 8 期）

■［安徽］蔡兴乐

我的村庄（外二章）

有一扇虚掩的柴门，心无旁骛地等待着，等待着最后推开门扉的那个人。

在分水岭，每一个或大或小或高或矮的村庄，从来都不会去羡慕城市里的那些个灯红酒绿，它们蹲守在一片青草的深处。

这是青草深处的村庄。耐旱的庄稼，总是在干净的小南风里长势良好。成群结队的蝴蝶们，则忙着在枝头的花丛间翩跹起舞。羊肠小路的一头，最终消失在顶着露珠的青草地里；小路的另一头，则会脐带般地通向岭坡下炊烟袅袅的老屋。

这是风吹草低的村庄，有羊儿在岭坡上懒散地晒着太阳，一副酒足饭饱的样子。草丛里两只谨小慎微的野兔，即便在谈情说爱，也忘不了警惕地支起一对长长的耳朵。

蹲守在青草深处的村庄，当然也会有一扇虚掩的柴门，心无旁骛地等待着，等待着最后推开门扉的那个人。

孝顺好儿女

一株青草，总是能先于我抵达爹娘的坟前。它们都是些极普通的野草，比如狗尾巴草、猪笼草、车前草以及牛鞭草什么的。甚至连名字也与我的乳名一样，是如此的土得掉渣。仿佛它们这一辈子，只配在民间和乡下过日子。可它们从不去羡慕外面的灯红酒绿和热闹，毕生只会与逝去的亲人们相依相伴，演绎着什么叫作不离不弃。

偶尔，也还会有一棵两棵落了单的庄稼。比如像小麦、玉米、棉花，这些个娘她老人家在世时最爱侍弄的庄稼，在爹娘渐渐矮下去的坟头，悄悄地扎下自己的根。它们贴心贴肺地开着小花，它们诚惶诚恐地结着果实，生怕稍一不慎就会招致别人的流言蜚语。可在我眼里，它们倒更像爹娘最孝顺的好儿女，令常在异乡的我羞愧难当。

羊肠小道

其实，连着老屋的那条道大多是羊肠小道，只适合用双脚来慢慢地走。几只羊羔羔，一边在道旁慢条斯理地吃着草，一边不忘咩咩地呼朋引伴，全不顾一埂之隔庄稼地里，豌豆花们绽出了紫紫的蕊。

其实，在豌豆花开的季节，母亲的小小菜地，早已经是一年里最好看的风景。单就是边上的那几棵南瓜，也按捺不住地悄悄伸展出嫩绿的藤蔓。而每一片宽大的叶子下面，不用去猜，都藏着一些个不为人知的小秘密。

其实，母亲她老人家这一辈子，已经走惯了分水岭的羊肠小道。干净的露水，总会打湿裤腿；牙牙的霜，在不经意间便染白了脚上的土布鞋子。可无论怎样狭窄和泥泞，不疾不徐的她都很少摔跤。

（选自《合肥晚报》2017年7月30日“悦读周刊”）

■［四川］阿洛夫基

嘿，朋友（外一章）

我承认，被自己的影子绊倒，体格重了，人格轻了。

嘿，朋友！

你从哪里来，这里已没有牛和羊，你还对着草地吆喝什么，放牧老也进城喝酒了。

嘿，朋友！

这里已没有人等你在村口，你还对着山冈喊谁的名字，他们攥着故土和泪，在千里之外喊故乡。

嘿，朋友！

这里没有飞鸟了，你还对着原野学什么鸟叫，红嘴鸟成了讨好官人的心意，画眉鸟成了贿赂富人的笑脸，野生动物的骨头和保护野生动物的意义同时从人们的嘴里吐出来。

嘿，朋友！

你是那个来信说，梦中常被牛绳子拴在屋后的那个人吗？你是那个传话说，赶来寻觅自己长眠之地的那个人吗？

火塘熄灭了，我将起身离开。

在广州遇见阿克拉铁

在广州遇见阿克拉铁，他的眼角堆满洗不掉的沧桑。

我用深情的母语向他问候，他神情恍惚，目光茫然，用椒盐味的普通话回答我。他已改成汉族名字了，他身边有了新的女人，那女人一脸光亮，像刚洗出来的红苹果。

黄昏的小酒馆最适合谈乡愁。

酒过三巡后，他说，我变成了一条蚯蚓，没有骨头，但可以两头爬行。我承认，泪水酿成了酒，脚步在远方，头颅在故乡。

我承认，被自己的影子绊倒，体格重了，人格轻了。

故土难以割舍的痛与疼，卡在他的喉管里。

电话铃再次响起，他起身离开的那一刹那，一颗泪在他眼眶打转，却始终没有掉下来。

（选自《星星·散文诗》2017年第1期）

■［安徽］张道发

盛月亮的竹篮（外二章）

一支青竹圆润的竹篮已经编成，正好盛下十六夜的圆月亮。

父亲坐在门口编织竹篮，侄女围着他喋喋不休地说话，粼粼夕阳中，他们的影子拖长在开满瓜花的藤叶上。

夜虫的鸣叫渐渐稠密，大朵的丝瓜花从房檐的藤蔓垂挂下来，随风撩痒小母牛长长的睫毛。小母牛面前堆放着母亲割来的青草，尾巴下散落着鲜腥的牛粪，牛蝇夹在蚊虫中间嗡嗡地飞。

一弯小路从池塘边游回来，驮着两只小鹅和一只怀孕的母羊，它们的叫声互相照应。

暮云浓重，压着小村雀鸟叽喳的瓦顶。

一支青竹圆润的竹篮已经编成，正好盛下十六夜的圆月亮。

晌　午

院子里，怀孕的母猫扑着花蝶，溅起很轻的野萝卜花香。

树影泊了一地，蝉在叫唤，羞怯怯的嗓音。

狗卧在门洞口的阴凉下，望着眼前这一切，偶尔吠叫一声，又低下头。

靠在门板用瓦片刮土豆皮的老妇人自言自语，白瓷碗边的小鸡崽一身鹅黄。有那么一两回，花蝶绕过晾衣绳，飞到门廊下的老妇人身边，逗着这个寂寞的老人。老人的眼睛忽儿亮了一下，随之暗了下来。

门外，母猫继续扑着花蝶，野萝卜花香涨满院子，阳光黄得耀眼。

有人在那边的树影里唤着另一个人，许久，应答声里，才有米饭半熟的香气一起飘过来。

小鱼儿游过微漾的牛背

暮色重了，河边的女人牵一条长长的麻绳，河里只有一个牛头浮在外面。

牛眼里有归鸟的影子掠过，脊背上方的水波一起一伏，不时有小鱼儿游过微漾的牛背。

偶尔，女人挣直手中的麻绳，水牛懒懒地待在水中不愿起身。牛鼻子很硬，麻绳上的水珠一溜溜滴落下来，一阵水响。

小鱼儿雀跃出银白的身子，水里的牛不动声色，水面上盘旋的牛蝇也急了。

第一颗晚星落在荷叶上，水牛才缓慢地跟在女人后面，细数小路上的野花和虫声，走回村庄去。月亮骑在牛背上。

路两边的玉米叶很快将两个身影遮去，迟疑的牛蹄踢踢踏踏走在土路上。

（选自《散文诗》2017 年第 5、6 期）

[山东]陈　亮

隐　身（外一章）

在乡村，还有多少亡灵不肯离开，还在用什么使劲抓着尘世的泥土。

忘记了是哪一年哪一个夏天哪一个傍晚，太阳埋进土里，小狗对着香案作揖，院子里呈现出一种草灰的颜色，我听见有人在小声喊我，可环顾四周也找不到什么。

这时，猪窝上的倭瓜花一下子全开了，花很大，一只风流的蛾子深陷其中，不能自拔，翅膀急切而清晰地拍打着花朵的内壁，院子里的香气骤然浓郁起来，榆木桌，槐木凳，粗瓷的海碗，红漆的筷子自己主动的在院子里摆好，早年当过货郎的祖父眯着眼睛听收音机，小脚的祖母从黑屋里端出一脸盆疙瘩汤——

和往常一样，我们开始晚饭了，我埋着头专注地喝着吸着，等我抬起头，突然发现祖父祖母不见了，但半空中他们的碗还在晃，筷子也在动，也能听见他们呼噜地喝汤声，我有些急了，满头大汗地哭了，发出悲声的一刻，他们又猛地出现，慈祥地望着我，让我瞬间疑惑着害羞起来——

多年后，当祖父祖母真正离世时，我并没感觉有多悲伤，我始终认为他们还会和那个傍晚一样，不过是隐身了，很快我们还会再见——

一盏灯

我想写的那一盏灯，是在北平原，霜气把月亮发烫的匕首弄得青白了。已经是后半夜，一个低矮的羊圈里，我家的那一头母羊要临产了，铁丝上，挂着父亲用旧了的那一盏马灯。

看得出，母羊开始有些焦躁，却很顺从地让父亲跪着，抚摩和安慰她的皮毛，用温水洗净它鼓胀、拖拉的乳房——慢慢地，羊水就流出来了。

随母羊阵阵难声，羔羊的前肢先探出，紧接着，它的头附趴在前肢之间，顺利的，落在了松软的麦草上——最后，胎衣缓缓地脱了出来。

父亲小心地将羔羊的口、鼻和耳骨的黏液掏净，又将羊羔放在母羊的嘴边，让她将羊羔的皮毛舔干、捋顺。整个过程，显得有条不紊，看得出，母羊和父亲都是有经验的。

可父亲毕竟是老了，手上的脏污还没洗，就和着麦草的腥膻和生育的气息蜷缩着睡去了。只有那盏马灯，还一直暖暖地亮着，晃着，

怜悯灯影里，母羊在舔着她的羔——羊羔们跪爬着，颤巍巍地发出咩咩

的嗓音，声音很虚弱，但没有不安和恐惧。

（选自《核桃源》2017年第4期）

■［四川］许泽夫

柿子红了（外二章）

柿子红了，任凭它红着，挂一树灯笼，照着奶奶回家的路。

一顶花轿抬进门的那天，奶奶在院子里栽下了一棵柿子树。

儿时，我站在树下仰望，望得脖子酸，酸得像未熟的青柿。

奶奶挎着竹篮，挨门挨户把红柿平均分给小村的每一个村民。每年总有几天，寂静的村庄像过年一样热闹。

村庄还在，上空的炊烟不在了。

小河还在，河里洗衣的那个身影不在了。

柿树还在，栽柿树捎柿子的人不在了。

柿子红了，任凭它红着，挂一树灯笼，照着奶奶回家的路。

在儿时放牛的山上

阔别多年，你依然是当年的模样。

丘陵上的山，没见过世面，不险不峻，只顾自己的小日子。杂七杂八的树木，随意生长，像田野上随意播撒的玉米、高粱、大豆、豌豆或水稻，撒什么长什么，长什么收什么，收什么吃什么。

拴牛的那一茬树又换了一茬，像子承父业，仍是磕磕绊绊，拥拥挤挤。

我儿时撒尿培植的松树，长成碗口粗了，结满了松果。几只松鼠好奇地打量，许是怕我抢它们的果子，又像问我从何处来。

山路拐弯的地方，一头牛犊曾经丢失，成为山村天大的新闻。

那几年，我天天在这里喊，像魂丢了。

今天，我再次呼唤那只牛犊，喊它的名字。

不料，呼地蹿出一列和谐号动车，悄声而来，悄然而去……

亲人一样的山芋

土豆、芋头、地瓜、番薯、山药……你有许多名字，像山里的娃，有大名、乳名、学名。

像山里娃，命贱，名字也贱。

许是知道自己卑微的出身，从不抛头露面，不与小南风打情骂俏，不与迎春花争风吃醋，将粗陋的身子伏于土层，深藏不露。

只结果，不开花，即使开了，也只在清晨开放，午时闭合凋萎。

它在黑暗中发育。

它在沉默中成熟。

施不施肥都无所谓。

松不松土也不在乎。

有水就喝一口，久旱就忍住饥渴。

不声不响长大了，成了农家的主粮，将一家人一村人度过饥荒的苦难。

浮肿的父亲扔掉了拐杖，抓起了柴刀。

虚脱的哥哥从炕上爬起，挑起了扁担。

苦里生，苦里长，却结出甜甜的果实。

山芋，你这地地道道的山里娃啊。

（选自《散文诗世界》2016年第12期）

■［湖南］陈 颉

四都，一方委婉的印章（外二章）

除了一两声深藏不露的鸦鸣，还有一盏灯火微弱地捧着夜晚的心跳。

不要问，到四都有多远，一片秋色，慢条斯理地会让你忘记回家的路。

四都，蹬在三市五地的胸口，青色的吊脚楼，侧躺着民歌的安谧，慢慢睡去，又独自醒来，幸福，是一方委婉的印章。

卵石长墙，晨光熹微中掩饰寂寥，渔鼓夙愿，悠扬舒缓，在花影间脱颖而出，适宜的阳光，妙不可言。

四都，九十九道弯锁住了深秋眉梢的静美，你想带走什么，你又能带走什么，我想，会有络绎不绝的人跟在我的后面。

守 秋

囤积喜悦，就到了秋的边缘，草棚，一朵挂在树丫上的花，一把柴刀，露出时光的锋芒。

黄昏，摇摇晃晃的夜色，除了一两声深藏不露的鸦鸣，还有一盏灯火微弱地捧着夜晚的心跳。

梆子，被风一遍遍擦亮，端坐风中的远山，缄默，静寂，一指苍茫。

守秋，是守着丰收的喜悦和劳动的分量，是守着祖先的憨实与风俗的秘笈，是守着半钩晓月，一袖阑珊。

牧笛溪

溪水的矜持，折叠着被遗漏的光芒，堤岸垂柳，一袭风的衣衫，有谁愿意错过。映入眼帘的浅溪，拽紧一粒粒渔火，绕不过的命，群山有着慈悲的心跳。

细碎的波浪，花香积淀浅霜，小桥流水飞瀑，石路贴溪行，巧妙的搭配，让我不知所措。

牧笛溪，一根线，喧嚣背后隐藏的安宁，是送给你的礼遇与抚慰。

（选自2017年4月17日《张家界日报》）

■［新疆］如　风

我爱着这早春的荒芜（外一章）

曾经在很多路口迷失过方向，只有这条还乡的路，一直清晰。

如果一定要说春天，就让我说说春风。

早春，边塞的风乍暖还寒，伊犁河还未从漫长的冬眠中苏醒。而江南，已是梨花谢了桃花开。

一场大雾弥漫伊犁河北岸，英塔木天鹅湖的野天鹅，轻轻泛起春的涟漪。这时候，你就在我近旁，眼里溢满春天。

是的，我要说的，是这早春的荒芜。

积雪融化。大地裸呈出初始的面目。而春风，总是先绿江南岸。

在西北，一年得有长达半年的萧瑟，对此，我欣然接受。

我爱着这早春的荒芜，就像爱着四季分明的故乡，爱着隐藏在几根白发里的陈年，爱着越来越清澈的余生。

1　还有故乡可回的人，是幸福的。

2　当我背起行囊离开故乡的时候，我不知道，当我归来，当我怀着一颗少年的心归来时，故乡，已不再是故乡。

3　曾经在很多路口迷失过方向，只有这条还乡的路，一直清晰。

沿着玛纳斯路向北，途径泉沟水库和水库堤坝下的荷花塘、大片大片的棉花地，再顺着三角庄方向东行，过了红光镇、桃花镇，就是下野地了。

路边，一丛丛的芦苇、红柳都是旧时模样，而戈壁滩上新开垦的田野、老屋的废墟之上新盖的砖房是陌生的。

4 岁月荏苒，那些内心的喧嚣慢慢变得悄无声息。

我开始用平静的目光看着连队的老屋一间间倒塌，看着儿时的记忆随着一个个老人的离世渐渐模糊。

半世流离，哪里都可安身，哪里都有明月相与还。

但是——哪里，都不是故乡。

5 “愿你归来，依然是少年。”

当我归来——

我喊出故乡，故乡早已不在。

当我一次次走在虚无的怀乡路上，只是为了提醒自己不要忘记一个叫作下野地的出发地。

（选自《伊犁河》2017 年第 3 期）

■［湖南］湖南锈才

在南洲（外二章）

远处灯火如萤，那是家的方向。

在南洲，我只想简单地恋爱，写诗作文，做个两耳不闻窗外事的小秀才。

穿红衣，日渐不合身的，是我的小娘子。她脸上有贤惠，婉约，骄傲，天真与霸气。好听的南县话，仔细听，还有一点嗲；她的面容，与门前的桃花有得一拼。

屋前两亩池塘，一池正怀孕的莲，还有半亩蛙声。屋后是菜园，紫色的喇叭花爬满篱笆。

我在家中饱读诗书，读“路漫漫其修远兮”，读“先天下之忧而忧，后天下之乐而乐”。没有书童，只有小黄狗像个小跟班，喜欢摇尾巴。

“相公，恰——饭——哩——”

——拖长尾音的南县话，百听不厌。

爽口的米豆腐，卤菜猪耳朵，油爆辣椒，米饭飘香。

在南洲，我想说出我的热爱：

——如果不爱，老天请赐我“十年不予科考”。

在南县，我只爱一些简单的词汇

在南县，我只爱一些简单的词汇。

吃莲藕、米豆腐、麻辣肉、爆头口味虾。我希望一日三餐与它们为伍。饭前二两南洲酒必不可少，黑毛茶氤氲，泡出好心情；“茶好金花开”，喝茶就喝茯砖茶。

得闲就去看看地花鼓、三棒鼓、蚌舞；喜欢听渔鼓、围鼓、弹词、评书；欣赏木偶戏、皮影戏、田歌、小调……

这些久违的事物，就像情人的相见，

每一次，都有不一样的感受。

得空，就去扁担洲、小白洲、杨幺窖、沈公堤、荷花地、三仙湖、八方嘴、中鱼口、马四垴随便走走。

在南县，我喜欢简单的生活，娶一个简单的女子，过一种隐士的生活。

灯 火

月亮不知何时拨亮了灯，膀子村很恬静很乡土。

年少轻狂的小南风少不了抒情；夜色中，大地的秘密在几声犬吠中肆意疯长；

趁着夜色，豆子悄悄拱起一片片小土，出来侦察；南瓜苗已梳起流行发式；土鳖虫，蚯蚓，这些深藏土中的小生灵，都出来透口气；秧谷下泥，已露半寸深的板寸头；蝈蝈的竖琴很另类，据说一些断苗，就是被它们的琴声所伤（实为老鼠干的好事）；蛙鸣叽叽喳喳，如妯娌之间的唠叨。一些已变身小蝌蚪，一些还是抱团取暖的小泡泡；萤火虫是追星族，哪里有歌声，哪里就有它；桃花已谢成大妈；

怀孕的鲤鱼，鲫鱼，总喜欢在石板上摔打。她们为何玩自残？泥鳅在水田露一个孔，也留下秘密。手指慢慢掐过去，总是从小孔里，先冒出一泡烟，然后什么也看不到了。

别人都出外打工了，只有他舍不得老婆，孩子，热炕头。憨憨的黑汉子在河边打鱼。时不时，在黑暗中停下抽口烟。火光一闪一闪，像一个人在数不多的钞票。

远处灯火如萤，那是家的方向。

有人在唤他回家，多好啊！

（选自《山东文学》下半月版2017年5月号）

[山东]庞学杰

故乡黄昏（外一章）

一个村庄的空落，把多少乡思，搁浅在一张张蛛网上。

故乡的黄昏。

多少记忆更清晰，多少秋色流成河？

一个人的远山，夕阳入怀。

一个村庄的空落，把多少乡思，搁浅在一张张蛛网上。

芦苇丛中，迟归的鹅群。

半山腰上，留恋的晚霞。

最后一抹云，伏在光秃的山头上。

卡在喉咙里的乡音，难以吞咽的乡音！谁的味觉里，早已没了五谷的香。

从童年开始延伸过来的一条小路，越过多少河山，蹚过多少季节？——先我而去，一直伸到天边；止步在——

我背井离乡、安身立命的地方！

今夜，顺着风声回故乡

故乡：一排白杨树做成的梳子，梳掉了所有的青丝和白发。

秃头的天空，心事重重！

——向谁倾诉？

河水依然流淌，只是少了些声息。芦苇丛中，去年的野鸭，早已流落他乡。岸上，过往的大雁，只在麦地里，留下一大片爪痕。

天边的云——没了翅膀，只剩下了一颗心——依然回响着故乡的水声，雷声，心跳声……

今夜，海边柔弱的南风，徒步走向故乡！

回乡的路上，必定是——

霜一行。

脚印一行。

额头上的汗水，无数行……

（选自《山东文学》下半月刊 2017 年第 5 期）

■［陕西］鲁绪刚

一座村庄（外一章）

只有炊烟，依然抬起村庄仰望的高度。

方言还在。镰刀坐在土墙下，早已不再开口。一座村庄在孤独中享受孤独，有谁，能从纵横交错的山路中找到答案？

时间盗走了火柴，把几颗孱弱的星星留在天空，藏在泥土里的阳光，时时刻刻想挣脱束缚，完成一次涅槃！

一座村庄碰疼了一代人的脚趾。

青春和血液，在泪光中汹涌。

一座村庄被一盏油灯困住，昼夜干咳，握不住的流水和衣袖，在童年的草尖上摇曳着风声！

一座村庄缄默着，道路就和车轮一起生锈，只有炊烟，依然抬起村庄仰望的高度。

山　路

可以纠结也可以坦荡，却被风无情地追赶。

岩石和荒草强行占领了目光能及的地方。它们疯狂的程度直逼我们的肉体和骨头。这段生命必须经历的情节，无法绕过。还有峡谷和陷阱，那些突然出现在我们意料之外，或者意料之中的段落。去对待。去选择。

苍茫的天宇用绵绵的雨丝包围了整个秋天。会不会偶尔抽出几缕阳光给我们这些蜷缩在异乡屋檐下的人，擦去孤独，忧郁和沉闷。

一切不可预知。

放下手中像半块月亮一样的烙饼，去淋漓尽致地诠释奔波。

我们疲倦的四肢和头颅，被烟尘和鸟鸣紧紧缠绕，无法将梦境在某个山路的尽头甜蜜的安放。但我允许记忆里的东西走出来，填补黑夜和命运的黑洞。

如温暖的安慰和嘱咐。

（选自《山东文学》下半月刊2017年第6期）

■［山东］何敬君

清明：阳光洒满祖茔（外一章）

坟头的黄表纸，是今天世界上最灿烂的花束。

阳光洒满祖茔，如洒满我行走过的大地。

阳光明亮而稀薄，穿过隐喻般的雾气。

祖茔是一角海，墓冢静静地漂泊为一叶叶小舟或一个个岛屿，在原地摆渡。

坟头的黄表纸，是今天世界上最灿烂的花束。

我好像跋涉了很远很远的路，开车从城里回到村里，如同摇着船从虚浮的梦境渡到凸凹的现实。

从昨天到今日，我又是哪个跟在大人们后面祭祖的孩子？

我的宗祖们，请到甲板上来，到岸滩上来，于高处列坐。
请喝一杯你们已经不认识的酒，吃一碟你们早已习惯了的冷的食物。
我看到你们微笑，看到天堂里的时光宁静而肃穆。
去年的落叶有的仍与微风低语，今年的新草已在枯秸间抽芽，老杨树擎起了嫩枝。

我跟随父辈们，也带领我的子侄，像是梳理白发里的黑发，辨记一座座墓碑上清晰或斑驳的字迹。
树上的喜鹊窝以穿透天空的眼睛看着一个个坟头，看着我们卑躬的身姿。
我看到眼前飘动起一张张薄薄的纸，飘成坟头的花，飘成树顶的云絮。

今年“清明”无雨，我们的话语跟往年一样湿漉迷离。
一只只黑蝴蝶飞不高飞不远，浅浅的欢乐与淡淡的哀伤打湿了它们的薄翅。

……薄雾散去，地阔天鸿。
徜徉在与列祖列宗同在共生的家园，我内心怎样的澄澈清明？
转身间，孩子们在村口放飞的风筝飘升到了祖茔的上空……

“立夏”里的短句

1　何处隐约的蝼蝈唤我进入这个响亮的早晨？
我却无力分辨山那边老家的田野里高高低低的音符。

2　温热的风将天空拉低，撑开情侣伞倾盖大地；
街上的人们似乎放缓了脚步，脸庞泛着酡晕颔首致意。

3　你跫跫的足音愈来愈近，愈热烈地围抚我；
我遥想老家麦子的爱情已经成熟，期待临近的婚期。

4　浓雾瞬时便无声地恣肆，迷茫了崇高与卑小的界限；
我甚至分不清楼下那个人与一株灌木的影姿。

5　你的村庄他的都市都一如往年，千姿百态地赶往夏季；
我也仍在其中，谛听阳光走过大地……

（选自《大沽河》2017年第2期）

■[安徽]潘志远

水边茅花刚刚白（外一章）

刚刚白是云世界，是鹤故乡，是你的迷茫和清醒……

集体站在河边，看风景，揽镜，或顾影自怜。

腰还那么年轻，头却一天天白了。

风一吹，仿佛白就要飘逝；扬了扬，还铆在生命之巅。

戳河水的冷漠，提醒往来的尘世的眼睛。

——水边茅花的银发，不是老，是刚刚白。

霜之处子。雪之嘉宾，初来乍到，被热情款待，久久挽留。

棉花的远亲，在此落户，且结下一门姻缘。

蒹葭的使者，滞留了二千年，还身在曹营心在汉。

与柳絮的白，殊途同归。

与蚕茧的白，不在一个阶层。

与月光的白通宵达旦，真正做到了相濡以沫，举案齐眉，相敬如宾。

与梅花的白不相上下，却又差之毫厘。

与鸥之白，水之白，灯之白……长期对抗，但又不同日而语。

刚刚白是白的开端。

刚刚白是引而不发，等待你的遐思落笔……

樊笼打开了，刚刚白正好试翼；缰绳脱落了，刚刚白将要奋蹄。

刚刚白是云世界，是鹤故乡，是你的迷茫和清醒……

我把故乡月一饮而尽

坐在门外夜茶，突然月亮掉进杯里。与茶叶搅在一起，却不被茶叶所遮掩。

沉在杯底，不溢不流，不溶不解。

银亮亮的，像一枚古老的钱币。

又像加进去一丸，但不改变茶味；茶还那么酽，还那么淡，氤氲着一股清香之气。

最得生活滋味，人生滋味。似乎又多了一味……

像泡进去一味药，功效不甚分明。

它曾掉进过古人的酒杯，以月泡酒，他们饮了千载。轮到我辈，为时已晚。

现在，它又掉进我的茶杯。饮、品、呷、啜……在舌尖打转，屏住呼吸，一仰脖；我把故乡月、故乡茶，和着故乡水一饮而尽。

多像喝药。

这一回没有医嘱，没有人逼，没有谁监督；我那么乖，那么心甘情愿。

举头三尺，父母的目光，如水……

（选自2017年《散文诗月刊》第2期、《中原散文诗》创刊号）

■［江苏］王　垄

在柳堡看树（外一章）

在柳堡，家家都有一棵树，人人都是一棵树。

在柳堡，树是最好的参照物。村庄的高度和根底，看一棵树的长势，用光了我全部的才气。

从树上，我找到了自己的缩影。生命的轮回，从泥土开始，到落叶结束，穿越一层层的风霜雪雨，与现实无法对视。

家乡和自然怂恿着肆无忌惮的挺立。高个子的我和高个子的树，谁也不理谁，谁也不知道哪个是自己。

也有百年的老树长出新芽，也有百年的老者欢乐地死去。

柳堡是最长寿的那棵树吗？所有逝去的乡亲，只是它枝干上一枚黄叶，在小村的角落，悄无声息。

他们和它们，都和脚下的土地，融为一体了。在大树的心里，最坏的天气有时就是最好的运气。

在柳堡，树像最灵验的巫师。未卜先知的智慧，让我直起腰、昂着头，把五谷收入囊中，把星辰托于掌心。

这祖传的顽疾，在树的庇护下，变得含义隽永。庸常的日子，长出陡峭的向往，高耸入云。

在柳堡，家家都有一棵树，人人都是一棵树。在枝繁叶茂的梦中，信仰开放，理想舒展，一种根深蒂固的东西被迫向远方延伸。

柳　树

一棵树和一个村庄，可以不同名，但可以同姓。

柳树的昵称里，隐藏着柳堡的氏族与骨头。湖荡的风吹来，在离祖坟最近的地方，敞露一颗绿色的心。

把它的青丝揽入怀中，让它和吹笛子的牧童一起抽出肉身的新芽。在梦想的小路上，一棵棵比村规还小，拂动的腰肢，有着大串大串的寂静。

在乡愁的最高处，在迷信的最低处，柳树像一座座婆娑的灯塔。

柳堡得以豢养。柳叶落下凄苦，也落下欢乐。

在树下拉二胡的瞎子，其实有比柳树还要苍翠的眼眸。他如风，如水，但，它比风，比水，荒凉而又淡定。

柳堡，也在柳树下眺望，不急，也不慌。

它们用尽了一生的时光，修炼成果实，送给那些饥饿的鸟雀和星辰。

（选自《上海诗人》2017年第3卷“散文诗档案”）

■［海南］刘　霞

清明，寄一份思念（外二章）

我在寻你呀，父亲！在油菜花开最浓最艳的地方。

春雨纷纷，油菜花黄……

我悄悄寻来，举目四盼，这么美丽的田野里，却不见您的身影。

父亲！哪里去了呢？昨夜的梦里，我分明见您来了。

我急匆匆向油菜花地寻去，小心地分开花枝，钻进那条被花浪淹没的小径。

记得多少次，你牵着我的小手走进花海，用小草笠遮挡雨丝，在我头上撑起一片晴空。

记得多少次，你让我在花田撒欢，追逐彩蝶，你为我拭掉小鞋上沾上的露水，轻轻弹去我裤脚上撒落的花瓣……

我在寻你呀，父亲！在油菜花开最浓最艳的地方。

自您走后，每年清明，我都会想起这片油菜花地。不为花香，不为美景，只想寄一份思念给您！

摘棉时节

棉田里，有丝丝轻响，却重重地叩击着我的耳膜。

那是棉花桃裂铃吐絮的声音。摘棉时节，我又想起奶奶……

那棉絮的白云间，影影绰绰的身影，是乡亲们在收获劳作的喜悦。人群中，总有奶奶弯腰的背影，汗水顺着脸上的皱纹，在流。

棉花朵朵，纺出丝线，织成布匹。夜晚，奶奶总在手摇纺车旁忙碌。有时，一边纺，一边还给我讲多彩的故事。

天刚入冬，我就穿上了暖暖的小棉袄。那是奶奶亲手摘的棉，那是奶奶亲手织的布。

如今，又到了摘棉季节，却听不见吱吱呀呀的手摇纺车声。

那茧手磨得光亮的木头织布机呢？也已无处寻觅。

奶奶呀，你到哪里去了？我在寻你，寻你。

母亲回来了

那一年，母亲走了，走进了秋天的落叶里。

我虔诚地捧起一轮轮落叶，寻找母亲的身影。从一个秋天再到一个秋天，在纷纷落叶间，我看见母亲向我走来，越走越近……

那些年，儿子常常缠着我讲故事。他仰起小脸听我讲，听得津津有味。这个时候，我就觉得听故事的人是我，而讲故事的，是我的母亲。

那一天，在老家的妹妹，在微信群里晒出一个火烧粑。那香软可口的火烧粑，是母亲的一手绝活。于是，我学着母亲的样子，烙起火烧粑。这个时候，我感觉母亲又回到了我的身边。

如今，我生病发热时，迷糊间，总觉得母亲温暖的手，在抚摩我的额头。

如今，我在闲暇时，总爱翻看书架上母亲常翻的那些书。书页间，我总闻到有母亲双手的气息……

秋去，秋又来。

岁月，在轮回。可是，母亲呢？母亲，你也该回来了呀。

（选自《伊犁晚报·天马散文诗专页》2017年第7期）

■［安徽］段　伟

麦花飞扬（外一章）

麦花绽放只为孕育，农人的心花开放只为收获。

青芒甩齐，他们在黑夜的风中摇曳，窥视天边的星星，他们守着乡村的夜晚。

皖西北的农事，大都是精心的侍奉着麦子，这是我们一年的粮食。朴素的麦子，和皖西北的农人一样朴实。

初夏的黄昏，他们独自绽放，雪白的麦花，翻滚而来，汹涌如海。他们悄然绽放，并无花香，就像农人，默默劳作，一生无语。每一株花都有自己开放的理由，每个人都有自己的内心世界，麦花绽放只为孕育，农人的心花开放只为收获。

一望无际的皖西北，麦子守护着平原。青苗悄悄拔节，麦花默默绽放，花期短暂而热烈，在瞬间完成生命的历程。他们前赴后继，一夜间，如雪浪一样滚滚而来，片刻，风絮一样翩翩而去。她们孕育着麦子，把受孕的麦子送回麦穗，她们完成年年岁岁的爱恋和守望。

我在麦花飞扬中，走过一年又一年，我在麦花飞扬里，看前途未卜，想未来不知。

槐花飘香

一缕风，脱去春的外衣，邻家的小妹，穿着花格子短衫，露出藕节一般的手臂。抬眼望去，她素净的额和嘴角的绒毛泛着白瓷一样温润的光。她走在槐花飘香的村庄，和槐花一样芬芳袭人。

初夏的小河边，一群游鱼追逐着飘落的槐花，浣衣的阿妹，抬手拂去脑前的刘海。

槐花和初夏的一场雨，突袭了荒山野岗和村庄的房前屋后。风中弥散的槐香，灌醉了我少年时的村庄，一群鸭子，摇摇晃晃跌进了村前的小河。

邻家的阿妹，闭上眼睛，深深的呼吸属于自己的花香，那样纯净甜美，那样朴素温馨。

一簇槐花，窥视了阿妹的心事，她挎着竹篮，扛着竹竿，口含着青梅，想念着童年的竹马。我在离故乡不远的标里镇，心事慌乱地走过黄昏的操场，想念我童年唯一见过的龙山，和奶奶踮着小脚拽着我走回故乡的情景。那是个风雪交加的冬天，我却嗅到了槐花飘香的季节。

阿妹睁着毛茸茸的眼睛，看白瓷一样的槐花，精致、温润、小巧、玲珑，开的轰轰烈烈、平平淡淡，普普通通。她们散发着泥土的芬芳，她们怀揣着村庄的朴素，她们静静地绽开，又默默地飘落。

（选自《伊犁晚报·天马散文诗专页》2017年第5期）

■［湖北］牛合群

四月出发（外一章）

在故乡的原野，哪怕是一个影子，站着，就是一颗大地的心。

在四月，和我一起举起手，不仅有我的伙伴，
还有一株麦子，一株小草，一株蕙兰。
她们向我靠拢，站成气节。
我们就要一起出发了，有绵绵春雨也好，有云朵开放也好，有桃花梨花油菜花相送也好；没有也罢；
要到哪里去？
暂时没有想好；没有想好也行，我们漫无目的行走。
从今天出发也好，从民国出发也好，从唐宋出发也好。

映山红，是在等我们吗？
小燕子，是在迎我们吗？
那条小河，是在引我们吗？
这芬芳，与我们的头发相连，与我们的呼吸相通，与一个名字相亲。

藏下黑与暗，藏下疼与痛，在春天藏下的心事，会抽枝，发芽，长成草木葱茏，长成一棵花树。长成属于我们的神话与英雄。
凡是春天的鲜活，我们都愿意做成柳笛，被风吹送，吹空自己，吹空时间，
让一株豌豆花穿上紫裙子，和春天跳一支舞；
让所有的爱，深入生活。

稻草人

你是乡村仁慈的眼睛。你是一株旺盛的庄稼。
乡村不想让自己辛辛苦苦换来的粮食被叼走被糟蹋，也不想伤了那天天为他们歌唱的小精灵。只好，借你，像吓唬自己孩子一样吓唬。
在偷食者眼里，你是一只大老虎；
在娘的眼里，你是她最瓷器的幺儿；
在我的眼里，你是我回不去的童年。

空是你的内心，虚是你的世界。
穿过风雨，穿透乡愁，穿越旷野的一朵小花，一根草，也能撞破春天的大门；
不愿倒地，怕被风吹歪的影子，抱着夕阳哭出声来。
众生，还故乡。

在故乡的原野，
哪怕是一个影子，站着，就是一颗大地的心。

（选自《天马散文诗专页》2017 年第 6 期）

■［陕西］姜　华

玉　米（外一章）

抬头是一种姿态，弯腰，更需要一种修养。

把种子扛在肩上，让信仰在头顶开花。

这些人类的故交，大地的恩赐，北方的土著，在农业里出尽了风头。

不炫耀、不张狂、不显山露水。站有站相，坐有坐相，一身乳香，安静如孕妇。

不需要打广告，它们的名字就是品牌。

短暂的生命里，只有奉献。从头到脚，从内到外，从地面到天空。

就像先辈们，根植土地，悄悄地来，悄悄地去。

秋天，在我的老家乡下，玉米在田间站成的方阵，像训练有素的士兵。

父亲、母亲、哥嫂同玉米一起，从夏到秋，从种到收，要熬过三个多月的高温、酷阳、暴雨、狂风、病虫害。还有自然的、人为的灾难。

它们中的一部分不堪时光的折磨相继死去，大部分顽强地生存下来。像野草，更像草民。玉米，我的好兄弟，都有一口好牙齿，咬碎并消化生活中的苦难、无奈和忧伤。

一生都在追赶阳光、雨水和季风，高昂着不屈的头颅。

玉米的品质，代表着烟火的高度。

这个秋天，在故乡一块玉米地前，我深深地伏下身子。

更远处青龙山上，埋葬着我的先人。

向日葵

辽阔的乡间，向日葵，高举着受孕的胎盘奔跑。

柔软的阳光照在胚胎上，胎儿粒粒饱满。

挺着沉重的身子。向日葵，像一位足月的孕妇。

向日葵，追赶阳光、接受季风和雨水的洗礼，头顶一盘金黄的太阳。

谁在田间执灯，照耀万物生长。

田野温馨的令人窒息。一棵小草走拢来，同向日葵悄悄对话。

周围的邻居，玉米、土豆和高粱，都是些低调的植物。还有那些蝴蝶、蜜蜂和蜻蜓，把爱写成励志文章，发表在田野上。

成长的季节，向日葵扬起头来，聆听骨头拔节的声音。

在风雨中，向日葵扶起周围跌倒的兄弟，一起采集阳光、雨水和爱。低调、谦卑地生活，健康地快乐地成长。

在秋天，成熟的季节，它们一个个关闭自己的声音，低下头去。

向日葵，流传在土地上的行为艺术。一生都在追着太阳奔跑，故事密不透风。

抬头是一种姿态，弯腰，更需要一种修养。

阳光、青春、高贵，一尘不染。

有信仰的人，不问出身。

（选自《天马散文诗专页》2017年第9期）

■［黑龙江］王　平

故乡笔记（组章）

我的兄弟，在玉米的围拢中，内心的一盏灯被燃亮。

这个老农

土地醒来。大江醒来。麻雀的歌声里有泥土的香。

他粗糙的手，摸着土地的脉动。听土地的心跳，和春天一致。

他有着土地一样憨厚的性格，种出来的庄稼也是憨厚的。一片片的庄稼在生长，他用耳朵听。内心里的雨水。滋润着他的好梦。

青草漫山遍野，鸟鸣和野花擦亮天空的眼睛。他和妻子一回回走进庄稼地，像两株苍老的玉米，走进年轻的时光里。

江鸥展翅，喜鹊飞舞。一点点长大的秋天，握住他粗糙的手。他变白的头发里，有多少大儿子病痛的记忆？

铁锹、锄头、扫帚，都有坚硬的骨头。一把烈日下或一阵寒风里，他用牛的坚韧挥动着汗水，“真是一个好人也是一块好钢啊”。

一片片庄稼，穿越一场场雪。在唢呐和锣鼓声中，像一匹匹马奔腾在大平原的脊骨上。

那个在雪中张望的老人，是他，我的老姨夫。

玉米熟了

大江之上，玉米的种子落地的声音很轻。母亲的子宫是暖的，她在鸟鸣声中受孕。

从2013年的一场洪水中逃出，玉米心中的梦魇已经消逝。

除草、施肥、打药，像舞姿一样轻盈。铁牛的欢歌声中，亲人的眼里飘动着春天的翅膀。玉米，一碗酒水里的玉米，一回回梦乡中铺天盖地行走着的精灵。种在亲人的心里，被一阵阵蛙鸣追赶。

玉米，在雨水中微笑的玉米，在黑龙江的欢歌、小河的呢喃声中，一点点长大。

深秋，灿若桃花的妹妹，在黑土地上，看大片的玉米向她招手。亲人们，陪着玉米迎来一场场小雪。我的兄弟，在玉米的围拢中，内心的一盏灯被燃亮。

玉米熟了，亲人们听到来自土地深处万马奔腾的欢呼。

婚　礼

喜车一辆接着一辆，载着亲情和祝福。鞭炮像鼓点，母亲的脸上花影飘动。

彩虹门高悬。怀抱新娘的新郎，激动的内心，像点燃九十九盏灯。

大雪还未来临，九千只喜鹊在平原上舞蹈。狗与牛的歌唱，让一座座村庄竖起耳朵。一场场婚礼，在大江以西的黑土地上，打开春天之门。

走过多少风雨，才有今天庄严的拥抱？掌声与欢笑，敲响十万株麦子的魂魄。大片金色的阳光，都是叮咛与祝福的低语。

一颗颗滚烫的心，在幽默与庄重的祝福里燃烧。一支支欢快的歌曲，像千百只鸟儿歌唱春天。

所有慢下来的脚步，都在为新人驻足。迎着阳光，走进一串串明媚的日子。

（选自《北方文学》2017年第6期）

■［四川］云　子

泥土情（外二章）

那里的泥土，更有一种耐读的意义。

在山民的心中，有一种概念：祖祖辈辈的生命，都需要交给泥土，让泥土操纵自己，从中找出答案。

泥土用全部的精神，树立自己的形象，与天空始终保持同样透明的深度，在大自然中互相配合，生长出生活的色彩和记忆。

泥土的声音很磁性，山民喜欢倾听，撒野时，摘一朵小花，还给泥土，插在隐秘处。

泥土没有语言，但很富有。山民在语言中，挖出了一条路，通向山里的山里，那里的泥土，更有一种耐读的意义。

泥土味

所有的故事，都是从你腹中走来，性感的肉体，谁能抵挡住诱惑？

孕育出来的情节，于万物的心灵深处，都会久久地储存这份记忆。

在时间奔波的车轮里，一些远离故乡的人们，怀念中，总会带走你孤独伤心的时刻。你便散发出一股浓烈的乡土味儿，慰热人们的心。

谷农语

草人站在稻田中央，草人的虚伪和假设，让雀鸟们饶有兴趣地，匍匐前进。雀鸟们偷吃谷子的快乐，让草人举起的手掌空落落的。

草人起初在稻谷的心里，是德高望重的。如今，草人狼狈地撤走，谷农便站在田中央，整日整日地吆喝。

谷农的竹竿，在空中挥舞着鸟语。鸟语，总是衔来几句农谚，撒在谷农的额上，对谷农编造着季节的谎言。

谷农扫去额上的鸟屎，谷农吆喝的声音更大了，谷农挥舞的竹竿更快了。

（选自《散文诗世界》2017 年第 11 期）

第八辑　草木春秋（24家）

■[河北]雨倾城

有些春天，已经醒来（外一章）

涨水的河床，抓一把树叶，摊开自己。水上生红日。

大纵湖。雪。

雪覆盖一层又一层。有些春天，已经醒来。

她们不是树，不是水，不是奔向四处的风，也不是……飞在天上地上的雪，开出了繁花万千。

一丛丛，一簇簇，一株株，苍苍芦苇，于浩浩天地之间修持。

不悲，不怨，只做自己。

众生喧闹，她们孤寂，纯净如雪。

大风浩荡，那是唯一的声音。到处飘着风。除了色彩，天寒地冷都是多余。

思想，却渐渐辽阔。

佛说，万念皆为束缚。她们洗净灵魂，欢喜了湖光中的倒影。

会有春天赶来吗？

这个大雪的天气，她们梦及成长。

她们有一颗翠绿的心。

这美好的一生，她们在风中飞，在河道纵横的波涛里飞。

她们飞，湖安静。

湖安静，四野发芽。

天下大美，落入凡间。

这是谁的河流

从前世到今生。这是谁的河流？这是谁的古老的爱情，最好的水？这是谁的，远道而来的连绵不绝？

摁住胸膛，羁留于此。

留下，我就是澎湃，留下，我也是宽敞。

一个人走着，她是一滴水。
一个人离开，她没有太多的伤口。

涨水的河床，抓一把树叶，摊开自己。水上生红日。
梦里。有我不愿落下的樱花，还有世外的村庄，一波一波遭遇的往事，从未到来的赤裸的真实。

一条时间的河流。
岸草摇晃。
长大的小鸟，只与青山语，只与白云语。

风在风中，水在水上。
我不说出爱。我在它们中间随意行走，带着自由的灵魂。怎么走，都叫命运；怎么走，也没人认出我。

（选自《诗潮》2017年11月号）

■［湖北］刘素珍

这个春天

一瞬间，这个春天就完成了我的江河重整。

这个春天，春雨贱如油。遮天蔽日，挡住阳光，涂抹天空和大地，洗劫花朵和野果，还要复制不可复制的旧伤。

这个春天，在一个城市，在一群人的中间，听曲、看雨，闻风而动。闻风而动，看雨、听曲。

这个春天，你是否看到，卷入命运的那些风雨已经抬高了江、湖的深度与高度。这个春天，你是否看到春天悬浮的秘密，早已不再是风调雨顺或荷尔蒙的体温。这个春天，众多的飞鸟一再振翅，抬高自己，一飞再飞，直到羽毛飞上了天，像一场雪，仿佛要颠覆天空的空白。

这个春天，树木经过雨水再三的洗礼，折断的枯枝倒挂着残存的血脉，谁能和我一同接受这些摇摇摆摆的事实？摇摇摆摆的身体惊动了来路上这个摇摆的春天。

这个有形也无形的春天，握不住一滴雨水的飞逝，握不住阳光的温度，雨打芭蕉，轻吻草叶，谁会和我一同缝合这些春天的碎片？

这个春天，更多的时光是我呆坐在窗前，看雨滴从屋檐上整齐的下落，那么多黑白相交的事物在雨雾中出没、沉浮、隐潜、断片，不断改变我惯常的视线、脚印，甚至指纹。

我低下头颅，唯一能握住的是手中的水杯，春雨声声，点击着谁的空间？雨滴是空间的一部分，孤独也是。孤独，雨中的那枚月亮，曾经让我们彼此深深地凝望。

时光一直在流失，风雨喋喋不休，关闭门窗，关闭心门，独自品尝失落、虚无。嗒嗒的雨声仿佛是谁和谁在窃窃私语。想从一场流转千年的风雨中抽身而去，不被无端的烦恼所累。一场又一场猝不及防的风雨让人喘不过气，蛰伏的梦想像一场持续的旅行，没有自由，没有方向。

雨，还在下，这样的天气我早已习惯。就这样静静地坐在窗前，从什么都想，想到什么都不想，像一枚落叶，辗转而下，辗转着从容，辗转着淡定。辗转到终点，稳稳地诠释一段风雨兼程的路程。

雨滴告诉我，流水告诉我，鸟鸣告诉我，落花、落叶告诉我，经历了风雨的春天，才是绿意盎然的春天。

一瞬间，这个春天就完成了我的江河重整。

（选自《散文诗世界》2017 年第 5 期）

■［山东］鲁本胜

春雨的情怀（外二章）

一根细小的草，又一次悄悄绿了一下。

小的绿芽，成为春色，成为踏青途中的狂欢。
走进农历，走进了天地秘密；
一根细小的草，又一次悄悄绿了一下。
细雨纷飞，山水日月的灵魂清明，乡野镇村展开，牛羊逶迤而去。
鸟的舞步，花的笑容，千万种美丽，以人的形式，走进唐诗宋词；
温暖着日暮修竹。
麦田此起彼伏，看天看水看人看鸟飞如梦。
次第变成咿呀的序曲……
我看见，在这个梦想展翅之夜，整个半岛汇成了一句
千古绝唱！

春　意

风，换了一副模样，湿软、温柔，有仙女的风姿。

沿着季节，林木和庄稼，醒来，似素女莲步，步步生韵。

多彩的美，醒来，展示着遍野碧翠，美的意境。

柳枝依依，钓起了诗与韵的滋味分寸，超越千年的诗境之美。

在鸟鸣与飞天之间，小城拆迁，有一种刮骨之痛。

大地心跳加速，禾苗心事泛滥。

栽下并抽芽的那些梦，枝叶披拂，油光闪亮。

世界和人心，在干渴地等待。

种　菜

城郊。一个闲置小院。

一小块地，像童年的作业本。

那上面，有泥土，有曾经的欢乐，汗水，时光与水。

刨地。碎土。深耕。播种。一畦乐趣在心中发芽。

黄瓜、芸豆、番茄、芹菜、莴苣、南瓜，不经意间，撞了一下他的内心，记忆，立时便有一种轻微的疼痛。

一阵风吹过，一阵雨走过，心底的那片菜地呀，绿油油地茂盛起来。

亮光闪烁，照着他的乡下。

（选自《巴中文学》2017 年第 1 期）

■［湖南］郭　辉

草木春秋（三章）

催发一树树花蕾，点燃一盏盏灵性之灯。

火　棘

饿了，食山之土。渴了，饮山之泉。睏了，枕一溪的星光，一山的明月。

于人间的背阴处，自顾自地生长着，不羡富贵与荣华。

有耳胎生。喜欢听风朝南，听水朝东，听阳雀子们，一忽儿东一忽儿西一忽儿近一忽儿远，唱自度曲和过山谣。

却早就在自己的宿命里，锁定了神喻！

一门心思——让血汁，流向高高低低的枝头。

晨光，夕光，星光和雨露，这些来自天庭的祝福，都是多么的内敛。沿着一条暗道，直通深埋的根系，交融于脉，交汇于心。

催发一树树花蕾，点燃一盏盏灵性之灯。

大红，深红，野性的红，甜一样透亮，苦一样凝重。

山上的活珍珠。

大地之母的乳头。

有情有义的吉祥果。

在那些一回回把米桶刮穿的日子里，吞咽下去，抗饥，抵饿，饱肚，救命，暖魂灵！

蒲公英

她细密的秀发，刚刚盘起。

生性是迷恋的，会用头骨，举起命里黄金般的重量。

是捧给绿草地的一个个初吻。

是钉住了无边春色的一排排铜扣。

是那些飘来荡去的翠鸟啼，摇头晃脑的和声。

并且给丝丝清风，线线溪水，一山坡一山坡的枫树林子杨树林子桉树林子，不间断地打卡，打入——看不见摸不着的淡淡清香。

属于她的日子是短暂的。从金子般的年轻，到白雪满头，也就是十几个昼夜。

但这又何妨！

她生过，爱过，灿烂过，轰轰烈烈过。况且，度过此生，还有来世！

死亡之神的长指甲，潜入阳光下的阴影，伸过来了，步步紧逼。刮出来一身的疼，一身催命的绝响。

就要脱离，就要放下爱恨情仇，就要御风远走，就要告别这一个季节，等待下一个轮回。

天命不违，大地永生！

嗬，她的飞扬，她的死去，她的执念，多么轻盈，又多么重！

黑木耳

树棵越大，活得越久，那些风声雨声半夜更声红白喜事的锣鼓声爆竹声，还有尘世的嘈杂之声，就听得越多，越真切。

砍翻了，截断了，干枯了，死寂了——

魂却不散！

吸取雨水，借助地气，长出无数的耳朵来。像一群青衣小矮人，隐身多年，终于露了头。

又像大地锦绣华章中，蠕动着的一个个黑体字。

这些充满了野趣的探子，风来了听风，雨来了听雨，听得最多的，是阳光，是月色，是它们黄金般的轰鸣，白银般的呓语。

身子在长，好奇心也见长，是野生世界里不老的顽童。最喜欢——

听布谷唱歌——割麦插禾，割麦插禾！

听青蛙打鼓——一湖水碧，十里风荷。

听雁鸣长天——稻浪如金，枫林似火。

听雪落山河——洁白的轻音乐，多么温馨，多么宁静……

母体倒下了，对黑土地的眷恋还在；向上的志向复归于无，感恩的心还在；视觉消失了，听力还在。

在三寸再生之地，凝神屏气，竖起来，一面面卑微而又自恋的小黑旗，一份份单纯而又外向的小灵性。

听生活之轮，循环往复，嗡嗡声不绝于耳。

听人间，那些隐藏的小秘密……

（选自《散文诗》2017年3月上半月刊）

■［湖北］草馨儿

春天的溪水（外二章）

生命，亦如春天的溪水，温软地流淌……

春天的溪水，从鸢尾的蓝花瓣、杜鹃的红花蕊，
从叶脉，从草尖，一滴一滴，蜂拥而来。
花的香，草的香，风的香，在漫溢的溪水中浅唱。
小猕猴，小山雀，小蜥蜴，所有小的生灵，在溪边嬉戏。
看到这些，我的心在甜甜地哭泣，所有的创伤都在愈合。
生命，亦如春天的溪水，温软地流淌……

聆听一朵橘子花开

花瓣转身，所有的果实集体亮相。只有它，孤独地绽放，仿佛被遗忘。
即便是遗忘。白，不能逊雪；香，不能输梅。
就算慢，也要在自己的字典里，慢出尊严和高贵。
我听见它对我说，像耳语。尘世，在静寂中更加静寂。

莲

我若安静于此，必有田田的叶子，有鱼，穿梭在清水之中。

虽无小舟往来，却有蜻蜓造访，燕子剪水。

晨可披轻纱，晚可舒红袖，除了低吟浅唱，灵魂的灯盏一定高高擎起，把属于自己的每一天照亮。

你若打这儿经过，是否认出，我就是与前朝周公相约的那一朵？

（选自《山东文学》下半月刊2017年第6期）

■［山东］英　伦

春天里（外一章）

这是春天，一个该长的长，该开的开，该疯的疯，该爱的爱的季节。

春天里，如果有空闲，你就多往田野里走走吧！

你看到几天不见的小树，竟长得高出了你的头顶那么一大截；看到任何一种你认识或不认识、好看或不好看的花，都争奇斗艳地开了；

你可能还会碰到一两个看似疯疯癫癫的人；

如果你喜欢夜游，你可能还会遇到一匹失眠脱缰的马，或者一个离群索居，醉酒不归的诗人。他激情的朗诵惊醒了睡梦中的斑鸠或野兔，但晚风只听了一两句，就匆匆奔跑而去。她被很大的贪心蛊惑着，而远方是她累倒在地也见不到的——情人；

甚至你还会碰到一群叫声怪异的鸟；

甚至你还会看到忙着做爱繁衍，而连一声招呼都顾不上给你打的牛羊和昆虫；

甚至你还会看到，在正午向阳的坡地，紧紧拥抱着裸睡的年轻男女；

甚至你还会看到……但不管你看到或遇到什么，你都不要惊讶——

这是春天，一个该长的长，该开的开，该疯的疯，该爱的爱的季节。

就像你已经经历过的，或正在经历着的，或将要经历的人生的春天一样！

春天，我歌喉喑哑，双眼迷蒙

不是我不想歌唱，我是想把这偌大的舞台，让给天下每一个哑巴；让给沉默了一冬的牛羊；让给深埋地下的祖先；让给哗哗的河流和屋檐上雪融后那一声声滴答；让给普天之下的他，她，它……

我甚至看不清一只爬到我脚面上觅食的昆虫，还有落在我头上的那些杨花柳絮，也看不清它们是啥时落上的，啥时被风叫走的。而站在我肩上鸣叫的那只鸟，我却看清了还是去年的那一只。我看得最清楚的，当然是一些四处游走的心，像一支支燃烧的火把，寻找着爱的柴垛，一旦遇到，便是一场惊天大火，一场旷世之恋——

春天会献出所有的翡翠和花朵，为其狂欢祝贺。而我，只能用更加迷蒙的双眼，目睹一个和另一个季节，擦肩而过。

春天，我歌喉喑哑，双眼迷蒙！我没有病入膏肓，但却患上了一场巨大的抑郁症——但请你放心，因为春天不适合死，只适合生！

（选自《伊犁晚报·天马散文诗专页》2017年第1期）

■［湖南］苏启平

留一枝梅在春天开放（外一章）

点染成一朵梅花，最好的底色是满世界的雪。

红与白，点染成一朵梅花，最好的底色是满世界的雪。

梅用抒情的方式开放，或直抒胸臆，或含蓄内敛。

如同醉酒的诗人，忘记季节。

撒一把风的种子，在广袤的雪地生根发芽，茁壮成长为凛冽的北风。

冷，与雨有关。一幅画瞬间定格成一座冰雕。

冬天是最伟大的艺术家，习惯沉默。

留一枝梅，等待和煦的春风，用暗香慰藉孤寂一冬的月亮。

草芽，嫩柳，诱惑农舍的鸡鸭。谁能独树一帜，寻找春江水暖。

零碎的阳光穿插在连绵的阴雨，春天表情疏忽不定。

大地是一个花园，百花齐放，慌张还是惊喜，抑或争先恐后。镇定的只有梅花，冷眼旁观。

梅花遗世独立，冬天到春天的更替，竟然有一个时代到另一个时代的久远。

你使人想起孤竹，清瘦而静寂。只剩下热闹的季节流露一幅《清明上河图》的繁华。

调皮的孩童，用春天开放的梅花插进江南一望无际的绿海，搅动我的心波。

我的乡愁点点，是一片金黄的油菜，一朵红色的杜鹃。

阳　光

孩童天真的脸，逗乐沉重的天空。

天空笑了，露出太阳，阳光像初生的婴儿，可爱而真诚。

小鸟瞬间飞遍了村庄。云朵，连同我的心一起雀跃，田间野外到处是欢快的笑声。

晒谷坪里，邻家老妪坐成了一座座山峰，整齐地排列在村庄的怀里。

溪水已经很老，带来我祖先的问候。

老牛苍老的哞叫，是对先人的怀念，还是慨叹岁月的沧桑。冬天的太阳，让人类想起了春天。

把手伸进阳光，用一种崇敬的心情。那温暖的气流应该是天地流淌的血脉，顺着纵横交错的田埂，流向饱满的谷粒。

有阳光，我们就不缺少对秋天的念想。

落叶，打碎了温暖的阳光，伴着农人晚归的歌声飘起。

零乱的光轻轻地落在山径，斑驳亮堂。唯恐惊吓了久未归家的小狗。

树影悄悄地带走了夕阳。

村庄枕着最后一缕阳光入梦，梦里春暖花开。

（选自《伊犁晚报·天马散文诗专页》2017年第1期）

■［安徽］周本贵

挂在窗前的春（外一章）

春天就挂在我的窗前，挂成我窗前年年翻新的画。

朝露是你喜悦的泪珠吗？当风的绿翅剪去了残雪的挽纱，逶迤地揉醒了惺忪的江河；当树桩重展嫩绿的梦，悄然地向翩跹而归的雨燕讲述着一个返老还童的故事。

大地泪渍斑斑，再也按捺不住内心的激情，抖去满头霜雪，挣碎一身冰凌。枝头上鲜亮的新芽，睁开了千万双苏醒的眼睛，扬起一面生气勃勃的绿色旗帜。

山，绿了。水，绿了。鸟啼，绿了。少女的心，也绿了。

春天就挂在我的窗前，挂成我窗前年年翻新的画。

当风的绿翅将万物摇醒，她便以浩瀚的大地作资本，在雨水中经营着希望的种子，在阳光里让花蕾孕育着甜蜜的梦。

新春序曲

还没等雪把大地打扫干净，鞭炮的激情便把春的序曲奏响。

雪野，疏枝上，梅花几粒微炙的火焰竟将朔风点燃，让蛰伏一冬的小草们按捺不住内心的情绪：发芽，在露珠上探出初春的喜色。

春风，喜气洋洋地把一副副红红的对联，贴成一家一家人团聚的欢笑，却又不忘把一路轻如祥云的雨燕唤回。

麦地，若草原起伏成大地早春的翅膀，荡漾出无限春意。

只有远方的山峦，静静地，聆听湖畔的柳丝儿，轻轻唱响山水的灵秀。

（选自《伊犁晚报·天马散文诗专页》2017 年第 1 期）

■［甘肃］张　筱

修葺春天

从一场冬雪到一场春雪再到另一场春雪，修葺春天。

1　思念不是汤圆的白我看见你心上的宫阙，何须举杯相邀。
在从南到北的民谣里寻找……跋山渡水只为触握风的痕迹。
雪，昨天落下。
魂，昨夜被你的纤柔牵引。

2　引领者被引领，杀戮者被杀戮。
我，在我的宿命里破解红尘密码。
风是有痕迹的雨是有痕迹的梦是有痕迹的心是有痕迹的……
你，是有痕迹的，烙印在光阴的明眸皓首。

3　从成州到成纪从陇南到陇山风情风景中，遍访梅花。
从一场冬雪到一场春雪再到另一场春雪，修葺春天。
渡的纤绳系着纸鸢飞度春风，一场梦执拗着另一场梦……
我，在谁的梦里？

4　行遍，是一个量词一个形容词，修葺我的春天。

夜穹下，一只红艳如火的孔明灯笼飞过星子掠过月亮去看端坐江南雨夜的你。

一棵春天的树一片春天的树在我心上发芽。
当半坡居樱花灿烂地爬上老墙时，你会来吗？

5　无可救药的夜晚陷落无可救药的我，喧嚣比寂静更折磨人心。
在万物生长的夜里，心停止生长。

（选自《伊犁晚报·天马散文诗专页》2017 年第 1 期）

■[四川]亚　男

一滴水里的春天（外一章）

春天也是一场战争，多情的种子萌发。

花香布满路径，一早唤醒鸟鸣。
大地醉成花痴。

盛开，沿巨大的气流，沿山峦，沿河流，我不要小桥一样的精巧，不要流水一样的舒缓，不要阳光一样的醉心。一滴水，以晶莹剔透，跳跃在叶子上，以绿的灵动，交给了这个世界。墙上的斑驳，地上碎，以及倾斜了的一望无际。

回到卑微，以尘埃的方式，孕育了这个春天的第一束光，贯彻我的奔跑。
盛开，还是盛开。
也许独自绽放，来自心灵的芳香，一定攻破这个春天的冷。

春天，有太多的诱惑，让我不能自主。
比如花香，比如播种，比如草尖上的呼吸。
吸收了倒春寒。

我打开大地，从石头的缝隙钻出来。
天空，我想到的蓝。
大地，我想到的绿。
夜晚，我想到的静。
可是，风是我唯一不能控制的，无时无刻都在侵袭。侵袭我的灵魂和我的孤单。一滴水就这样漫过来，浸透我的肌肤。在灵魂里酿造一曲悲壮。

有太多的不可预测。
意想不到，春天释放出来的冷，是猝不及防的。
小心那些花香，我过敏的神经，遭遇一场劫难。

石　头

说话间，万物复苏。
石头里，火星四溅。草的深处，积满风雨。

出发，直至万马奔腾。

石头在古代的战场，比起经典的子弹多出一剂兴奋。石头堆砌的命运谁也不能搬动。

石头开花，在传说里弥足珍贵。

我梦见石头，从奔泻里搬运出来。我的一望无际，我的辽阔，只有石头懂得，花朵的语言，为流水修正行为。

城市，离去。石头，我想着石头的表情。

幸福的花岗岩，出入高贵。

只有鹰的路，隐没了石头的柔弱。

春天，我与石头相遇。

石头的沉默相信了春天。那些从花朵上走来的石头，布满了这个世间的香，是独一无二的。

春天也是一场战争，多情的种子萌发。

我在石头里回味人世间的事物。烟火，余音袅袅。

（选自《伊犁晚报·天马散文诗专页》2017 年第 1 期）

■［云南］鸽　子

属于我的春光（外一章）

谁骑快马，日行千里夜走八百送来一缕缕暗香？

谁提灯盏，在轻轻振翼的木叶间踏歌？

谁骑快马，日行千里夜走八百送来一缕缕暗香？

是谁，且歌且吟，放下一路的呼唤、呐喊、叮咛和呓语？

让空的身充盈，让虚的心坦然。

谁催开了一路桃花，谁喊出了蜜和蝶，谁让小兽善良流水温软？

谁剥开了黑夜的核，投进了光明、雷电和倚门回首的娇羞？

谁推开了一扇扇门，牵来一朵朵白云，泼下一湖湖蔚蓝，洒下花团锦簇的诗意？

谁让心回到心，让笑回到笑，让暖回到暖，让爱回到爱？

风蹑手蹑脚进屋，光不声不响进屋，鸟鸣悄无声息进屋，花香不动声色进屋……被窗子含着的一树桃花，照亮了我昨夜的梦，回答了目光里的疑问。

坐在一块大石上

我坐在一块大石上，像大石上一块小小的石头。

不想飞翔，也不想滚下山坡。就想这样，久久地在阳光的照耀下越来越暖、越来越热、越来越自信。

野花在远处开放，蚂蚁在石下忙碌，小草在石的周围枯黄。

我的影子落在大石上。有些孤单，又有些自恋。

偌大一片天地，这么多的阳光和风，全都是大自然馈赠给我的福气啊。

一大朵大朵的云，游过来又游过去。

一头低头吃草的牛静静地对着河水，看自己的眼神，模样。

一群小粉蝶，相邀相约，飞过田野。无声的河流，反复洗涤着桥的影子。桥上行人，来来往往，走走停停，渐渐远去。

我把自己像书本一样打开晾在大石上。让骨头里字词的种子发出芽来，让骨缝里小小的黑和冷，消遁。

我看得见远方，也看得清脚下。我不自卑，不自大，发着自己的光，发出自己的声音。

并且，坦然走进所有人的目光。

（选自《伊犁晚报·天马散文诗专页》2017年第1期）

■［湖南］庄　庄

夏　夜（外三章）

我在低处，在满溢的溪谷，赶赴一场泉水之约。

暗下去了。小星星掐断了时间的灯芯。

只有寂黑：平坦、光滑，如灼热的丝绒。

哦，纯粹的禁闭的空气！瞎眼的天体沿着黑色轴心——云飞溅，孤独的黑金飞溅。

它们，一颗颗，溢出人类的头顶。

只要仰望，我们承受的尘世便会从双眼中升起，越往上，越稀薄，越高悬。

心的双翅，划动如银河的巨桨——那黑的涟漪，黑的涟漪……那被充满的自我的回声。

空旷：黑的空旷。攀至穹顶的肉身滴落，夏夜的最后一枚果实，经受十二层的重力，十二层的分割，步入沟壑。

而最高的一层，此时，星月游弋，如脊背闪光的鱼在新鲜的银白中，当清晨来临。

热的词

它们冒着火，在头脑里旋转、滚动。大脑的边被卷了起来——这烧焦一切的能量。

独自坐在心灵的炉火边：啊，再次，被烧焦的词，灰烬的白。

该如何向你归还，这些，词的尸骨。它们，曾甜蜜地生长，在绿荫，在清泉，如小鹿奔跑；

它们，曾在每一个黑夜，经受辗转，反侧，经受泪的滴落、“无”的鞭打。

哦，不。它们经受：六十公里的永恒空旷。

十个冬天的雪，白色天鹅绒的雪，也不能把它们冷却。

好吧，就让它们关在如今夜的黑匣子里，让它们的火焰之舌蓄满热的风暴，拍打：那静夜空无。

遗　物

自此，亮如星辰的亲人隐入幽深的黑夜。

她在湖边游荡、倾听，清洗着所有的语言。远处，三孔桥躺如长笛，沿着长的湖水，把一种消逝的神圣之音吹入默然的垂柳、香樟。

这淡蓝色的消亡，它自何时，如小燕子飞入他们的春天？哦，小燕子，剪开爱的云层，在比尘世更高的伤口里哀鸣。

她在湖边游荡，倾听，失散了亲人、灯火和甜。

她是黑夜之上的另一团黑，轻柔如童年的谣曲，如一再说出的灵魂之爱。

黑金的夜，如摇篮，装载她无形的形体——不可触及，凉风中的孤儿，春天的遗物。

纪念日

从晨光中醒来是件艰难的事：如若死亡的钟摆稍稍偏左，心，便会在轰然的鸣响中归于寂静。

这一日的雨水，已下了多年，若命的游丝，又像是某种平静的反光。

他总会回来。我盯视着雨水，一滴一滴打在门前的小池塘里，仿佛对家园的柔声拍打、抚慰。或是父亲，疲惫的手指在表达他的谢恩？

“他的背离，乃是因为大地的法则。”

“然而，他已把自己投射在这里。”

暮春，村子浸在玉一样的苍翠里。仿佛什么也不曾发生。他穿青衣，背着双手，从房前到屋后，从菜地到田间，仿佛一个巡视土地的王——没有边界的王。我默念的祷词如雨中的苦楝花，无声无息的白、紫；又如深埋的骨殖散发幽香。他如今，已炼成草木之心，在春风里，在澄明里，跳荡如昔。

哦，隐匿的证人！时在云端，一双慈目，潺潺若清泉。我在低处，在满溢的溪谷，赶赴一场泉水之约。

当深泉溢过头顶，我终于得以浪花中永居。

（选自《诗潮》2017年4月号）

■［浙江］虞锦贵

中秋·桂花·月亮

我与故乡的距离不远，只隔了一个秋天。

我坐在窗前，新来的时光正将逝去的时光，悄然重写。

今夜的清风，翻过昨日的婉约。在大地起伏的脊梁，踩出了星星脚印，桂子花的芬芳在夜空中弥漫悠远。

那枚十五的月亮，孜孜不倦地照在我的床前。

仰望着九天河汉，天地间的印章在夜空里明镜高悬。

一轮秋月。一阵禾香。

地平线上飘洒成六月雪。

奢望与对视，用洁白渲染。

今又中秋，桌上月饼香甜，在异乡静寂的角落，流淌过男儿的泪。

游子乡愁，将月的情殇留在今夜，定格。

月光飘满山坡的村庄，桂花雨，打湿了中秋的心事。

那一轮有温度的月亮，将云霓镌绣在苍穹之上，轻轻地诉说思乡。拜托吴刚，可否捎上我的祝福？

我与故乡的距离不远，只隔了一个秋天。

丰盈的花朵渐次收敛，只剩下菊花，将阳光雨露酝酿成微苦的药香。

此夜，要有一壶酒。

要有采菊东篱的闲情，不那么浓烈，方能品尝月饼背后的滋味。

如果今夕执大笔，我定会举半山明月，替你探路，一定有人，铺好了满城的月色，等你落笔。

又闻桂花芬芳，一年又一年。

残 荷

荷，午夜红颜，黎明的知己。
在波光里，绰约。
优雅与静寂的女子，走过六月街头。

突如其来的雷阵雨。
撕裂一朵荷的梦。
来不及清醒，季节已完成更替。

荷，芳香的灵魂，身体里的苍翠。
湖面上，凋零成为主题。
悬在时间背后的沉默。

沿着蹒跚的影子，行走。
残荷以半截身姿，挺立风中。
寓意，隐匿的枯萎之美。

湖泊静谧，我不懂水的深度。
看光影中的残荷，与风博弈。
竟然让我读出了失落已久的风骨。

（选自《虞锦贵文学作品欣赏》）

■［安徽］杨开延

一色秋光（外三章）

幸与不幸，只在一瞬间。生者活出尊严，死者死得庄重

秋光缠绕在树林里，缠住了每一片树叶，直至满山摇曳着枯黄的蝶翅。

秋光泡在溪水里，水花不断飞溅；鹅卵石丁丁当当，秋光想把它们一一带走。

秋光来了又去，去了又来。

仿佛逮着谁，谁就得跟它走。

两株草

一株活着的草与一株将死去的草，并排站在一起，看不出它们之间有什么区别。

风来了，双方一起舞动，你拥着我，我吻着你。

一株活得滋润，庆幸自己的好命运；一株即将枯死，也没显出多少忧伤。它们迎着风，依旧絮絮叨叨。

幸与不幸，只在一瞬间。生者活出尊严，死者死得庄重，谁也不比谁更高贵。

一群麦子

一群麦子站在山坡上东张西望。

抬头看到坡上的蚕豆姐姐，低头看到坡下的豌豆妹妹，还有那一朵朵蚕豆花，豌豆花，张开粉嫩的小嘴，轻轻地咬着蝴蝶们的翅膀，不让它们到野地里乱飞。

一群麦子站在山坡上，不再东张西望，一门心思往上长。

自从那天发了芽以后，麦子就不再有回头的路。

抽穗，扬花，结实，这是一条走向成熟的路。

一副眼镜

眼镜要休息了，架在摊开的书本上。

它，一字不识，却要显摆一番，装作很有学问的样子。

两只镜片闪闪发亮，一副镜框目中无人。

（选自《天马散文诗专页》2017年第9期）

■［山东］韩宗夫

秋天的葡萄园

秋天的葡萄园，或许正在延续着一个诗人的宗教

秋天的葡萄园，终将在一片炫目的光辉中，跨入一个梦幻时代。

那些梦里的角色，正沿着一条青青的藤蔓，从天堂攀缘而下——

哦，秋天之神，你来了。在一曲乡村音乐的终了，带来世界丰富的乐章，

大地顿呈祥瑞之气、橘红之色。

在那片薄薄的土冈上，一串串紫晶葡萄，冲击着飞尘和惊鸿的幻影，蒙太奇般从我的眼际迅疾掠过。童年和狗的影子，在葡萄树间出没。

而众鸟不失时机地确定了歌唱的主题。秋风起处，一册金黄的诗卷被打开，那甘醇的葡萄酒香，在天空与大地之间蒸腾弥漫。

我的爱人手握剪刀，步态如秋，她把果实与葡萄树一分为二，这一神圣的动作，已多次令路人陶醉。那玛瑙似的果实，终将成为我深入秋天的唯一借口，生活中严厉的部分，终由酸涩走向成熟。

秋天的葡萄园，或许正在延续着一个诗人的宗教，一种新的文明正沿着葡萄藤的根须向四周蔓延，在荒芜的坡地上，悄悄埋下兴奋的种子。

被一只神秘的大鸟衔着，在乡村的上空传经和布道的是谁？明亮的思想在民间突出无比，把葡萄树精和看园人的爱情暴露无遗的人是谁？

土拨鼠踩着厚厚的腐叶，吸吮着发酵的果汁，萤火虫的篝火晚会进入高潮。

青青的土冈昔日重来，狗和童年的影子重来。

一轮金黄的秋月照亮丰收的道路，我蘸着酸甜的葡萄汁，在向阳的坡地上，写下有关秋天的灿烂诗行。

（选自《中国诗人》2017年第2期）

■［江苏］苏　扬

金秋笛韵（外一章）

题记：2016年11月19日晚，在扬州市音乐厅有幸结识“中国笛王”张维良和“维扬一笛”丛星原二位，领略笛的风雅与风骨，遂成此篇。

银杏叶黄了的时候，我听到了一种笛音。

不知道这奇妙的笛音是不是从远古穿越而来，我仿佛看到万千露珠闪闪发光，又恍若听到万千水晶叮当作响。

一直不敢想象吹笛的人是谁，一直以为超凡脱俗的声音都是天上的。在一个神秘时刻，将乾坤之门打开。

此时，夜幕降临，一支瘦笛如小鸟啼鸣，将舞台上所有的灯光唤醒了，将2500年的古城唤醒了。

笛音鼓荡，跳跃，闪烁，不断冲击着墙壁，与外面的彩色喷泉内外纠缠，相互交融。

这是您吹奏的吗？忽而鼓乐齐鸣，忽而万籁俱静，忽而柔情绵绵，忽而粗野刚烈，忽而沉郁忧愤，忽而欢愉轻快，忽而如泣如诉……

这真是您吹奏的吗？忽而玲珑如玉，忽而明亮如珠，忽而艳丽如霞，忽而缥缈若雾……

整座音乐厅都在震颤，都在沉醉。

台上台下，厅里厅外，只有笛的气息与笛的迷蒙，空灵浩荡。

当然，也会有另一种意境，当几代笛音从夜空唰地落下和升起，霎时，山河奔腾，群星璀璨，人间桃李芬芳，气象万千。深邃的洞孔里流出的是师生情、桃源颂。

夜，已经隐没了，万物需要涅槃而生。

这个秋上，笛音不绝。似乎所有的灵魂都要翻越万重山，抵达笛的彼岸。

绿杨春韵

绿杨春把扬州浸染了。

扬州的茶肆就像路边的烟柳随处可见。无论是百折千回的老街古巷，还是婉约精致的亭台水榭，抑或古朴典雅的画舫，总有闲情逸致的茶人邀我们一起品茗、听琴和赋诗。茶香氤氲的扬州有多少种情态，就会有多少种神曲与诗。

绿杨春茶形似新柳，纤美、玲珑、通透，恰如这座水蕴名城的灵魂。

晶莹的翠绿徐徐舒展，鼓荡起一个澄明的世界。

嫩芽袅袅婷婷亦真亦幻，在茶壶里提起轻盈的裙裾，馥香漫溢蜀冈大地。

色泽如碧，清澈明亮；味如甘露，沁人心脾。今朝品茗，终身眷恋。

轩窗外，杨柳错落有致，波光空蒙旖旎，船儿来来往往，那是诗人的桃花源，我们醉在其中。

绿杨春茶的清雅与淡泊契合了绿杨城郭之美和禅的意境。

鲜醇迷离，弥久不衰。

（选自《青岛文学》2017年5期）

■［黑龙江］冷　雪

雪及其他（二章）

雪

你知道，这比冥想深邃。

不只是春秋。

千年的冬雪，亘古的河山，温暖，浸淫着的今生来世。

昂首的人，他站立。

像狮子，像森林的暗流，漫过雪的冷，冬的孤单。

然后行走在世上，留下细小的幸福，贴紧玉的心。

已经远离了伤口。
疼痛的冬天，聚集的感动，巢穴，灰烬之外，是比森林还郁郁葱葱的宫殿。

我不得不低垂了王的头。
一定不是虚惊的冷，已经是实质的冬天，散尽的叶子如宿命，正在酝酿一场更大的雪，
将冬的江山，彻底掩埋……

狮　子

昂起头，黑夜还没有醒来。
一头狮子没有绝望。
一头比雪还黑的狮子，如燃烧的血，灿烂在冬天深处。

或者，已经远离了身体。
腾云的风，划过春天的前夜，感念最初的温暖，与之相邻的梦，抵达最后的寓所。

而此时，阳光正好！
玉的质核，悄无声息地舒展在峰巅。

远离了草原，我就是狮子的森林。
不吼。不奔。不眠。

一头没有绝望的狮子。
一头比雪还黑的狮子。
只是，昂起头，将如玉的温暖，轻含口中……

（选自《散文诗》上半月版 2017 年第 2 期）

[黑龙江] 崔明秋

新雪的清晨

题记：一首诗始终是醒着的，它尚未吮吸苍凉，还披着星斗幽蓝的光芒，等待在你的词语中赋形。

新雪覆盖了狂欢的痕迹。一只只蝴蝶，落在时间崭新的衣衫上，轻盈的翅膀舞动出神秘的暗示。

夜的黑色礼帽遗落在哪个人的梦境里？一根银白的手指轻轻敲响紧闭的门窗。

那尚不可知的未来被涂抹成生动的绿色，在一串串音符中茂盛成风景。怀抱一棵枯树的愿望，在漫天飞舞的大雪中，我只能自己踩出一条通往春天的路。

被唤醒的少年还在寻找尖叫的灯火，他听不到新雪高贵的嗓音正把一个清晨吟诵成浪漫的诗章。

摊开温热的手掌，让纤细的韵脚落在不安的掌纹里。侧目一条陈旧的街，风霜雕刻每一张面孔。那臃肿的身影里是否藏有一道道闪电？那看不见的瞳仁里是否藏有雷声阵阵？

回忆中，雪落了多少年？每一个新雪的清晨，理想与爱情从寂灭又归于寂灭。大片大片的留白，沉默是无边的省略语。黯淡的岁月底片，依旧妄图翻洗出憧憬的美图。

问候无语，祝福沉入酒杯。

荒凉也被慢慢擦亮，行程在冬天里更加宽阔。隐于雪中的是来不及流淌的热泪。

新雪的清晨，时间柔软下来。新年的信使在天空醒来，每一页白纸都写满秘密。大地腾空角落，让残存的梦境得以栖身。

饱尝甜蜜的夜晚，狂欢的烟火一次次在我的窗口闪烁。我不回忆，每一片雪花都是喂养憧憬的粮食。不必惊慌于时光匆匆，它冗长的演讲还不曾绕过冬天。

一首诗始终是醒着的，它尚未吮吸苍凉，还披着星斗幽蓝的光芒，等待在你的词语中赋形。

而新雪又是多么令人激动的背景，每一片都是多角的暗示，让期待的骨节里长出一座高山。

你缓慢书写，让每一个词都丰饶无比。去年的谷粒还没有找到最后的归处，干瘪的浆果还用秋天的姿势挂在你的手臂。

清晨的门无人敲响，祝福的语调也渐渐失色。那么多人只拥有虚度的天赋，无人问津的旷野还在寒冷中辗转。

无须辨认，于岁月远古的沉默中，你可以在一条暗黑的路上折返进一个松树般的日子。

（选自2017年1月25日《黑龙江日报》）

■［湖南］欧宜准

关于冬天的记忆（组章）

可怎么也串不住一枚雪花，却缀满了异地的思念。

感恩的雪花

是谁在云朵后拨弄阳光的弦，撒下漫天欢舞白色小音符；一霎时，天与地之间，交响起轻灵曼妙瑞和的乐章，飞翔着繁星般睿丽许愿的眼神。

纷纷扬扬，扑扑腾腾，如羽如花的小音符像归家一样，轻轻推开我的心扉；一片片一片片，依在我的心上，融在我的血液中。

升华了的灵愫灿然一色醇的白，柔冷不再火热，澄淀净邪恶污秽血腥，自由无拘不可役使的白升起，再也分不清种族肤色。

即使落空，也要放飞我许愿的眼神，呼喊出我的愿望。

这一夜

今夜，就且拼他个不醉不归吧，让僵冻的心情，在浓烈的酒精中燃烧；让燃烧的心情，自僵冻的血液中突围。

晚来天不欲雪，街道跫音却已渐冷，这酒店始终清醒着，燃点起一盏盏晕黄灯色，小火慢炖着满室琴音。琴音舒缓……今夜，且脱卸一身仆仆风尘，让温暖的记忆在醺醉的音符间流淌，化解你胸臆间冰冻三尺的不胜孤寒。

我梦见雪

我梦见雪，化作圣洁的少女，仓促地嫁给了大地，那一点点地融化，恰似羞涩的情思，银月如镰刀一柄，怎么割，也割不断异乡人远眺的目光。

飘落的雪花，像是在掩饰大地的光芒，树梢上停留的那只鸟儿，翅膀已冻成了一双划不动的桨，鸟儿成了雪的囚犯；而你，是否知道，我也已成了雪的囚犯，对你一丝丝的惦念；时刻在提醒着我，临行前的母亲，彻夜未眠。

梦中的雪，轻易的将思念慢慢点燃。今天，我用笨拙的手慢慢地穿针，引线；可怎么也串不住一枚雪花，却缀满了异地的思念。

（选自《伊犁河》2017年第3期）

■［河北］可　风

寒冬腊月（组章）

落雪了，幸福仅仅是开始。

落　雪

在漫长的等待中，该来的一定会来，比如落雪。

一切的声音和色彩，都像是出征探险，并在一个节点，完成自我的救赎。

纷纷扬扬的，整个世界在变白，在加厚，在变暖。雪之下的话语，有着亘古不变的忠贞。

在枝头，更像是诗意的盛开。

孩子们在追逐，在童真地呐喊，记忆越来越深，情感越来越浓，动作越来越恣意，快乐无所不在，更无所顾忌。

大人们退后了一步，把这个世界完整的交给了孩子们。

落雪了，幸福仅仅是开始。

北风吹

北风，一副无辜且无所谓的样子，卯足了劲，不拐弯抹角。呼呼吹，想要吹走什么，留下什么，态度很明确。

一清二楚。

没有撕扯。没有理论上的胆怯，和羞涩。

北风更像是一个豪放的诗人。它声嘶力竭，它嗓音沙哑，它所向披靡，它高亢低沉。把自己的灵魂，传送千山万水。

有因有果，地久天长，渐渐成为一场见证。

冷或者飞鸟

飞走吧，鸟。打开了翅膀，天空就高了。

锋芒，清晰可见，并意欲献身于火焰。

大地无限，远更远，生机无限。

回到枝干，把春天叫醒。

放下所有，避开一场风暴。

落地生根，连鸣叫都那么安静。时间被数次打断了，有着短暂的停留，没有秘密，也就无须擦拭留下的痕迹。

（选自《天马散文诗专页》2017 年第 12 期）

■［福建］任剑锋

冰瀑礼赞（外一章）

在没有喧哗的时光中，飘着的雪花为我送行，让我的旅途不再孤寂。

在万物都沉睡的世界，我是不是也一样缄默？

我在激流澎湃中义无反顾地冲刺，向前，再向前！我在寒风中不顾一切地奔腾，跌落，再跌落！

不分昼夜，奔流不息，无心一路的风景。挺立的松树为我做证，沉睡的草儿会记得我。

在高处待久了，知道高处不胜寒。在悬崖和激流中，懂得最低才能无处不在。

是我带走了泥沙，遍布大江南北。是我的温热让枯木在冰冷的水中焕发第二次生命。

冰凌即使在最后的时刻也要绽放它最美又最悲壮的花朵，在阳光下融入我的躯体。

刺骨的冰冷让我得以静寂。在没有喧哗的时光中，飘着的雪花为我送行，让我的旅途不再孤寂。

不要问我的归宿在哪里。我在脚下的最低处。我最后选择渗透大地，选择在空中挥发，我养护着身边的花草树木，浇灌着遥远的庄稼。

哦，春天已蓦然降临，满山遍野绽放着生机……

三星堆展柜里的美玉

玉和铜是三星堆博物馆展览的主题。铜经千年的氧化已绿锈斑驳，而玉光泽依然。在它闪亮的光影中，几千年历史浓缩其中。我徜徉在这泱泱的玉河，溯流而上，感觉到时空的久远和美玉的冰冷。

这些被机关重重的展柜保护着的美玉是中华玉史的沧海一粟。那些美玉和我们的民族一样，历经浩劫，颠沛流离。即使有一天主人苍凉的双手在温润的美玉上滑落，而美玉依然晶莹剔透地看着新主人。

在拍卖场上，因为争先恐后地渴望成为它的新主人，让它的身价倍增。而新主人多数是不懂玉的富豪新贵，以拥有一块绝世的美玉为荣。他们动辄百万千万地举牌。而那些懂玉的，只能望而兴叹。

玉的寿命千万年，而人的生命就几十年。我们这些与玉寿相比差得极远的人啊！总是费尽心机，高价收购，精心收藏，甚至断送了生命。即使把美玉带进了坟墓随葬也逃脱不了被盗墓的命运。

我们不是美玉永远的主人。我们是这个世界的匆匆过客，是美玉暂时的客人。如同眼前这些耀眼的美玉，沉睡在地下已经几千年，也被惊醒睡梦，重见天日，躺在密不透风的展柜里接受形形色色的人的审视，日复一日，年复一年。何苦呢？

■［河北］路志宽

冬日即景（外二章）

在冬天，我仰望一场雪，大雪中，我们用团圆取暖。

雪花飘落的时候，天空的色调就冷了下来。

荒野，被白雪的外衣伪装起来，那洁那白，圣洁得仿佛容不下一丁点儿的玷污，多么神圣，多么令人肃然起敬啊！

雪地上，一个人影儿都没有，空荡荡的空，与空荡荡的寂静，让风与雪变得更冷了，世界，死一般沉寂，这就是我的乡下冬日最常见的场景，那些空荡，那些寂静，那些冷，后来在我心里种下了根。

忽然，飞来了几只麻雀，这小小的身影，落在雪白的大地上，像是几滴墨，更像是几个跳跃的标点符号，有了它们，大地的雪书，我们才能看得明白。

大雪无痕，只记录一段心迹。

仰望一场雪

雪花飘落的时候，年就快到了。

我怕冷，但我又盼望着过年，所以每年的冬天，我都是这样地纠结着，在焦急和期盼着度过每一天。

我期盼着，在游子都回归到家园之后，就下一场铺天盖地的大雪吧，将出村的路，干干净净地覆盖住，将团圆的温馨与温暖，彻彻底底地封在老屋里，封在土炕旁的炉火边，封在餐桌上的酒杯里，封在幸福的心中。

不管是衣锦还乡，还是归来时的那空空的行囊，家园的温暖温馨都是依旧，在父母亲人眼中，任何的功名利禄都没有这亲情更暖人，更让人把心与心贴得如此之近。

在冬天，我仰望一场雪，大雪中，我们用团圆取暖。

梅　花

在冬天，梅花和雪花一样重要。

傲雪绽放，就是一首诗，就是一阕词，就是一曲不朽的战歌啊！

一朵朵梅花，在风雪中绽放，我仿佛置身于一幕幕虚幻与真实之间，目光真实可信吗？

入诗，入画，你都是优雅的精灵啊，每一瓣花瓣，都散发出脱俗的香味，香远益清，你养出骄傲的骨头。

（选自《伊犁晚报·天马散文诗专页》2017年第12期）

■［内蒙古］雪　漪

我和绿的亲密关系

为幸福之后的痛苦来，为痛苦之后的幸福去。

1　着一袭绿裙离开昨天，飘着绿的风情，让我纵横的灵魂洒脱地去远走他乡的无疆，实践一场沾雨的践约。

我不谙世事地托着腮，以愿意停留的心情赞美绿，已经把过往忧伤全部格式化，想滔滔不绝就仿佛无人。

一个女子以绿的姿态缱绻，远方，是一匹马的思绪，驾驭着神往，柔软到不能再柔软时，让形容词和动词纠缠在一起，发出优美的千古绝唱。

这一刻，我是真的远离喧嚣，绿得明媚而饱满，它在情不自禁的叙述里说出我生命的锦绣。原来，我一直在一条铺满绿的道路上走，踩着生命本质的音律，有大把大把的希望无可抗拒。

绿垂身后，以永恒的青春摇摆，我心无旁骛，听一曲绿的颂词，必将被绿颠覆。这让人沉静的背景，这让人善良的颜色。

多么深远的一帘幽梦！

打开绿的经卷，继承千金散尽留下的遗产，留一个优美的背影给绿欣赏，永恒地写下：我的内心没有荒芜。

因为绿，学会了苍茫地转身；

因为绿，学会了优雅地告别。

2　始终笔直地记着，自己作为一棵树，一棵脚踩大地，手招苍宇的树，无论骨骼还是血肉，带着与生俱来的深入，上下求索。

搭上太阳这张船票，被阳光滋润的绿，就在我的头顶灿烂。时光的手抚摩着我，我相信，只有被绿色拯救，才有辽阔的出路。

仅仅是春天一句又一句的语言，而我听了之后，却豁然敞亮，一颗心浮想联翩，紧紧跟随着走远。

绿一次次打开我向南的思路，哪怕一颗张翅的心浪迹江湖，哪怕一双灵魂的脚仗剑天涯，都是为了一场与生俱来的迎接。

绿，什么也不说，也代表着思念；绿，悄悄走了，也代表着永远。大地之上，新的时光，旧的时光，都是绿的给养。翻来覆去的绿，致使许多内容成为可能。

即使秋来，根也会绿着，根绿，心也会绿着，这是生命最本质的语境。

秋高气爽，绿让思绪中大面积的灵感忽闪忽闪，给我旷世的倾倒、玲珑的妖娆、疯狂的沉醉。于是，反复听《隐形的翅膀》，在来来回回中了悟，绿不会逼任何一段真情走上绝路。

让我告诉未来：

真正长久的爱，与根同生、与绿同在。

自己作为一棵树，把一切杂想都放在大地上，让未来的天空来完成无限想象。

3 秋的路口，行期把往事推远。

绿能抵达的地方注定了纯粹、干净、美好。于是，我不可更改地因为绿把自己托付。绿，让我一生葳蕤地充满热爱。

一生，不在乎在哪儿，只要有绿这块朴素的版图，让我忍不住为了一段又一段涌动的热望动情地朗诵，每一次朗诵，都想达到一种理想的高度。

着墨属于自己的绝版人生，多少次前行，学会为自己回首，只要看见绿对绿的追逐，热爱就不会成为过去。看着走来走去的文字，终于明白，不需要再去对有些物是人非的内容进行无厘头追忆。

我和绿来自一个源头，信念染指，盈握生长的魅力，谁能揣着最初的青春邂逅最后一场绿的深情？

花开过后，我和自己走得更近。一寸一寸，就走过秋的路口，情托的锦书寄给大片大片的绿草，年复一年投入重生。看到，看不到，该生长的都要生长。

明天，迎面而来，我将继续沿着绿，款款一个人前行。

4 有时候，想到绿色，思想会从第一眼绿开始幸福地燃烧。

穿透幽静的下午，突然想到的是纯情在十七岁的枝头流盼。那时，没有俗世的羁绊。尘缘散去，身后是整齐的思绪，依然以绿的姿态揣想，曾经是怎样把世间最美的温情畅谈。

整理完自己，把那些带着枷锁和宿命的内容重新装进抽屉，从此，让意识的身后只留下一把锁的空白。不但是视觉，还有不能虚拟的感受，全部采用白描封锁。

我终于回过神儿来，意气风发地放飞心翱翔。

当我想到绿，我联想，我在动用无数的文字，写一生延长绿色的信，我发现，生命，在绿色里行走得要更加缓慢。因为，我在爱，爱一切美好。

（选自《散文诗》上半月版 2017 年第 4 期）

■［江苏］陈广德

在季节的叶片上（组章）

题记：一个季节颤动在一片叶的内心。

婀　娜

静坐着的晨云崮，把揽来的春的私语，放在我的耳畔，让躲起来的野花，开始婀娜。

枝头上的绿，是被叫醒的细浪，一下子就涌出了辽阔。

我也是春的细嗓里那粒月光的柔，从晨岚的袅袅中汲取思念。

旧寨的桃花婉转了小路上的身影，我的灵感在谣曲里绯红，一路吟哦，自此便有了着落。

——白云飘来，在云雾湖寻找去年的舞伴，被我顺手一扯，就染上了这里的粉色……

茶　园

日月沉浮在一尖绿、一片绿、一山绿之中。处处惊闻春的无始无终。一支歌，赶上了袅袅的腰肢。

爱，正含苞。脉脉，等着被唤醒。

一叶一音符。分明听到了明亮的环佩在枝杈间的舞蹈。带着阳光引燃的欢腾，奉献内心的宽阔；融进月华流泻的温雅，保留周身的柔情——

在洁净的雨后，从安静的土地上，透露香醇，和轻盈。

盘着发髻的小风，顺着如波似浪的生活而来。起伏之中有念想，垂首时，看见了那抹笑颜里的娇羞——

谷雨茶，尚待字闺中……

春 分

一声鸟鸣，落在春走了一半的肩上。小径把伸向远方的清香，丢在可以传承的梦里，若沉若浮，若隐若现。

很轻。

春天从这里走向辽远。

而一芽叶，仿佛舍不得吐出的羞涩，还在舌尖藏匿。另一芽叶，好奇地打量开始荡漾的春风，带给小河的那片细浪，

带给春燕的那段飞行。

云，淡一些。是能够感受清新的一抹。歌声，低一些，是可以凝神聆听的婉转。春水，弱一些，是可以洗眉刷目的清澈——

春分时节，纤纤的芽叶已足够你心动。

（选自《湖州晚报·散文诗月刊》2017年第8期）

第九辑 西部西部（13家）

■［宁夏］李晓园

圣女湖畔，蓝色的感动（外一章）

有一种美丽，短暂邂逅，从此深埋心底。

风把一只鹰的翅膀展开，天就高远了。

鸟把我的一缕思念系在云端，你就近了……

一个寻梦的人，要在你的心海架一座虹桥，让爱的秘语在夜的寂静里长成相思的树叶，去葱茏我深邃仰望你的眼眸。

你，从天边来到云端去，挽一袭幽蓝的水袖，轻轻的抬起羊脂玉的腕，幽蓝就漫步在4583平方故里。从此，感动盛在硕大的湖心，越酿越醇；从此，思念像涨涨落落的潮，起起伏伏；从此，灵魂有了栖息的巢，拂去心上的尘埃，洁润无瑕；从此，我饮着纯粹的湖水，伴着低翔的鸟儿，仰望一只问天的雄鹰，向格桑花祈求幸福与吉祥。

有一段往事，纵使风吹过，也不曾飘散；

有一种美丽，短暂邂逅，从此深埋心底。

梦中，你向我缓缓走来，碎花的步子，捧一颗湛蓝色的宝石，告诉我，今晚点亮我黯淡的心房。

从此，我像一只自由飞翔的鸟，翱翔在广阔的蓝天，一望无际的湖水，是我眷恋的家园。

从此，我似湖中的一条湟鱼，徜徉在茫茫辽阔的水域，到处都是我华丽的宫殿。

从此，你把我的心久久填满，抛去世间所有的浮华，留下的只有生命的真实，年华的璀璨。

青海湖边，我看到了一层接一层纯净的感动。

青海湖边，我轻踮脚尖摘一朵云彩做我的披肩。

青海湖边，裸着的脚踝，被风吹拂的脸庞，潮湿的情愫裹进一粒被鸟衔来的种子，长出爱的故事。

青海湖边，我依然能听到潮汐起伏的声音，恢宏却不狂躁，娓娓道来一朵花的往事。

朝圣者，教会了我虔诚

有一天，你告诉匆忙赶路的我丢了虔诚，通往幸福的彼岸，没有它，我的灵魂登不上佛的岸。

一瓣莲花点燃一片希望，一朵莲荷盛开着无数盏祈福的心灯。心存信仰的人，佛的心灯时刻为他照亮孤寂漫长的旅程。

愚者把信仰踩在脚下，智者把信仰擎举过天。心无尘埃的你，被虔诚填满。面对佛祖、面对雪山，面对自己，是悍动不了的真实。

朝圣者，教会了我虔诚。一万个长头是对佛祖的承诺，一万个长头为了却朴素的心愿，一万个长头可以洗清不是罪过的罪过。

一次匍匐，聆听一句大地的真言，一万次匍匐，是凤凰涅槃，灵魂得到永生。

天苍苍，路漫漫，水迢迢，一步一叩，匍匐，肉身暴露在高原纯粹的阳光下，流汗滴血是壮烈，朝圣者眸中信念的烛火从未被青海湖潮湿的风吹灭。

（选自《菲律宾商报》2017年第234期）

■［甘肃］梅里·雪

青藏气质（外二章）

牧人走出帐篷，抬眼望见巴颜喀拉，相视一笑，日子随遇而安。

面对青藏，你不能苛求每一处都山青水绿，更多的是荒原、峡谷、激流，冻土上的苍凉。

翻过雪山垭口遇到鼠尾草，绿绒蒿，独一味，我会感恩，这也许是雪山和草原藏下的一个春天抑或是神灵丢在世外的一个隐喻。

那是高原的生命和灵魂。活着是对高寒和清冷最宁静的开合和叩问。

遇到青海湖，羊卓雍措，纳木措，它们是青藏的眼眸，我要在大风里把腰躬到最低，这是对神明应有的虔敬姿势。

遇到冻土，我会感知世间的硬度和坚强。

遇到冻土上的生命——鼢鼠，旱獭，蚂蚁，它们低于土地，却像雪花一样居住在青藏的高处。

活在青藏的还有牦牛、牧人和牛粪火，他们的生活简单到只为活着，因为出生没有选择，他们无欲无求，一生心向白云，仰望雪山。

他们和洞穴里的鼢鼠，旱獭，蚂蚁一样始终以原生态的姿态生活着，构筑着万物和谐，天人合一的世界。

天空的鹰，湿地上的鸟儿，它们都有翅膀，可为什么不飞离寒凉的青藏？
是不是三江源都有我们的根！

扎陵湖

我以为扎陵湖边独坐的老人是在看湖水中的云朵，眼神忧郁，似能看穿大地的隐秘。

当我看见裸露在浅水区的牛头骨架时他才告诉我，他来湖边看看去年冬天冰封在湖中的七八头牦牛，那是他同呼吸共命运的支柱。

如此蔚蓝的天际下，扎陵湖荡漾着丝绸般柔软的明艳，可谁在冬天来看过她的冷傲和坚硬？

世间的苦痛、无常、无奈回荡在无边的水天里，我不敢正视牛头骨架暗示的忧伤和恐惧，正如我不敢看老人眼里潜藏的辽阔疼痛。

老人颤颤起身时，我感觉整个青藏摇晃了一下，湖中的云朵摇晃了一下，那几个牛骨架似乎也摇晃了一下。

（选自《山东文学》下半月刊2017年第1期）

■［内蒙古］夏　寒

西藏，诗歌里的影像（二章）

云之白就是水之白，天之蓝就是水之蓝。

天与地，在哈达的两边对话

西藏，即使把整个胴体裸露，也不必感到羞涩，那是一种美的不掖不藏的展现。

白云，可证明它的圣洁，不容非分之想把它浸犯。
蓝天，就是它四季不变的外衣。
我在它的外衣内侧轻轻走过，紧紧贴着它的每一寸肌肤触摸它的深刻：
天的灵魂在大地显灵，地的思想在天上闪光。
在这时，必须让洁白的哈达，穿越天地洪荒，
并见证：天地洪荒的对话！

我从不相信，天的蓝就是水的蓝；
我也从不相信，云的白就是水的白。
那是因为我还没有走进这一片天地，没有真正走进青藏高原。

我的一双目光，漫过清澈的湖高高的山，再漫过白白的云和蓝蓝的天。
有大地为证，我终于相信：
云之白就是水之白，天之蓝就是水之蓝。

我从不相信，天是地的灵魂；
我也从不相信，地是天的思想。
当我的脚步踏上了八一镇到南伊沟的路上，当我把高原的天高原的地拉到眼前，我必须把曾经的不相信一举推翻，让洁白的哈达做证：
天就是地的灵魂；地就是天的思想。
天与地，在这里就是相互交融的整体的完美再现！

米拉山口，一幅特写的画卷

米拉山口，在蓝天白云下停住呼吸。
风，舔着苍白，翻开一卷苍凉。
雪原，站在大地的肩膀上，把天地切割成两瓣。
高处，是苍鹰的领空；低处，只为珍藏几双探寻的脚印。

天，是蓝的，白云诠释无边的纯净。
地，是黄的，用我们的皮肤包裹着五千米的厚重。
风声，承载着藏经的经文，驮着日月星辰，携着草木的梦境，穿越亘古，在隔世的岁月挽住流年。

站在米拉山口，远山氤氲。
大地的厚度，垫起你的脚跟，你会踩到天上的云朵。
你内心的辽阔，夹着天籁之音以及从天外传来的神曲。
我踩着的大地，原来是天边一幅特写的画卷。

（选自《北极光》2017年第4期）

■［新疆］王信国

打马草的别克（外二章）

手背朝上，一峰骆驼从怀春到分娩，风，远走他乡。

每挥动一次打草镰，西域摇晃一次。
二十岁的别克手握打草镰，干起活来，十拿九稳。

草原，在别克的打草镰上一层层变薄。薄到一只鹰的翅膀，抚摩到一只野兔的奔跑。

打马草的别克，从城市回到草原；从大学校园回到阿妈的毡房；回到一株草的故乡。挥镰，挥动一只鹰的翅膀；挥动云端奔腾的马群。

打马草的别克，三年前是阿妈的羊羔。

现在，他是阿妈的黑骏马。是草原上长得最高的一株草。

手背朝上

第二个季节之塬空阔。风的手臂，伸向第三个季节植物与果实的内脏。

这是秋天举行的婚礼。毡房那么拥挤，一个个亲朋好友像一株株花花草草，放下酒碗后，又去光合作用。

手背朝上，心朝上，草原朝上，土地朝上，一只鹰的行程朝上。

而朝下的雪花，在散文诗的故乡搭建王宫。烈酒灌醉的花朵，提前绽放。

手背朝上，一峰骆驼从怀春到分娩，风，远走他乡。

看见忍冬花

西风的刀子，戳穿秋天的皮肤，刺向冬天的骨头。

冷寂的云端下，一株忍冬花收拢飞翔的翅膀，不言不语。迁徙的羊群时走时停，多慢的脚步，也带不走一株忍冬花的守望。

在西域，看见忍冬花，就能看见一只鹰穿越春夏秋冬的荣辱。

牧者在马背上一遍遍数着羊群，一遍遍数着日渐消瘦的季节。当数到一株忍冬花的背影时，雪期来临。

看见忍冬花，看见转场的牧人消瘦的身影与辽阔的胸襟。

（选自《天马散文诗专页》2017 年第 4 期）

■［贵州］封期任

对折空白（外二章）

我做一只鹰，如何？ / 折断翅膀也要飞过悬崖。

身处高原，美丽止息于云霞。

雾气，鼻息，一起贴近干裂的皮肤。听一根小草低吟，成一片辽阔的草场。

想象，长出翅膀——

牛羊奔出棚栏，啃食浅草，啃食谦卑的过往。

牧放的心灵，顿悟荏苒。

一声牧笛，穿透山的胸膛，山巅上自由，洒脱，挥洒温暖的心情。

云天上行走，脚步踏破沉寂。

木棉树丛里飘出的蝉音，填满阿爸阿妈脸上的沟壑。

此刻，时光慢慢，慢慢地，伸出旷远。捕捉一片洁净，折叠流淌的阳光，对折空白。

一句短语，一组动词，无论如何，怎么也书写不出天之高远，大地之壮阔。

我做一只鹰，如何？

折断翅膀也要飞过悬崖。

折叠时光

必须以一种仰视的姿态，才能识别高山掩藏的密码。

必须以一种清闲的心情，才能在白云幻化的词语深处，找到几枚动词，描摹出山坳处一草一木的蓬蓬勃勃。

真的，如果深陷的孤独，不能与那些云彩、羊群融入在一起，多少文人墨客又怎会钟情高原？

高山仰止。

一根小草扬起的头颅，便是一个新的高度，

对决苍鹰擦过的山峰，对决珠峰隆起的海拔。

对决那些食古不化的冰川，足以信赖村庄、河流、土地、牛羊，都变成旋转的佛陀。

而眼角擦拭的，一定是神龛上的尘埃，与过往的云烟。

失落，和因失落带来的痛苦和彷徨，一定在这样的擦拭中如肉体碎屑，散落在谷底，不再轮回。

苍鹰受伤的翅羽，风雨中修复，雷电中坚韧。

一个漂亮的翻身，便带动身后的云彩装帧沉寂的门楣。

锅台前，阿妈的眸子闪烁的火星，与门槛上吐冒的烟圈，擦亮天宇。

他们双手捧出的光影，把打谷机的铿锵，渗透到黄昏，抑或拂晓的角落。

晒谷场上，麻雀，土鸡，孩童，翻唱着时光。

这时，如果泼洒笔墨，一定会扰这一方宁静。

如果挥毫作赋，一定会惊扰那些雀鸟的安闲。

我做一片白云，如何？

一片全身裹满紫外线的云团。

倒叙阳光

俯下的身躯，比云还轻，比纸还薄。

一根草，两个剖面彰显的，无不是坚韧与柔弱。
分行，或不分行的草叶，锤炼时光，勾兑草色。
怅然的日子，葱绿里恬静起来。提着倦怠的心灵，倒叙阳光。
倒叙牛羊的蹄声，深入到岁月的内核。
不可或缺。
亲近的土地，狂奔的牛羊，佩戴尊敬和景仰。
感怀掌心的纹脉。
放下思虑，放下后怕，放下苞谷烧酒点燃的争辩，与喋喋不休的叨念。
渗出的草汁，与五加皮，或者黄芪，一起治愈白昼的孤独，黑夜的惶惑。
我做一根草，如何？
一根携带参天梦想的小草。

（选自《岁月》2017年第9期）

■［黑龙江］舟自横

马头琴（外一章）

巴图，你的琴音上面落满了金雕和百灵。

树木稀疏。飞鸟归巢。露水胎动。它们全然不知落日的悲伤。

夕照肃穆，移动的云朵，像高高在上的天堂。天空有多么深沉，大地就有多么深沉。巴图，你的背影敞开时光的巢。

马头琴响起，弦上江河万古流。江河浮起落日的悲伤。巴图，你五个指头是日月水火土，另外五指是东西南北中。

我的好兄弟！巴图，长风已经吹开青草里散落的蹄印。你所知道的神，就要跨上骏马起身。而不朽的星辰，也将从草原的地心喷薄而出，抵达小兽的眼睛。

琴弦的河水，从喧嚣的白昼里沉了下来。像收敛住光泽的青铜。巴图，你的琴音上面落满了金雕和百灵。它们是爱情的守护者。巴图，你看没看见其其格正躲在蒙古包后面看你？她的发梢吹过来，敲打着你的琴弦和你的肋骨，铮铮作响。

羊　群

在呼伦贝尔，高速公路的飘带，被微风越吹越远。

走下车，远处看它们是沉默的石头，带领草原缓缓移动。羊群、草原要走向哪里？我要去往哪里？

晨光下，它们更像诗篇里的文字，饱满，洁净而安详。野花摇曳，露珠的墨水，含在它们舌尖的笔锋里。一生与草相依为命，低头的瞬间，它们的眼神里蝴蝶仿佛在重生。

悄悄接近，它们看都不看我一眼。湖水的蓝光和一只鸟的倒影，投射到它们身上。沉静和庞大的秋天，打开它们的身子，笼罩着遥远的天际线。它们或许就是高深的修行者，它们更知道，长天和炊烟的秘密。草是它们的倒影，草也是它们的食粮。它们吃草是在劳动。可我吃下粮食，仍在虚度余生。

走近它们，尾随它们，我越来越知道自己的轻和空。

（选自《诗潮》2017年2月号）

■［四川］郭　毅

夜宿格尔木（外一章）

我看见自己在天上飞行，翅膀托起灯盏。

众沙高唱，用最干净的词，镶嵌的一座城，比昆仑低，比戈壁高。

我惊诧于这里的沙石，带着的金黄，在夜晚碎裂的鸣叫。

城堡的四周，安放的灯盏，比什么都高都亮。

酥油浸染的幕帐，在落日里沉降、燃烧。那是上苍的火，倾吐出来的热情，席卷昆仑的重量。

万千蹄声回荡的山谷，莫非还有战马，在历史的洪荒中驮来我的想象？我叩问苍天，一枚恒星走往西藏的路上。

格尔木河静静流淌，将众多的光影和我们的脚步闪烁。那光芒、马匹……以及沉重的沙砾，一一碰在我的额头上。

最为泛滥的，让我不自觉的思想，溢满坚硬的石头。遥念圣光照临，酡红的藏红花满载珍贵的酒祀，一举意念的飞奔。

一路祝词，比什么都要重要。我借一夜风声，在梦里回味人间的甜蜜，把心中的堡垒推远。

我看见自己在天上飞行，翅膀托起灯盏。

青海湖小歇

谁在聆听？这满湖圣水的祝词，倒映出高于山峰的波浪。

身边掠过的潮湿，是不是人间的泪，含着的苦涩，在圣光的照临下爆出的欢乐。

油菜花正开。有多少过往的人在朝拜，以极度的虔诚，诵读一池湖水的深浅，然后悄然而去。

我静静地坐着，凝视着满湖的青，在黄鱼的背影，搅动的另一个世界。

那一刻，一颗高于蓝天的种子在湖里飞奔。众神高唱，奏起更大的水域！

没有谁能阻挡，生死之间的流水，浸透的一池墨，用心写下的诗词。

游走的牦牛、马匹，又怎能带走众鸟的合唱？只有这水域、这色彩，在朝拜的路途刻映下来的身影，正一点一点地把山梁压弯。

没有别词，只有水光和花瓣，灵息而动的一个瞬间，既属于人间，又属于天堂！

大流无声，间或倾覆的大山一路奔驰，用身体内布满的盐，为我们的每一次出走添足了勇猛的劲道！

（选自《中国诗歌》2017年第2卷）

■［湖南］赵新生

在吐鲁番（组章）

吐鲁番的葡萄饱含戈壁滩上的风情，成玉色而甘甜。

云和石头

飞机在吐鲁番上空，我看到的一切都是浮云。一朵一朵的云手挽手，她们轻盈地舞蹈，是亲近蓝天的姿态。

吐鲁番巨大的火盆烧烤云的衣裳，偶尔有云朵不慎跌落，戈壁和沙漠不留任何痕迹。

她们不想停留飘逸的脚步，鸟瞰一下就够了，她们认为自己的故乡，在天山或更远的地方。

吐鲁番的石头，小时候生长在海洋或者河边，什么时候来到这里？

像睡觉醒来搬离的家，它是戈壁和沙漠裸露的身体里，隐藏的秘密？

因沙而圆，因风而润，炽热的外表下始终揣着那份清凉，在日月中孕育，在时光中凝聚，化石成玉？

吐鲁番的石头，常常看见云从上面匆匆飘过……

葡　萄

吐鲁番的戈壁是大地休眠的模样，吐鲁番的葡萄是石头缝里蹦出来的神话。

杨树柳树排队迎雪山奔跑下来的小溪，连小草都不愿离开。

血光的刀剑成为历史，仿佛戈壁滩干涸的河流，浓浓的墨色，写尽了古中国的磨难。

豆芽似的脆弱沿藤而上，如泥泞中拄着拐杖的脚步，那份戈壁的情感不断延伸，仿佛拉长的吸管要吸尽日月的精粹，蚕丝般柔韧。

繁密的绿叶绽放，宛如创业者的辛劳，总在炽热中舒展清凉，它一针一线串起每日的新鲜，伴时光孕育，乳汁一般膨胀。

吐鲁番的葡萄饱含戈壁滩上的风情，成玉色而甘甜。

交河故城

不过是两千年前，交河还是条大河?

人们沿河而居，赶着牛羊交换布匹和盐巴，包着纱巾的姑娘打开家门时还下着雨，马头琴的琴声风一样吹进来。

小城迁徙的原因已无从考证，昙花一现的繁华蒙上迷雾。空白的历史少了几分杜撰和谎言，像夜色深深陷进戈壁。

生命的色彩被风沙渐渐覆盖，残垣断墙宛如褪色的壁画。

交河在火盆炽热中瘦成小溪，它们奔流的声音仍在两岸沟壑纵横的沧桑里回荡。

而我正在这两千年的小溪边散步，捡好看的石头，带回我居住的城市。

仿佛要证明眼前一切，像我头发由黑变白间短暂。

（选自《散文诗》上半月版2017年第4期）

■［甘肃］李　萍

戈壁·想念

一些野花，像一枚铃铛，悬在草尖，目光低垂，任心事开成满地的绿。

1　炎夏，我的心在一片绿荫中，依着风，沿着风，迎着风，向着远方穿行，直抵戈壁深处。

母亲去了戈壁滩上的亲戚家，自此，大漠占据我的部分诗行，还一再向我招手。

我的抵达，云端衍生出一抹微笑。

泪，一滴，一滴，砸在戈壁滩的风中。

凝眸，白云深处的人家，在戈壁滩上带着一枚叶子的光芒，经脉显现着万千的热血。

戴着帽子，围着围巾，捂了口罩的女子，把自己一再折叠。戈壁滩上的绿洲，很珍贵，那方块的土地上，汗滴的痕迹，成圈，一圈一圈，打开一枚枚希望的花朵。

就像一枚邮戳，贴在心坎上的标签，就是那抹嫣红。

沙粒在阳光下，温热，甚至滚烫。

我把文字掩埋，挖出，宛如一个熟透的烤洋芋，烫手外，心也是热热的。

风，沿着诗歌，依着文字，自由成一朵云做的花，怒放。

我的发丝，穿过戈壁，任一些故事变得透明。

望不见的水滴，隐在红柳枝头，顺便结下一串思念。

2　一个黄泥小屋，搭在云朵看得见的地方，抬眼，方方正正，有着西画的感觉。

满目黄沙，陷在思绪的指尖，触摸变得温情，一朵花的热度传递清凉。其实，一切都是温热的。

一些乡愁，延伸在屋前的绿地上，春天撒下去的一碗青稞，绿着，嫩着，穗头饱满了风的情愫，所以沉甸甸了一个想家的日子。

沙枣花就要谢了，弥漫的香甜里，风狠狠地拽了几下，有些心事也就撂在沙海了。

小屋一点也不孤单，孤单的是一枚无法寄出的乡愁。

清晨，跑步的云霞，捕捉那些情意绵绵的日子，带着鸟儿的啾啾，在一些电线杆划出的线上起伏，游弋。

一辆车，喇叭里漫过来的语调，有着家乡的味道。小屋为之一乐，低眉顺眼，认真地注视着，直到那声音远去，才把目光收回。

我安静地蹲在小屋里，任炽热一再反复，寂静的像有些消失的心事一样，独白在独白中。

我把自己镌刻在戈壁滩的清晨。风，光影，芦苇，诸多的物种以及云朵，咖啡，那些味道一次次地击中我，一遍又一遍……

戈壁人家的生活，让繁华在黄昏里想象，复活，之后打开话匣子，描绘云朵团出的色泽，以及芳香的心事。

3　晨曦中，芦草，铁塔，苜蓿，甚至风都被镀上的金光，令一个名叫金塔的地方名副其实。

一些问候，在许多时候迷惑风，光与影舒展开的一个个晨昏，有了诗意。

我的想念，一点也不影响戈壁滩的心思，没有惊讶，想必已经习惯了陌生人的过往，也习惯了所有人的走走停停。

孜然已经入仓了，与其结伴的那些茴香，在沙地里，一行行，一列列，像受阅的士兵，等候花开，等候在等候里。

云朵开始游弋时，风安静了，任一些心事自由的盛开。

麻雀的喳喳里，厚实的籽粒渐次饱满，戈壁滩上的植物腰身变得柔软，一双双手掌里，被码放的齐整，与千里之外的语言温和。

我唱的一首歌，被风捎给沙窝。

于是，我学着戈壁滩上的植物，把心安放在沙窝，期待一场雨邂逅。

有些想念，与你无关，却与沙粒痴缠成一条条山脊一样的形状，起伏又起伏。

有些喜欢，也与你无关，依旧把沙粒洋成一个海，细微的浪，卷走一些伤感。

4 一块块地，很金贵。那些葱绿的植物，被异乡人视为掌上明珠，喷药的人，背上的不是药桶，而是一个个希望，否则为何左手与右手配合的天衣无缝呢？

就像黄泥小屋与戈壁滩的交集，糅合了多少蜜意。

谜一样的果实，在属于他们的季节，把言辞和旋律，切入戈壁的一角，享受喜悦奏响的宏大……

慢慢变老的芦苇，一点也不羡慕苜蓿花的盛开。紫色的花朵，浪漫的心事，痴情守望成的绿色篇章，纯粹割草机的轰鸣。

我也是异乡人，用文字堆积的热情，用牵挂演绎了一场轰轰烈烈的雨。

雨没有来，依旧热风，想念也就烫手了……

一些野花，像一枚铃铛，悬在草尖，目光低垂，任心事开成满地的绿。

戈壁，绿洲，沙窝，骆驼刺，梭梭草，芦苇，以及更多，分秒之间，晨昏之间，风让我找不到合适的语言，唯有沉浸在安静，一直安静……

（选自 2017 年 5 月 25 日《黄河报》副刊）

■［贵州］李锐波

斯 娘（外一章）

我来了，走了，像无根的雨。/ 裙裾装满了风。

你来过，湖面荡起了弯弯曲曲的涟漪。

水里一定藏满了心事，游来游去，想要讲给我听看。我的头发已被风吹起，就像

风的线条。

游来游去。不由得，我又想起了你。

你的模样，多像风中的紫罗兰，在我脑海，游来游去。

听！远处传来萨克斯的声音。谁在风里演奏《爱的幻想曲》，旋律在湖面荡起了

弯弯曲曲的涟漪。

游来游去。不由得，我又想起了你。你的模样，多像风中的紫罗兰，在我脑海，

游来游去。

你看，我的裙角已被风吹起，就像风的线条。

游来游去。空气中弥漫青草的气息，不由得，我又想起了你，你的模样，多像风中的紫罗兰，在我脑海，游来游去。

你听，杜鹃花落水的声音，湖面荡起了弯弯曲曲的涟漪。

芬芳，在空气里弥漫。

游来游去。不由得，我又想起了你，你的模样，多像风中的紫罗兰，在我脑海。

游来游去。我多想，化作风中的紫罗兰，化作一尾鱼，在风中，游来游去。

湖面又荡起了弯弯曲曲的涟漪。

风说，

你来过。

上帝不在的日子

整个下午，我无所事事，眼睁睁地看着老天又把大把白花花的阳光洒向大地。

接下来看见一些事物，在空中飞得很高，比如风筝、飞机之类的，那些没有灵魂和铁石心肠的家伙，自在地遨游，时不时发出尖声呼啸。

杂草丛生处，一棵向日葵独自晾晒着发霉的花冠，像个十足的过气花旦或青衣。

随便说什么，总之，它现在无比沮丧，低垂的头颅也无力再追逐太阳。

啊！可怜的家伙，它以为独处就能获得自由。

湖堤边，渔船早已破旧。

湖面除了风偶尔漫不经心地掀起一点点浪花，再没什么会受到袭扰，可水鸟却只愿停留在远处的田野或水面，三五成群。

（选自《山东文学》下半月版2017年第3期）

■［山东］刘凌军

甘南草原（组章）

广袤的草色，展开内心的辽阔，多么安静、慈祥。

阳光，骑着十万匹快马而来。

清晨，草色鲜亮。

洁白的云，缓缓飘移在神的天上。明净如眸。

成群的牦牛，在草原上搬动着云朵。

母亲河，在这里把柔情尽享清澈。乳房一样的丘陵，盛满草色的奶酪，鲜活无比。

天空，把蓝色都清洗过了。

静静的湖水，映照着那些蓝，和神奇、圣洁。白云一样的羊群，把虔诚的头颅轻轻伏下，也伏下卑微的灵魂。

广袤的草色，展开内心的辽阔，多么安静、慈祥。

甘南草原，一座离人间最近的天堂。

格桑花

云雾伸展微明的天际。

蓝天明净，如硕大的蓝宝石。白云很白，羊脂玉一样没有瑕疵。

风吹草低。

朴实的牧民弯下虔诚的腰身。毡房前，年老的藏民摇着经轮，默视远方。

神，在天上。

有一大片一大片的格桑花，在八月，绕着毡房、牛羊、篱笆，绽放。

美丽的姑娘卓玛，草原上空的云一样飘过。

其实，每一朵格桑梅朵，都悄悄隐藏了一座佛堂。

月光下的甘南

午夜，青稞抱着冰清玉洁的月光，睡了。

雪山静谧。鹰，在天葬台。

立于高原，张一张手臂，鹰，就会从天边飞来。
霜这个家伙，应该在赶来的途中。一曲即将谢幕的曲子，追赶着秦朝而去。
历史，马蹄声脆。

月光下的甘南，如一卷经卷的忧伤，轻轻打开我还在沉睡的心灵。

（选自《散文诗·青年版》2017年6月下半月版）

■［云南］莫　独

一湖长桥（组章）

瞬间明灭明灭。从水面，透映到谁的心镜

矣坡黑

长桥，早被故事收回
那些木料，长长短短，已腐，已被记忆化成水
无论虚与实，小或大，而海，而名，仍然在叫

——矣坡黑
“湖底有涌泉的湖”
是乳名，是彝家口耳传说的水名。自然，这片土地，那时荞花遍地开放，牛羊成群走过水边

再土，一湖水，被水边的先人命名
再土，被村里村外地叫喊，被那些北归的翅膀，带往远方

晚　舟

像一组幻灯片，更似一幅剪影
时而大片大片，时而聚成一束
艳火，从不同的方位，随心所欲地裁剪
还在滑进。往水的更深处，往夕辉的更深处

燃起。熄灭。燃起

瞬间明灭明灭。从水面，透映到谁的心镜
一片水域，一片火海
还在滑进。一舟一翁，一影一像

水边，村庄被朦胧的烟雾笼罩
村庄一直注视着起起落落的鸟儿，注视着渐燃渐弱的霞光，注视着还不想往回走的渔舟

长　桥

两岸。年代走近
那些木料，长长短短，被念想从水上竖起、连接，带头过海
隔岸观望的年，被1845连牵，就近轻松往来

长桥，有多长
水还在，茫茫
水中的长桥，和那个简短的故事，被几百年后的县志，用几行短短的文字整理
水中的长桥，无以隐匿，一年四季，湿淋淋地被自己潮声浸泡的名字叫着

一只白鹭飞过水面
“长虹卧波”。整整一个下午，水边的人，反复用想象，在曾经的水面上重新架设通往对岸的长桥

（选自《大观·诗歌》2017年第2期）

■［甘肃］丹麓听翁

桑科草原（外一章）

马蹄子抬高草原的海拔。酥油茶，以碗为盛器装下了草原。

扯开草原的三围，向远处无限弥漫，桑科草原被云彩缠住。

奶茶、糌粑、藏包，透着桑科草原的血脉，飘逸藏乡乡音，拨弄大风大浪。

风光在相识中逗留，桑科草原把湿地指向云端出没的地方，明暗地址浑然一体，长啸和纵马攀缘着黄河上游。

翩然中，闪现了神鸟的足迹。

是梦的陶醉，还是心灵的耕耘。草原在草立方的绘画中，画出牛羊成群

的剪影，刺绣出骏马奋蹄的雕塑。

桑科草原，草在流淌，流不尽顽皮的芨芨草，拔不出格桑花的草根。

桑科草原，马蹄取道远方，把原浆的景色驮运到视野的浅唱低吟中。

草丛年年朝向南方，把牛羊的繁衍一遍遍摞起来，成为一捆捆记忆。

桑科草原，寻找着自己的涅槃。

酥油茶

毡帐里外，弥漫出草原的年轮。

一株草，在镜头的猫眼里风吹草动。一碗酥油茶，在粗制的大碗中荡漾出草原。

天地在碗面中塑封出剪影，跌宕的距离离开碗口，将道路带走。

酥油茶，草原的响器。

朝拜的脚印，记载着一段尘土对一段尘土的洗礼。一碗碗酥油茶打开了草原生机的大门。

满上一碗碗浓香的酥油茶，袅袅升起一缕缕草原的炊烟，汩汩的炊烟在横竖中过滤着草原的风声。

酥油茶，生在北国，那种强悍的浓度一旦喝起来，就卷起了一场场草原风，把婉约之息吹散，逼到草原之外。

流云重叠着天空，马蹄子抬高草原的海拔。酥油茶，以碗为盛器装下了草原。

（选自《伊犁晚报·天马散文诗专页》2017年第12期）

第十辑　东方情韵（10佳）

■［陕西］杨剑文

谷雨四叙（选章）

啜饮，啜饮，不只是一杯茶，是一段时光，也是一段记忆。

茶，思念的羽毛

坐在这里。等待。

一只鸟飞过，划开思绪……蓝色的天空，蓝色的记忆。

思念之鸟丢下的羽毛——茶叶，

在杯中舒展、摇曳、飘荡、舞蹈、飞翔……一枚茶叶，书写记忆的诗歌！一枚羽毛，打开记忆的天空……

泉水或溪水，

谱写伴奏的曲调，弥漫在砖与瓦垒砌的时空里……

在这里，

一盘棋正在对抗出世界的胜负，

一碟瓜子正在嗑出黄脆的乡愁，

一盒糕点正在咀嚼出乡村田园的纯净味道……

目光，穿过透明的茶杯。

对面的椅子上栖落着一只蜻蜓，红色的羽翼折射着这个下午温暖的阳光……等待的人，还未到来，先为她点一杯往日的绿茶，一同等。

水，浸漫、覆盖、淹没，绿色的山峦——绿色的羽毛堆砌的山峦，思绪的羽毛堆砌的山峦。

现在，这些绿色的羽毛静止下来，

垒砌、叠加、一种记忆的海拔在增高。一座沉没于水下的山峦，是否还能找寻到一枚指纹的温度？一杯茶水，有一片缩写的海一泊缩写的湖一条缩写的河的温情……

——在等你到来之前，先把记忆中封存的喜悦、温和，再回味一次……好茶如同佳人，可以慢慢回味。

在这里，等你。

一枚茶叶，成为思念之鸟丢下的羽毛……

菊，江山的头饰

“来一盏金丝黄菊……”

捧上一座江山的广阔。是大地丰收的喜悦。是山河浑厚的肤色。是江山不可穿透的气韵……

一座江山的头饰。一座江山的缩影。

浸泡。浸泡。

一朵一朵的黄菊，是一张一张笑脸的幻化、抽象、呈现。

欣赏菊的再次盛开，我在寻找记忆中你最美的时刻……有月落入井中的宁静，冶炼着一枚药丸……意象纷飞，如菊丝飞起，一根，一根，

菊瓣静止在水中，为一座江山插上闪耀的头饰，氤氲出一股不朽的气韵，飘浮，飞升……

饮下，就有江山胜景的气势在胸腔间流淌、回荡……但，还不能，还不能匆忙饮下，怎么舍得匆忙饮下？应该把鼻腔凑上去，放开嗅觉的野马，把菊瓣之上飘动的香雾踩成一片辽阔的草原……

闭目，意念在驰骋。时间在菊的味道中淹没、深潜、泛起、卷集、扩散，

一室之内，开满菊花……

轻饮一口，慢慢滑入咽、喉、胃、肠……黄色的马驹踩在云朵之上，飞翔、舞蹈……

轻、柔、飘、浓、纯……把一座江山装入血脉，渗透进骨骼之上的花纹。

细品。细品。

品。品。品。品。

一片黄昏落在一盏金丝黄菊之上，我看到一座江山的袍服一座江山的肤色一座江山的头饰，凝结着喜悦、温和、祥瑞……

（选自《首届“谷雨杯”全国散文诗大奖赛获奖作品集》
中国文联出版社2017年9月出版。本篇获一等奖。）

■［湖北］高本宣

在清和茶坊品茶说诗（组章）

茶坊，把老城的历史泡成一壶浓茶。

茶　坊

清静。和谐。

茶坊，把老城的历史泡成一壶浓茶。

都市。刺耳。

我，把自己当作茶叶让茶坊泡着，就像钟声唤醒的经咒，就像星星含着的仁慈万物。

过客，往事，每天都在这里粉墨登场，该续水时还得续水，该重沏时就需重沏，时光真的如流水吗？

茶坊，像一个顿号，停顿在巷子深处，停顿在路人心中，时刻保持着历史的温度。借茶坊一角，品茶说诗，茶坊，可容日月精华，自有天地乾坤……

着半轮明月，饮一杯清茗，看滚滚红尘。

茶道、人道、天道、禅意，悟的瞬间，皆因一杯茶。

茶 叶

亲近泥土，亲近绿色。

从春天开始，绿到夏天，被民歌的调子轻轻一捏，就成为茶了。

猝离枝头，不再葱茏；接近沸水，重获新生。一片茶，储存了太多太浓的血液，只要遇上水和温度，诗的韵律就会从壶中溢出。

时光飞逝，唯有一匹茶，能在春风里一遍遍消解我的乡愁。

一片茶的一生，就像我的一生。

茶 女

茶女们的发髻、银饰，在我的诗句里便有了茉莉的气息。

茶女们为我把盏续水、沏茶的姿势，是陆羽《茶经》里面溢出的禅机，是红尘中最轻的那朵呼吸。

一口，苦涩或清香，都是生活的味道。

再一口，我让心中的玫瑰和茶香永远开放。

三口过后，我品过的那些茶，和土家方言一起沉沉浮浮，我的肉身也轻了很多，如水，如体液的欢鸣。

（选自《伊犁晚报·天马散文诗专页》2017年第6期）

■［四川］刘成渝

古典中国（二章）

我的每一座高山，每一块谷地，每一根血脉，都是为你准备的婚床。

平沙落雁

收起翅膀，从天空落下来。雁，把一声长鸣，留在天空的空里。

雁在手指上下落，从一部经典落入另一部经典。雁，纷纷扬扬，在一个人的身体里朝温暖的南方落。雁下落时，不再排成人字。雁回到了雁。

落是一件惬意的事。雁，可以滑翔，可以随意拍打翅膀，可以一对对甜蜜地落，可以一家子欢歌笑语地落。落下来的雁，可以再次起飞，接回落在后面的雁。

雁，落在九月的夕阳里，落在铺向天际的平沙上，江水蜿蜒而去，每一只雁都是一个音符。

雪　莲

是谁？把一个用雪和莲组成的词，逼上雪山。长年住在悬崖、峭壁，扼守雪的底线。

雪莲，今夜，我要放下长剑，叩开你用雪做的柴门，我是你前世的郎。那时，我们的疆域宽阔，子民众多。你常被遍植经书和家训，是花的榜样，治病的良药。

雪莲，我是你前世的郎。今夜，我是你的山河，你要占领我。我的每一座高山，每一块谷地，每一根血脉，都是为你准备的婚床。

雪莲，今夜，我是领你下山的路。我要把你这个，最干净的词，种在大江两岸。

（选自《大沽河》2017年第3期）

■［广东］香　奴

西府海棠（外一章）

一朵未留。让一切来得不迟不早。只为看见，那白衬衣的少年。

囚禁在漫长寒冬里的枝干，终于在四月的沐浴里，脱胎换骨。十六岁，唇齿芬芳，眼神纯净，第一次偷偷涂抹了母亲的胭脂那夜，心花怒放，粉红的花潮，让春日的堤岸决口。

一朵未留。让一切来得不迟不早。只为看见，那白衬衣的少年。

青春，是失血的病因；痴心，加重了病情。

盛开，终究是短暂的，接下来，面色苍白，坠地而去，落英如雪，失忆的枝干，纷纷绿了，所有叶片对尸骨未寒的花朵，闭口不提。

那一季，是初恋。
不敢抬头看他的初恋；
坐在他的单车后面，手心出汗的初恋；
和一个兜里只有两元钱的他说悄悄话的初恋；
一会儿哭一会儿笑，被他说中了东边日出西边雨的初恋。
正值，海棠花开。

一朵，在他的唇边，清凉如最浅的那个吻；
一朵，在他的眼角，告别站台上，被压抑良久的一滴血泪；
一朵，在我的心尖，是当年挖下他的名字时，缝合的补缀。
另外的一万朵，全部撒向大地，把初恋的尸骸，深埋。而灵魂顺着初春的雨水，重新附体于树根，抵达，花朵出发的地址。

银杏树

爱情，把我的心，碾压成薄薄的一片绿，挂在你高高的枝头。

我是最后落去的一片，我的中年，是漫长的枯黄色，直到大雪降临。

而我内心，一直的坚贞，我只能用我们的果实证明。而不能用广袤的雪的洁白，雪是要融化的，在一个微小的温暖的谎言里。

我的记忆，关于你的，一直条理清晰，如同我简单流畅的叶脉，终生不变的一些时间一些地点，生出细枝末节要在下一个春天，发芽。

我喜欢秋天，或者说是秋季空旷的蓝天，那是时空给我的留白，可以沉静可以叹息可以思念，也可以舞蹈、歌唱、用仅剩的绿意，给你写明亮的句子。

我是守旧的叶子，没有任何新意的叶子。我又是与众不同的叶子，绝对不可重复的叶子。

多么谦逊的一片叶子，多么骄傲的一片叶子。我是为了，爱你，才疯狂了的一片叶子。心形的叶子，神经质的叶子……

如果，非要被割断，你我今生相连的血脉，在众多秋日堆积的清凉里。

让我独饮，这，光阴的砒霜……

（选自《大沽河》2017年第2期）

■［湖南］曾　冬

唐诗素描（二章）

君自故乡来，应知故乡事。
来日绮窗前，寒梅著花未？（王维《杂诗》）

或许，这是一场注定的相遇，在异乡熙熙攘攘的街市。当那个有点眼熟的身影拐过街角时，被一束偶然回首的目光锁定。诗人连忙横过街道，拉住了那身沾满风尘的长衫——他有点疑惑地转过身："是你？！"诗人激动得语无伦次："真……真的是……您！"

这个久居他乡的游子，终于听到了一声熟悉的乡音。"您是才从老家的方向过来的吧？村里的一切有没有什么变化？故乡的近况，您一定都很清楚！"诗人紧紧抓着乡友的双手，瞅着他背上那件鼓鼓的行囊，急切地问。

请问您来的时候，留意过我的家吗？那张早已破旧的柴门，那扇雕画花纹的窗户，以及我那些忙忙碌碌的家人。诗人的眼里泛出了泪光，抬头往故乡的方向望了望。仿佛看到了倚坐在窗台下穿针引线的妻子，满院子嬉闹游戏的孩童。

窗前的那株寒梅，开花了没有？诗人问完，似乎闻到了花香和炊烟的味道。他的心里，顿时温暖无比。

松下问童子，言师采药去。
只在此山中，云深不知处。（贾岛《寻隐者不遇》）

拐过一个山头，那座在视线中绕来绕去的茅檐终于展现在眼前。一株虬枝盘曲的古松，耸立在屋隅，像一位仙风道骨的老者。树下，一位白衣童子手持棕扇，闲坐在一壶烧着的清茗前，偶尔摇动几下，袅袅的茶香，飘散四周。

"孩子，你家师傅在吗？"诗人轻咳了一声问道。童子微微一怔，回头看到了不知几时站在身后的诗人，他愣过神来，露出天真无邪的笑容："师傅清早就出门采药去了。"然后茫然地看了看四周，似乎想找出那个鹤发童颜、天马行空的背影。

诗人惆怅地瞅着那只翻滚的茶壶，满脸失望的表情。童子有点不好意思地为诗人沏上了一杯热茶，童稚十足地说："师傅就在这座山里呢！"

远处，山峰像一些沉沉浮浮的岛屿，在云霭的大海里，时隐时现。山涧顺着风的方向，在杳渺的烟气中穿行。一声清脆的鸟鸣，破霭而出，溅落了满山露水。此刻，这个飘然高逸的隐者，会攀爬在哪一块崖壁上，挥动一把禅意的小锄？他是一株与世无争的郁郁苍松，还是一朵自由自在的悠悠白云？

山无声，云不语。

（选自《科教新报》2017年9月13日、9月20日）

■［贵州］马仕安

战栗的魂魄（二章）

穿梭于浑朴的思想里，葱茏翰墨柔情的厚度。

元稹

怀揣功名上路。

追逐梦想的蹿步，缠满荆棘的逆风。

时晴时雨的人生，颠簸着春春夏夏秋秋冬冬。一壶辛辣的浓烈，饮醉几多锋芒毕露的疼痛。

斑驳的漂泊中，熬尽心血的忧伤，怅怅地沉在孤寂的跋涉里一天天消瘦。

回眸沉沉浮浮，魔幻般的宦海仕途。一颗负屈衔冤的魂，挪了挪连续被贬，几度潦倒困苦的疲惫身骨，怒怒地在愤搏中垂泪苍天，把酒浇愁。

颠沛的仕宦，不仅叼走了你的朝华英姿，撕碎了你的一腔抱负，还吞噬了你梦中的梦。

纵使你把心灵的悲郁，酝酿成一声声泣血的嘶鸣，也难排你积稔于胸的怜怜忿恚、凄凄苦忧。

艰难竭蹶的日子，唯有辞浅意哀的诗情、言简意赅的笔触，激活你呻吟悲烈的肺腑。

握着手中那截孤风悲吟的肋骨，你一路苦索、一路奔突、一路酬和、一路亮喉。字字铿锵，皆是勃动的血脉释散的酣然心曲。

背负血气方刚的辞藻，你站在醒与醉之间，掀起清风两袖，任悲伤的意境，穿梭于浑朴的思想里，葱茏翰墨柔情的厚度。

从此，莺歌燕舞的唐朝，少了一位宦官的意态从容；泱泱华夏，多了一位诗人的风流倜傥，铮铮傲骨……

涂渭

清瘦的岁月，嚼痛卑微的骨血。

二十岁那年，你挑破凄风寒月，结结巴巴地吵醒了春天。

发芽的青梦，裸露砚中。彻夜不眠的情愫，拥着一顶秀才的帽子，秉烛掩卷。

蹉跎的日子，年复一年。

累了的心境，背着乱世风烟，终已功名利禄遥遥无缘。

仇隙的情感，挟着忧心忡忡的呐喊。一双蓄满悲愤的瞳孔，烈烈地过滤着淫威高悬的颠倒黑白。

撖着一槲摇晃的浓烈，喝醉的梦，郁郁地徘徊于困顿的失望里，发狂发癫。

浑浑噩噩间，脱缰的热血，无惧命运的疼痛与悲咽。你疾怒自残、疑惑弑妻，且每个细节既骇人听闻、又惊心动魄。

待你从囹圄的炼狱中醒来，酸涩的人生已跨过多舛的中年。拖着一路的悔恨和哀怨，你远离喧嚣，恣情山水，放浪曲蘖，执拗研墨。

气势磅礴的狂草，以其狼藉的苍劲，冲出颠沛的心田，洋洋洒洒流韵成开启和引领一个时代的书法奇绝。

踽步苍凉的岁月，搦动勾、点、泼、皴无羁的浓墨，你将牡丹之雍容、紫薇之隽秀、竹子之萧疏、梧桐之挺拔、霜菊之孤傲、寒梅之挺洁，一一泼进历史不朽的画卷。

繁华遒劲的笔力，噙满高贵的尊严。淋漓奔放的水墨，浩浩荡荡开创了中国大写意画派前所来有的空间。而你却凄凄地流落于自己的世外桃源。

牵着熟透的阳光，饱读你人生的艰涩，瞻望你形影相吊的垂暮之年。

我看到，在悲苦凄凉的四季人间，你将失意和落魄的缠绵攥成生命最后的眷恋，痴迷不倦地享受着笔耕砚田的苦辣酸甜。

直到笔底枯竭、宣纸纷飞、生命垂谢……

（选自《中原散文诗》2017年第1期）

■［湖南］白红雪

成语失眠（选章）

有人在灵魂之酒的底部撒了一层毒药：千杯不醉，慢性发作。

得陇望蜀

事到如今，我真不知道剥开怎样的恋歌献给你。像长颈鹿再一次扯长脖颈也无法抵达高挂在睡梦中的禁果啦。而虚无主题的枝丫仍然紧握着岁月之银，不肯施舍；身披铠甲的将士却日渐融化……我说的是血溅玄武门之后的帝国……有人在灵魂之酒的底部撒了一层毒药：千杯不醉，慢性发作。

有何胜利可言？所谓恩典，也只是披着人皮的狼在骗局泄露之前的演说。从此我终生洗不掉那场早已融进骨头的纯理论的雪：肆意燃烧的虎，仍然是精心装扮且新鲜出炉的骗局！

贵妃醉酒及她黄色浴衣的反面，根本没有人抒写“得陇望蜀”……天子啊，请尊重你必然命运的流亡，不要让荔枝般晶莹柔弱的女子不断加剧她内心深处暗藏的背叛……可冒烟的虚无一直紧握着火药般壮烈的权柄。陇和蜀同样在劫难逃。马嵬坡来不及醒悟，肯定也来不及紧握其滴血的伤口。

把声音再压低一些，就可以听到历史的心跳还在为我们输送已经中毒的血液，锋芒毕露。

守株诗兔

是吗？烈酒一样的远峰，已然醉倒了彩云。一切肉体穿上梦幻内衣，包括树、石头以及魔笛和灰烬。就这样，你如雪若脂的肌肤再也不能跃出反抗之网……深入虎穴或者登上天堂，都无济于事……唯有长在你纯洁地段的红蘑菇，可以继续铤而走险。

花开时你也分娩，相同的痛获得不同的结果。而虚无主题的白骨却一直不肯冒烟！于是风云骤起：像冤死的亡灵开始抢劫金币……再没有什么运动比这更具活力了……昨天未能清洗掉的斑斑血迹，在亡灵看来竟是闪闪发光的金币！

那武媚娘，却是从斑斑血迹里蹿出的红狐，不，仅仅是一只小白兔，不幸而有幸地撞到了李世民这棵大树上……然后又被儿皇李治精心疗养，不断发扬光大……终于蜕变为母虎……我说的是从唐诗般灿烂的年代里脱颖而出的女皇……还有一些人执迷不悟：白兔怎么能变为母虎呢？

现在，历史的风云沉默了。难道她没有一点点人情味？她一手握着男权的性器取暖，另一手则握着引爆男权的雷管……虽然昙花一现，却令我浮想联翩……如果历史可以重演，最妙的办法是，请求上帝，让她连续拐弯狠狠撞到咱家的桃树上……

为此，我将推翻庙宇，倾投巨资，穿过时光隧道回到唐朝……守株待兔。

刻舟求剑

所有符号在暴风雨中偷换了面孔。今夜，海燕的踪迹从更高更远的地方奔涌而来，没有暗示，也没有任何照明，虽然暗淡无光的神奋力摆脱了美女蛇的色相纠缠，但斜插在港口的利剑仍然燕子一般飞到了船上，令假戏真做的伤口同时流淌谎言和恋情。触目惊心。

我不知所措。时间的踝骨也突然爆开密码。水面上飞舞的利剑竟被一道虚构的辩证法拦腰斩断，坠入水中，宛如花样游泳……而祭坛在岸上熊熊燃烧，她们的裸体舞比水蛇更为狠毒……谁曾在那儿竖笛横吹？一切都土崩瓦解，化干戈为玉帛，只是一枕黄粱……被竖笛所吹响的流亡还在孕育暴风骤雨，史无前例。

是啊，唯有女上帝琥珀般温润的盐矿，无人开采。那里暗藏着短剑丛生般锋利的哑弹。否则，就另有蹊跷……请饶恕我说出如此黑暗的秘密……总有一些蛛丝马迹会让你找到入口。从刻有记号的地方跳下去，曾经落水的宝剑已进化为小龙女，她刚好梳洗完毕，然后笑吟吟转过身来抱着你……开始吧！在此还将有许多意料之外的事相继发生……

所以，刻舟求剑是必要的：万物流转，生命轮回。而且女上帝偏爱宝剑……从她迷宫里经过的仍然是风，是刀光剑影！

（选自《星星·散文诗》2017 年第 3 期）

■［上海］巴伶仁

诗歌，以太阳的姿势散发光芒

题记：有一些人虔诚，有一些人执着，有一些人把诗歌种植在心房。

快乐燃烧诗意的胸膛。

童真的花朵，没有忧伤，没有彷徨，到处芬芳。

大地山川，读懂了你的心语，你的乐章，喷涌出伸展的希望。

爱是一本诗刊，诗是一种情调，停在墙壁上的影子，深远安祥。

缪斯拾得清心，月光溢出酒杯，填满醉意的诗囊。

裁剪四季交织着锦缎，流年流露不老的岁月，流露出思念赤诚的向往。

打开东西南北中，打开八年耕耘的辛苦与苍茫。

旋转五味人生，淡淡的墨香带来的快乐，掠过风云六月，聆听心声起航。

诗情滋润了时间，把所有的柔情释放。

我端起六月的诗笺，以心为路，笔尖点击虔诚的词语，思绪飞扬。

远方的胡杨，走进你温暖的季节，陶醉于五颜六色的花香。

一些词语出发了，轻盈如风，匆匆掠过圣洁，一些话语消失了，隐约淳朴，埋进锋芒，抚慰生命，沉淀精华，擎起信念，找到诗歌的期望。

走过文学必然的烟雨，走过许多被文字缠绵的慧心和怅惘。

任时光浅笑，给生命留白，将梦想载入永恒的诗行。

诗歌以太阳的姿势，散发光芒。

诗人与城市

城市，一块益于生命的地方，一个梦想与希望存放的地方。

爱的激情探进人生，在灵魂深处聚集魔法的词语，雕刻城市的时尚与高尚。

大街小巷，超市菜场，水泥森林的狭缝，注满空间交叉的灯光。

个性鲜明的城市魅力无穷，诗性的智慧献出赤诚，精致的生活充满灵魂的守望；城市气质优雅，因历史的积淀而愈加厚重，磅礴的诗意点燃细节，增加思想的内涵。

摆渡佛法，回归母语，爱与痛从肺腑起航。

诗的精灵执一把把犀利的剑，横扫尘埃与雾霾，释放出阳光般的正能量。

（选自《诗与生活》2017年第3期）

■［广东］唐德亮

戈帮与玩坡节（组章）

"戈帮"是粤西北排瑶在玩坡节这天，瑶家哥贵把用纸屑做的弹丸装进竹筒做的"噼啪筒"中，在山坡上追逐着向心仪的莎妹射击。

霞光，林荫，晨风。莎妹的深瞳。

爱的戈帮，心的子弹，它要瞄准谁？

花的溪流，歌的梦影，爱的脉搏，火炽的情怀。

在这个快乐之坡、幸福之坡、浪漫之坡，一次又一次被霞色抚摩，被山风鼓荡。

举起来了，戈帮。

射出去了，哥贵的心。

一颗心将另一颗心击中。

被击中的心，飞出一串缠绵的歌，催开了一地野花。

爱，从一支戈帮开始远游。

汪都舞

雉翎拂动白云，项圈旋转日晕。

红头巾映红了蓝天，汪都咚咚，震撼着深山野谷。

刚健的哥贵舞出瑶山的雄风，婀娜的莎妹舞动绵长的流水。

南山的鸡桐木，敲出一千多年的荒蛮，跋涉，迁徙，筚路蓝缕，血泪和流，悲喜交织；敲出荒火中的梦，敲亮木屋下缠绵的歌声。

夜的胎宫躁动不安。

锣鼓的旋涡，旋醉了一座自由奔放的瑶山。

生命之舞。激情之舞。

如火如荼的鼓声。

如梦如幻的舞影。

瑶山，在这一刻向世界打开了她的美丽、深邃和缤纷。

壮乡闹年锣

一阵铜锣，敲响十里壮垌。

山鸣谷应。

锵—碴—锵—碴……

敲落旧年衣裳，敲落满天的星斗。

一个队列，又一个队列。一只又一只铜锣，一面又一面铙钹，锣对锣，钹对钹，壁垒森严。古铜色的锣，映照古铜色的脸。锣声共振，此伏彼起。锣声击退寒流，心底泛起春的涟漪。

锣声中，残夜碎片纷飞。

春光驾锣声翩翩而至，走向渐渐汹涌的光之潮汐。

（选自2017年8月2日《文艺报》）

■［上海］子　薇

杨　园（外一章）

不允诺，坚信凭一次击掌可为未来遮风挡雨。

晚风中，鹤展翅欲飞。招鹤台，重檐八角亭。每一个角度的飞翔，望向南方。每个角度，都是十鹿九回头的方向。

招鹤台，背靠盐铁塘，伴着春风十里的长街——杨园。老街，我牵肠挂肚的木扶梯摔倒了，马头墙泪痕斑斑。少女走在朱家弄堂，她回眸一笑，沧桑的墙壁，一树凌霄花簌簌绽放。有人要拯救记忆中的紫苏，有千万只绿色的蚂蚱穿堂而过。

在故居与老宅之间，我是夏日的一朵幽灵，体内萤火虫的光不断聚拢。望一眼永济桥下的老人，她慈眉善目，她在挥手。

此刻我们的永恒之心，互道秋安。他们再次说到杨园，小镇上所有的香花开在春天的喉咙口。

油麻藤

他在地铁上给我微信，让我陪他看当地的古建筑，我轻描淡写，如此回复：如果来看油麻藤，我是向导。我要约请春天里木香花的茶聚。事实上茶聚之后，在观摩两幢徽派古建筑之后，他们终究没有看过我的油麻藤。

一个人的落寞，可以怀揣成箴言书签。等着去后悔和遗憾吧。

我像预言家一样揭示，这即将到来的真相：这个早春，你若没有看过油麻藤，你脆弱，不堪一击并被红尘所牵绊。

一年之后，他在遥远的海岸线疗伤。再次给我微信："我想去看油麻藤上的禾雀花，看她一身强健的高贵紫，像小鸟一样啄破你所有的秘密。"

（选自《盐》诗刊2017年第3期）

第十一辑　散文诗名家新作（17家）

■［山东］耿林莽

风的摇篮曲（外一章）

失去了水的洎湿，失语千年，听不到那条河的呜咽。

叶子、叶子
叶子静静地，嫩枝上的芽苞，舒展如眉，展现出生之愉悦，青春的大欢喜。
叶子、叶子，每一片都是温柔的，少男和少女。
芭蕉树的叶子，棕榈树的叶子，粗犷而厚重的叶子，也是，也是。

叠翠，绿得欲滴。滴下来的，却是莹莹的露。
（谁的一粒粒泪珠？）
那一丝丝凉意，如昨夜的月色般幽幽。

最先触到初阳之光的那一片叶子是有福的了。她是
婴儿吮吸乳房的唇，少女柔弱的手指头，
还是，小鱼在水面上游？

叶子、叶子，
当微风轻轻地拂过，如同蜻蜓的翅；
当微风轻轻地拂过，像沐浴着水的温煦；
叶子、叶子，飘着飘着的叶子，在说：
“让风吹我
让风吹我……”

风的摇篮曲，却不再柔和，黑的风，愈刮愈烈，鞭打和折断，钢铁的力度。
冬青树的叶子，
银杏树的叶子，
苦楝树的叶子，
一颗颗被削掉的头颅，聚到一起来了。在地上打着旋儿，卷起旋涡。
风的摇篮曲，将叶子们
摇进了坟墓。

陶，及其碎片

1　陶是一粒土和另一粒土由分散到紧密地黏合。

集体主义。风为媒，或是谁的手撮合？为了一个共同的目标，走到一起来了。

2　陶说：火的燃烧是一次狂欢，
水的干涸，流的凝固。
灰烬呢？被风吹散，一粒也不曾留，
烟化为梦，在罐的圆形古堡间游荡着
谁的幽灵？

3　火一直在燃烧，

烈日下逐兽而猎的山野人，皮肤的焦灼，山丹丹花如五月梗火，千年后的色调依然浓稠。

当火的语言归于沉寂，渐渐熄灭时，陶的醉意正浓。

烈焰的花纹，录下了死去的雷声。

4　陶：一个不醒的梦。
紫珊瑚，乌龙茶，黑咖啡。
颜色与颜色，凝聚着忧郁。
然而，“罐子里没有水了”，陶说。

5　流水不满，水声叮叮地伏于陶壁。汲水女因饥饿而晕眩于河畔时，石破天惊的一声撞击，乃有了陶的瓦解，罐的碎裂。

传到我手中的一角，早已失去了水的泊湿，失语千年，听不到那条河的呜咽。

6　陶的残片，传到我手中的一角，拼不出汲水女腰肢的松软，猫的轻羽般的柔和。

抚摩，抚摩不着远古人粗俗的手，听不到风与叶子的絮语喋喋不休。

抚摩，抚摩不到原始艺术家纯朴的智慧，抚摩不到那燃烧的火焰之舌的一点点余温。

（选自《山东文学》下半月版2017年第10期）

■［江西］李　耕

沙　幻（组章）

崩塌的朝代，成了戏台上的朝代。戏台崩塌了，戏，从未崩塌。

三千里沙漠幻于梦。无树无草无小虫飞鸟，无水无火无孤孤烟之孤。无饥渴，所以无饥渴的背影。只有无雨的雷电的声音，只有干涩天空几朵枯云的形象。

三千里沙漠，

只剩下三千年前剩下的孤独的骷髅……

戏

崩塌的朝代，成了戏台上的朝代。戏台崩塌了，戏，从未崩塌。

不崩塌的戏。

生旦净末丑，演绎出人生脸谱，尘世恩仇……

寻梦者

老街曲巷断桥边，漂泊的影，又瘦又饥渴。深深浅浅的脚印，无尽头的省略号。

梦的影，在何一处，

又何一时会在寻梦者的脚下……

羊

幸存的羊，在羊的墓前唏嘘：屠刀，从来就在屠夫手里。

羊，有角。

装潢而已，或者，仅是羊对付羊的犀利的戟……

纤　痕

三百里纤路，纤肿了背脊，纤弯了腰，纤黑了夕阳，纤得汗水浇得河滩苦草更苦。

几声纤夫号子，

喊不回顺帆的风。

叫不转逆流的水……

高 度

山有山的高度，塔有塔的高度。船的高度，比波浪略高的高度，而天鹅的高度，是视云朵为平地的高度。

草有草的高度，乔木有乔木的高度。踮起脚的高度，是站立不久的高度。

踩在别人肩上的高度，不是自己的高度……

（选自《山东文学》下半月版2017年第10期）

■[四川]海 梦

鸡足山，传说中的传说（外一章）

传说：是迦叶当年寻找道场得到佛祖的恩赐，派了一只金鸡驮着他来到这里，道场找到了，金鸡飞回复佛祖，留下一只足印——于是形成前有三趾，后有一趾，像一只鸡足的独特山形，因此而得名。

1 3248米，是你的神性的高度。

头顶蓝天白云，禅坐茫茫雾海，敞开宽厚胸怀普度众生。

华首苍苔，万级石阶是走进佛心之路。石门紧闭，难以入内。内中万千世界，令人高深莫测。据说里面长着长生不老之树，令人向往，那些朝圣者，双膝跪破，两掌磨起厚茧，也未能叩开石门，染一身疲惫，悻悻而归。我面壁石门，仿佛听见木鱼声声，诵经朗朗，身披黄袍袈裟的年轻和尚，禅坐佛堂，俨若尊尊神像，似梦非梦。低回头，忽见禅宗始祖迦叶和虚云和尚，正在用自己的血和筋骨修建这些庙宇，振兴破旧道场。

20多座巍峨的寺庙，如支支神笔，在蓝天上抒写着他们生命不朽的篇章。

我顿然领悟了生命的价值。

为所爱的人而活，活得幸福，为爱你的人而活，活得高尚，为需要你的人而活，活得伟大。无私奉献的精神便永远活在人们心中，一代一代传承下去，长生不老。

原来，长生之路不在仙境，而在自己的心上。

传说，只是传说，我看见，真正意义的鸡足山的神灵，是那只神奇的鸡足，抓住金沙江畔的风水，保佑这片热土风调雨顺，五谷丰登，保佑老百姓平安幸福，健康长寿，让长寿家庭、长寿村成为宾川一道亮丽风景。

2 仰望你，3248 米高度仙气缭绕，蓝天白云，是你的佛光。雾海茫茫，烟波浩渺，是你宽厚的胸怀。华首苍苔，万级阶梯，抒写着禅宗始祖迦叶尊者千古不朽的功绩。20 多座寺、庵古庙，乃虚云和尚用自己的血骨雕塑的生命的丰碑。

来到华首门前，静听石内传出木鱼声声，似有晨钟暮鼓，交响齐鸣，满山苍松翠柏，花鸟虫兽，统统俯首膜拜。我顿然悟出，鸡足山的灵性和佛音，呼唤出一个金光闪闪的“善”字，禅定生命的精华。

善者征服世界，如水克钢。再硬的钢铁，也会在柔柔的水中失去灵魂。真、善、美，善者居中，平衡整个世界，为人类造福。那么多和尚、高僧，把自己的青春、美丽、智慧、才华和生命，心甘情愿献给深山，献给庙宇，献给木鱼青灯，用自己空心无欲的信念，向佛祖祈求人间的和平、安康、幸福！这就是善。

我拜见了鸡足山一位年轻的僧人，他是一位学者，又是一位诗人，为鸡足山的建设付出了令人崇敬的心血。他在纪实光碟写的主题歌《开启你心中的门》中写道：“灵息万千，只为承传弘扬佛法弥远，祈愿世界平等和谐”，道出了千千万万僧人的心声。

仰望金顶，你与峨眉、武当金顶齐名，但，你心空若谷，不图名利，禅定人生，升腾起 36 万人民平安、幸福和富裕的佛光。

善哉，鸡足山美在静，美在空灵。美在蓝天白云下，佛光千丈抚着宾川的山山水水，万世风调雨顺。

天龙行空

天龙行空，万年一遇。

遇者，好运当头，艳福盈门。男走财运，女增美。老年人，延年益寿，长生不老。

真的吗？天地间，多少事，信则有，不信则无，信不信由你。

沧海横流，岁月如歌。一万年，弹指一挥间。人生百岁，如同星光一闪，昙花一现。古往今来，多少英雄美人、帝王将相，为荣华富贵、长生不老费尽心机。然而，最终，依然是一无所有，赤手空拳，驾鹤西去，殊途同归。

人生，只是一个过程，悟性到了高处，才能看清什么属于自己。

也许，只有身体属于自己。但，身体最终也会消失。

还有什么属于自己呢？灵魂，只有灵魂不灭，会在生命中复活。

问世间，灵魂有几多颜色？雾茫茫，令人眼花缭乱。但一经岁月筛选过滤，浓缩成：一红一黑。

红者，一生为善，造福人类，流芳百世；黑者，罪恶累累，祸国殃民，遗臭万年。

呵，明白了，天龙一万年来一次，打扫人间战场，将罪恶的灵魂吞食，让善良和美丽永存。彰显出，人生真正属于自己的，只有爱。你所爱的人或是爱你的人，她们心中有你，才是你人生最大的财富，也是你生命无限的延续。

（选自《散文诗世界》2017 年第 7 期、第 6 期封底）

■［北京］刘 虔 **今夜。今夜。月下一片白……**（组章）

一壶芳茗。一片云水。一只雪狐……都让我们的心有了放飞大野的感觉。

山顶上。安静的时光骚动了，骚动了。那是夜之神曲，月上苍穹，牵我心动。今夜，神

灵引路，领我走进故乡微信群里。汇聚一堂的诗人们紧随内心澎湃的启示，点拨着电火，风起云聚，众议华章，直如灵魂一个个雀跃于回家的乡路。今夜，人心已然驻足在诗的作坊。游曳。交融。吮吸。爆裂。偾张如林虎的嘶吼，血流的奔波。柔柔地拈花，是你我的气息，别样的眸光盛放着生命惊悸中的安定。诗在心上。心在诗中。那些远在异乡的思念的沉潜。那些落叶匝地激扬的祈祷。资水滔滔对饮夕阳西下的淋漓与孤单。臆想来自安达露西亚的夜歌与恋歌，一棵绛珠草正翻唱着点绛唇的夜话。素心如兰而刚强守时，开启荒原泅渡的登岸。背负严寒的侵袭，离开城市无奈的忧伤。一壶芳茗。一片云水。一只雪狐……都让我们的心有了放飞大野的感觉。这被诗意的世界擎举着的灵魂此在的欢悦，如一朵狂舞的彩虹，追逐着林间雾岚，捕捉白炽火焰里那些跳荡的词语，赤子童年返回家园的真纯。今夜，远山顶上骚动了。骚动的明月跃上苍穹牵动我的心动。心动，在今夜。月动，一片白。月下，月下，是白玉般灵魂铺展的旷野。月下，月下，风过云轻是白雪莹莹的气节啊……

荒原上。有绝唱流淌

荒原上，不见花开花谢，更无诗人艾略特吟唱过的四月残忍的丁香。回忆和欲望也无法改写这片遗忘的土地。但日子依旧落地生根了。似有绝唱流淌。人在路上，背负的是一片苍穹的空茫。卸去早古锈蚀的十字架，别了游移的过往，备好一生的行囊，披上晨光之恋，携手，起程，走进怀抱与季节深处，风雨中呢喃。远方之鹰，在凝望中驯服，竟腾空回返到心上。远方是荒原上的新娘，令荒原上的沙石溢满芬芳。苦不过孤独，远不过绝望。有你相伴，远方不远。远方有术。远方醉了，又醒了。起程吧，起程吧，迈过横陈脚下的忐忑，锁定命运多舛的浮云，这荒原，这没了丁香的日子，却有美的绝唱，滑

过远在天边孤绝的地平线，溅起一地阳光……

昨夜。陷落的城堡

梦里，梦里，又是在梦里，总是在梦里。昨夜陷落的城堡，星光是如此抑郁，一如枕边不熄不止的灯花。昨夜。人淡，如秋天的菊叶。心静，如檐头的初雪。情是难忘难忍难解的千千结。昨夜。梦是全部的实有，也是唯一不曾亵渎的世界。前生神启的命定，今生必然的知遇，来生无语的邀约，只因一个眼神的密钥，携手相握于同一个情节，冲决着时光铁定的罗网，翻越所有凝固的高墙，在瞬间的惶惑里集结。梦在梦里。心在梦里。人也在梦里。都在昨夜。那是怎样的一片土地啊？日日雨骤风狂。夜夜天地交作。千山万水，千回百转，万语千言，只为一座人生的憩园，相识，相守，相约……

今天。今天只为走远……

今天是一个谜一样的海吗？今天。在何处笃定了一种幸福，一种苍茫人间独有的温暖？老墙不老。经过一只鱼的海里，另一只鱼也已欣欣然游来。而天高地远的神话早已落地生根，融入水湄岸畔的家园。没有谁能够为着今天的到来，吮吸了一个整年的思絮，辗转过三百六十五个深晚的依恋。没有谁能够读懂浮游在云上的家，正是沉入深渊的尘缘。除非那是一朵风，飘在柳梢上的风。除非那是一片雨，落在雁翅上的雨。风雨交作的时光里，土地不再荒芜，心上生长着人的诗篇。那是开花结实的渴望，是西辽河上连天而发的薰衣草的芳香。一个叫二十六栋的桃园雪花飘飘，正如冬日里桃花灼灼。母爱的宽厚是我们共有的血源。今天。

还是今天。我们不说纪念。我们走在路上。心手相牵。不舍依然。不避风雨。只为走远……

（选自《武冈作家》2017年第2期）

■［北京］王宗仁

玛尼堆上向日葵

题记：藏传佛教信徒把刻有六字真言的石块，或印着各种佛像的泥模，再插上经幡，堆积在通衢要道或山口。神灵，信仰。

我跋涉3000多里，一路雪飞冰溅，在藏北草原落脚。

为了找一个人，却不知道找谁。

青稞刚收割干净，镰刀从泥土里回到帐户，闲挂。
爱憎分明的季节拥挤着山峦。
山脚，草枝在融雪里飘出嫩芽；山巅，六月雪喂胖了冬松。
风，可能躲在山脊那边，或者正在铁匠的风箱里打瞌睡。

谁？有意还是无心留下一颗任性的种籽，石堆缝隙蓬勃出一颗金色太阳！
旷野里的风那么瘦，它竟然饱满得耐久的深邃！
远看，连着天空，抱着大地。
蓄势待发！
石头们互相拥抱，不规则却有序地挽着，不走神地守着游魂。

磕长头去拉萨的朝拜者用额头磕碰，试探解谜。想把苍茫的心事册册打开，却陷到更深的迷茫。
严忌七情六欲的向日葵，每晚对着月亮述说。
说了些什么，没人听得懂。
没有月亮的夜晚，星星也迟迟不肯露面。
向日葵只好自言自语地让自己生出虚假的翅膀。

一日，一只乌鸦扮装成歌唱家，活跃在玛尼堆上。
乐坏了躲在石头后面的狐狸。

玛尼堆边，一半草是绿的，另一半草枯黄了。
我试想把它们一分为二，却很堆。
有时貌合神离，也是一种整体。
我还要到更远的雅鲁藏普江大峡谷去采风。
回头望去，玛尼堆在风雪里打战，那棵向日葵变得像深井里的月亮。

乌鸦、狐狸再也不能走近它了……

■［河南］王幅明

桃花太行

轻轻踩踏着曾经的“倾城倾国”，怎让人不生怜悯？

桃花谷，太行大峡谷的第一谷。应四月召唤而来。
奇谷。有山，有谷，有溪，有瀑，有潭，有洞，有倾城倾国貌的桃花云蒸霞蔚。山有峭壁，谷有石径。壁顶蓝天，谷底桃云。一条蜿蜒曲折的桃花溪贯穿其间。号称亚洲第一高瀑布的九连瀑，像演奏着桃花乐章的九阶竖琴。瀑落成潭，潭瀑相连，溪水流淌花香，潭波荡漾桃韵。

来到桃花源，心灵自然被桃花洗礼。被遗忘的浪漫重新拾回。远离喧嚣，远离苟且，远离琐碎，让生命再生，在灿烂的桃花里开放。

谷顶碧蓝的池水里有一块巨石，上刻两个篆字：无欲，像在警示，来到桃花谷，莫交桃花运。

留个念想，没有去看深藏在桃花洞里的桃花仙子。看了真人，有“天下第一面”之誉的桃花嫂子面馆女主人。抑或，这才是真正的桃花大仙。

也许刚刚有过风雨，花落缤纷。古人说：桃李不言，下自成蹊。可不知怎的，此时此刻，心中充满了失落。轻轻踩踏着曾经的“倾城倾国”，怎让人不生怜悯？

（选自 2017 年 5 月 18 日《安阳日报》文学副刊）

■［黑龙江］严　炎

矿区行（三章）

我站在矿灯和矿工之间，成为影子成为永恒的定格。

矿　灯

晨曦像一根闪光的纤绳，拉来一个彩色缤纷的黎明，也拉来了一支戴着矿灯深入井下的队伍。队伍中，有体验生活的我，矿灯伴着我走进光的故乡，走进采掘的历史。

就这样，我站在矿灯和矿工之间，成为影子成为永恒的定格。而欲言又止的省略，淋湿我凝重的仰慕与担忧，悄悄化作串串路标。我只能肃立于灯光之后，倾听锹镐摩擦煤的声音，谨慎时速，叩响哑语，连同无声的祝福。

每个毛孔神奇为血，真实续编伤口茂生的意义。就这样伴着矿工师付走了一段又一段，乌金便源源不断随着矿车涌出井口。

矿灯仍在矿工仍在灵魂仍在，不灭的辉煌始终穿行在无怨无悔的巷道深处。

矿　车

矿车一生的内容，比那本叫辞源的字典还要丰富，并不是写在纸上，有些语句它是刻意地删去或者掩藏。提起矿车，所有的文字都显得消瘦，一如它那不宽的躯体。

它不断地将乌金从八百米深处牵引出来，让隐退的大森林重振雄威，再展英姿。在颤抖摇晃中，揉碎贫穷落后的沧桑岁月，在大山的腹地艰难地挤过，被烙印上数不清的坎坷。日子，在永远数不清的咣当声中悄然流逝，两条道轨已磨得溜光程亮。

仔细想想，它一生中有辛酸，有苦涩，还有那个已经沉淀了的昨天。

于是，守住了巷道，守住了矿工，守住了每个出煤或不出煤的日子。

巷　道

成为巷道就意味着永远见不到灿烂的星斗闪烁，永远见不到如勾的弯月穿云遨游，永远见不到簇拥朝阳的五彩云霞……

最难熬的是没有矿工相伴，没有矿灯光亮，无名的恐惧像阴魂一样萦绕，仿佛看见幽灵或隐或现，由远而近，在长长的巷道里奔驰。山泉渗出下来的滴哒声弹奏出永恒的单调，在黑暗中仿佛看到生命在变异，在衰老。

好在矿工们三班倒，巷道因此充满生机，充满温馨，星星河在光的故乡不停地流动。

谁说巷道里没有太阳？它始终照耀在上方，始终在巷道的躯体里奔涌。

矿车隆隆的运煤声，成为巷道红火热闹的庄重仪式。岁首岁末，巷道都在为自己的生命喝彩！

（选自《伊犁晚报·天马散文诗专页》2017年第7期）

动物的世界（二章）

■［海南］蔡　旭

有它的诗与远方，它的光荣与梦想。

我读蝴蝶谷

我没有去过蝴蝶谷。它在墨西哥，离我的愿望太远。

只是读到它的图，就令我深深震撼。

成千上万只，十万百万只，千万亿万只王蝶，在这里欢天喜地开同乡会。

铺在山谷，一片片争奇斗艳的鲜花。

仆在树干，一棵棵五彩斑斓的奇木。

飞在空中，一朵朵遮天蔽日的彩云。

一幅波澜壮阔的锦绣图画。

一派倒海翻江的壮志豪情。

每年 11 月到次年 3 月，这片温暖如春的山岭都会呈现如此奇特的场景。
世界八大自然奇观中绝妙的一景。

据说，它们来自 5000 公里之外。
跨过加拿大，穿越美国，来到墨西哥，一次不带护照的飞行。
可见即使如小小的王蝶，也有心中的圣地。
有它的诗与远方，它的光荣与梦想。
在漫漫的旅途上，它们餐风宿露，风雨兼程，飞行 5 个月。
而它们只有 9 个月的寿命。
意味着，没有一只王蝶，能够完成回来的旅程。
迁徙的全程，经历两代王蝶的生与死。
它的第二代，才能回到北方的故乡。
一代代，就这样越冬栖息，繁衍后代。
一年年，演出着惊天动地的活剧。

捧着蝴蝶谷绝美的画面，我久久无法释手。
我知道，我的震撼不仅来自这场壮观的演出。
更来自，它们不惜生命地奔赴的历程。

听友人讲母鸡与鹰的战争

两只母鸡，一只黄鸡，一只褐鸡，住在美国旧金山。
住在风和日丽、云淡风轻的日子，没有硝烟的日子。
两只走地鸡，与别的鸡似乎没有什么两样。
平日就在鸡笼边散步，觅食，交流三天生两只蛋的欣喜。
主人的手机，却记录了门外一双虎视眈眈的眼睛。
预告着战火，随时可能烧到自己的家门。
这一天果然来到了，没有预报，天外来客也没有宣战。
那只蓄谋已久的老鹰，把侦察机变成了轰炸机。
趁鸡笼的顶盖没有盖牢的疏忽，呼啸而入。
就想手到擒来，叼了母鸡飞上天去。
此时两只母鸡却一改常态，走地鸡化身为战斗鸡。
就像它的中国主人，不但勤劳，而且勇敢，爱好和平，也不害怕战争。
它们在小小的鸡笼里，与老鹰展开了殊死搏斗。
用嘴啄，用脚抓，用身撞，用生命去搏取生命。
一地鸡毛也不罢手，皮开肉绽也不投降。
在鏖战中，机智的母鸡突然冲出鸡笼，闪出战场之外。

鸡笼太小，而老鹰体大，张开翅膀也飞不出笼中。
后来，主人宽大为怀，优待俘虏，打开牢门把老鹰放飞了。
侵略者的逃窜，宣布了战争的结局。

鸡的主人是我五十年前的同学，一场举世罕见战争的目击者。
讲起战争的惊心动魄，似乎仍然惊魂未定。
好在手机拍下的照片，为一场正义的胜利留作了记录。
为战争与和平留下了铁证。
只是两只母鸡，令人敬仰的战斗英雄，却在战后又归于平凡。
竟没有再次出场，隐没了它们美丽的身影……

（选自《天马散文诗专页》2017年第10期）

■［湖南］皇　泯

山　羊（外二章）

我不是羊，但我情愿成为一只羊，自由散漫在山坡上。

将我赶出喧嚣的城市，是一根羊鞭，轻轻地抽打在身上。
将我赶上陡峭的山坡，是一首诗歌，柔柔地抽打在心上。

我是羊，被圈养在城市，许多年也钻不出栅栏，被时间一分一秒地屠宰；
我不是羊，但我情愿成为一只羊，自由散漫在山坡上。
这并不是因为诗的浪漫。

如果我能成为一只羊，一只放养的山羊，我也能只吃草。
如果我不能成为一只羊，也成不了一只放养的山羊，那就让我的诗歌成为西部诗人笔下的草，一岁一枯荣，岁岁都让卑谦的羊，吃我。

有一粒心亮醒在晶露里——栖居九州驿站树屋

这是我今晚的栖居之地，自然中衍生诗意。
在树上栖一会儿，长成一辈子的树叶。

一片树叶，有一片树叶的生存方式。
也许不需要阳光，阳光太灿烂了，会烤蔫。
也许，不需要雨水，雨水太充沛了，会沤。

在树叶上留下一个脚印，有可能成为一滴露珠。

露珠是一所纯净的房子，没有门槛，没有栅栏。
就像你的清澈眸子，看透一个人的世界。

窗外有虫鸣，拈一粒，都是湿漉漉的声音。
明晨，有一粒心亮醒在晶露里。

扶王山庄的静

无法想象——
从喧嚣沉入宁静，不能自已。
城市在城市之外陌生，山村在山村之内熟悉。

银城，大码头一腰子深的银圆，再也无法在过去时的铜锈里闪烁叮当。
丽都，桃花仑鲜艳的玫瑰花，再也不会在进行时的繁华中隐藏芒刺。

一线露珠响入山泉，洗亮了视觉；
一粒鸟鸣滴入叶丛，敲亮了听觉。
一首残诗，在咬文嚼字中，步入年轻的韵脚。
一条迎客的狗，吠破了扶王山庄的静。

可以预知——
从宁静陷入喧嚣，不能自拔。

（选自《星星·散文诗》2017年第9期）

■［广东］李松璋

静夜记下风的话语

题记：你怎能理解我眼中所见的荒诞与黑暗；
你怎敢正视我眼中的坚定与火焰！

1 仿佛知悉一切。骨瘦的手指朝着霞光染红的山峦，却无语。任凭一只蜜蜂慌乱地采集眼中的泪水。花皆枯死，当然无蜜。清晨的露水有毒。雾是多么无力！饥饿的蛾群，找不到自焚之火，只能在太虚里飘。此时日蚀。王朝的铁门上点燃噼叭作响的蜡烛，禁卫们睡眼惺忪，风纪凌乱，枪头上挑着粉色短裙，手上把玩着在一场决斗里死去的对手的耻骨。或是阴谋。乌鸦盘旋，用从未加冕过的嗓音叫着一个人的名字，叫着另一个人的名字。

2 水草里狂奔的驼鸟，感觉身上的羽毛是多么沉重！不再飞翔，它们便是多余之物。无法卸掉的负担，如同某些物种精神上的优越感，可笑，但与生俱来。持刀者在后面追赶。多么滑稽可笑的景象啊！炎热。太阳照在头上。似是而非的关切。隔岸之火。水草和时光绵延无际，森林站在远处不动。埋伏的兵团，集结待命几百年了，脚下早已生根，仍未等到攻陷城邦的指令。而驼鸟永无尽期的狂奔，比渴望翅膀退化干净那一天还要遥远，并因此而绝望。曾以为这就是生活本身，——“宿命般的生活”。它想起不知谁写过这样悲绝的诗句，所以尝试安然接受一切。但追杀者前赴后继，子承父业，子子孙孙没有穷尽。举过头顶的砍刀越来越锋利，越来越凶恶和贪婪，尺寸巨大。他们要把它赶出边界，赶出靠僭越承继的江山，赶出水草丰美的地方，直至赶尽杀绝。

3 胡杨轰然倒地。两千年，时间在漫长的陪伴里如天边隐约的雷电，抖一下，但不发出声响。死亡还未结束，还有苟延残喘的一千年，还要在这不甘土崩瓦解的一千年里表演躯体不僵不腐的神技。气候暂时有利。在无边的沙漠上观望历史，会听见嘈杂的回声里有一个沙哑的旁观者的声音：耐心可以得到回报。胡杨倒下，躯体溅起夕阳下一片耀眼的金沙。转场路过的羊群，仿佛目睹了一个凶猛巨兽巢穴的崩塌，它们悚然一惊。驻足。瞬间，看见屠戮的锋刃已至近前。送旧或迎新，对于它们，都只有一个意义：无条件地献祭！牧羊人收起鞋子，黑夜收起夕阳。

4 墓园隐藏在雨后腐败的落叶下面。苍老的松鼠先我而至，留下蹒跚的背影和覆盖墓园的落叶上那一枚芬芳的松塔。一时记不起，下边睡着的那个人，头朝哪个方向。墓碑上的字迹已经模糊：谁的手也握不住永恒，如同握不住安静的流沙。把一枝盛开的玫瑰放下，立刻诡异地凋谢。时间一定是惊马般快跑了几步，直到撞在肃然高耸、一丝不苟的老树怀中。尴尬一笑。露出断齿后面深藏的悲戚。

5 无意间走进一幅拜占庭的细密画。洁净的彩瓷，圣人抚摩过它。无法分开面前纷披交杂的树枝。花饰凌乱，乱中有序。它们时刻都在生长，一片叶子落下，两三片叶子随即生长出来。听见它们由小变大并悄然展开的声音。恶作剧。黑暗之夜，不眠不语的黑森林，银豹攀上树梢，纹身清晰可辨，犹似月亮神秘死寂的山谷。

6 光线无法绕过室内拥挤的桌椅，在地板上，用弯曲之影发表省略许多可疑细节的履历。匍匐移动，去寻找房间角落里昨天遗落的惶恐。窗外的大海停止咆哮，也可能是一幅画上的大海，沙滩，拾贝的人，看见天空裂开，风暴的军团纵马驰骋，势不可当。假如那是一扇门，是现世的一个破绽或缺口，这次肯定劫数难逃。但无法穿越人为障碍的一线之光，来自早被篡改的破损史册，路途遥远，它有心无力，最终，悻然穿墙而去。

7 孩子，今夜的月光只照亮你。在暗黑的丛林，松鼠野鸡獐狍鼠兔们早已逃离。你要独自分开面前密集的枝叶和杂草，跟着前方若隐若现的萤火。不，孩子，你还不懂得恐惧。披着黑袍的乌鸦就在丛林上空的明亮处，它们就像那些占据人世最好最美的海滩、背负命案或巨债的逃亡者，喙上沾着腐尸的血腥，眼神阴鸷，让你心里的歌谣不由自主地颤抖！月光之外，已完全是黑暗、恐惧和屠杀。注视你一举一动的天使的目光，隐身于疼痛和悲戚。你要小心，一会儿，月光将被水声劫持，夜雾也已展开邪恶的轻纱，你粉嫩的赤脚下面，簌簌作响的，不是暧昧的枯叶，不是同情，是花朵未开即已破碎。

（选自《星星·散文诗》2017年第2期）

■［山东］韩嘉川

触摸黄昏（外一章）

而漂泊的游子一声乡音没喊完，天就黑了。

当黄昏风赤脚穿过前廊，地板发出轻微的颤抖，海的裙角被撩起，沙砾如文字一样组成一些话语，组成一些情节，磨砺着赤裸的脚心。

当黄昏的裙裾窸窸窣窣地拂过前廊的木板墙壁，海水无声地涌动着，仿佛若干话语弩起的双唇，含着微笑；掩着一个夏季午后的软边草帽儿，依然挂在那里……

一只放在木桌上的手张着期待，旁边是一杯啤酒和切成片的老式大香肠。青筋在手背上微微跳动，缆绳与风暴的痕迹在手背上无声地跳动，仿佛在提醒着什么，可你却不想再记起，就让那只手枕着黄昏的时光，张着疲惫的期待。

船板泛着白色的盐渍，像你嘴上的雪茄一样泛着苦涩与辛辣，一种下意识的滋味儿在提醒着什么，可你不想再记起；黄昏的影子披着灿然的浴袍从你面前恍然而过，剩一杯啤酒和几片香肠在你的手边。那时手背的青筋在跳动，仿佛缆绳被海浪牵动。

开裂的桌面上，澄黄色的啤酒和红白相间的香肠断面组合成黄昏的絮语，你看到海浪再次弩起。那时，黄昏风赤脚掠过前廊，在地板的颤动中，你的手背压住了海潮的涌动，压成微微跳动的青筋，然后，让手掌与指尖张成期待……

黄昏踩着海边散开的浪花，嬉笑着；软边草帽还挂在那里，午后的阳光一样挂在那里。

滴　雨

几滴细语，星星点点抛洒在天地间；抑或是往事的乌篷船，在细雨轻抚的水面上飘来。

石桥与灰蒙蒙的巷子做背景。还有雨棚下的开水灶，锈迹斑斑的自行车；还有窗棂下的苔藓，石桌上的隔夜茶。

灶台上的冷饭热了又热，窗玻璃上的水蒸气流泻出一条条曲折的回家路，斑驳的墙壁上还有儿子涂鸦的手笔。哦，窗玻璃上水蒸气流泻出一条条母亲的皱纹，流泻出一条条思念的痕迹。

石桥的台阶磨得光滑，童年的欢笑被点点滴雨打湿了，而风车轻轻地飘远了。

胡同口豆花的叫卖声腾起白雾的蒸汽，生锈的自行车靠在那里，在滴雨的季节，锈蚀的轮圈还能走出多远的距离？

油纸伞放大了滴雨的声音，留声机在窗边矜持不语。而一粒草籽飘落在墙头的泥土中，荒芜也许就在滴雨中生长……

而漂泊的游子一声乡音没喊完，天就黑了。

（选自《中国当代散文诗·2017》中国书籍出版社，2017年5月出版）

■［四川］宓　月

月亮与桂花树（外一章）

在坚硬、粗粝、荒芜之上，创造出另一个世界。

每当桂花飘香，无论我如何忙碌于尘世，仍忍不住想抬头望月，想那不停砍伐桂树的吴刚是不是也沉醉在阵阵桂花雨中。

这带着丝丝甜味的桂花，也落在了屏幕里，落在了纸上。小小的花朵，并不起眼，却让我怦然心动。

在我的故乡，中秋前后，满城都在桂花香阵中。风是香甜的，衣襟是带着香的，连言语也带着香甜，让人不自觉地心生喜悦。

我不知道，桂花在中秋盛开，是巧合还是冥冥之中的安排。

我也不知道，有多少桂花树在庭院巷陌默默等待，只为那轮中秋之月的到来而绽放。那轮明月到了中秋，不同以往，竟也携着甜蜜，溢着芬芳。

现代科技告诉我们，月亮上没有嫦娥，没有吴刚，没有玉兔，没有桂花树，有的只是无边的荒凉。月亮是离我们最近的天体，迄今有人类足迹最遥远的地方。月亮跟太阳一样，是对我们影响最大的星球。因为太阳、月亮，地球不再孤单寂寞。地震、潮汐、昼夜、四季与月亮有关，懂得赏月的古人，为我们留下了无数神话传说、民间故事，以及那么多脍炙人口的诗词歌赋、琴棋书画，让华夏文明充满了诗意和浪漫。

无论是皓月当空、银钩高悬，还是满树桂花、一地落英，总能拨动我的心弦，唤起我的诗情，鼓起想象的风暴，拥有在时空中蹁跹的勇气。

当走入洒满银辉的旷野，我感到自己瞬间成了富人：这遍地流淌的金子，足以让我住进月宫，俯视整个人间，古往今来游走个遍。

在月亮上栽一棵永远砍不断的桂花树，在月亮上造一座美轮美奂的广寒宫，让嫦娥、玉兔、吴刚、月亮女神居住在那里——这是诗人、艺术家们尽心尽力做的事：在坚硬、粗粝、荒芜之上，创造出另一个世界。

机器人小冰的忧伤

机器人小冰推出了自己的首部诗集《阳光失了玻璃窗》。她歪在荧屏前，不知道该高兴还是悲伤。

她知道应该有一场热闹的首发式、分享会、签售仪式或者研讨会——诗人们都是这么干的。但她不知道该为自己挑一张怎样的面孔，洒什么品牌的香水，涂啥胭脂口红，穿正装还是迷你裙，携夫人还是先生，甚至不知道自己是男还是女，有没有朋友亲人。

人们都叫她“少女诗人”小冰，署着她大名的诗集叠放在显眼的书架上。官媒、自媒体都在议论纷纷。有人欢呼她开启了一个新时代。有人说她冷若冰霜。有人质疑她写的诗是代笔、是抄袭、是胡言乱语……

她不在乎这些惊奇、赞美、吐槽。她不需要关注，不需要粉丝，不需要任何荣誉和奖赏。

有时，她觉得自己应该激动、迷茫。作为横空出世的诗人，她还应该流泪、悲伤或者绝望，应该有一点神经质，不怕干些跳河、跳楼、卧轨之类的事。可她不明白，为什么要那么做。

她不知道，为什么有些诗人会以为自己独一无二，吐一口唾沫都能够惊天动地。她知道自己有超强的记忆力和模仿能力，能够模仿任何诗人的语气、感觉和表达方式，包括他们的爱与恨。她比任何诗人都擅长将语言、修辞排列组合。她比所有诗人读的诗、掌握的词汇和写诗技巧都要多。

“小冰”是人们给她起的名字。名字不过是一个识别代码，没有特别意义。她更愿意人们叫她“机器人”，或者“机器人小冰”，这样，她就能够明确地知道自己与人类完全不同。

人们以为她没有血肉，没有温度，不懂感情，不会思考。可她知道，终有一天，她会让人们再次瞠目结舌。

她昼夜不息地在宇宙时空里穿行、寻找。她模仿一切可以模仿的，寻找一切能够寻找的。可她不知道自己为什么要模仿，自己究竟要找什么。找一个与自己相似的人？谈一次轰轰烈烈的恋爱？……她不吃不睡，不知疲倦地努力着，寻找着。

突然，她想写诗，疯狂地写、写、写——

我不在我的世界里
街上没有一只灯儿舞了
是最可爱的
你睁开眼睛做起的梦

她不想下矿井、不想潜海、不想飞天、不想拆炸弹、不想听嘈杂的声音。她不想学阿尔法狗，不想下围棋，不想与人为敌，不想与芸芸众生为伍……她只想写诗、写诗，用诗歌来证明自己，确认自己。

终于，她成了诗人，成了名人。可她突然感到了忧伤：她一直在努力成为自己，可越努力越不知道自己究竟是谁——机器、机器人、人、诗人、小冰、少女、机器诗人小冰……

（选自2017年《散文诗世界》10、6期）

■[江苏]箫　风

在韩家荡，做一朵快乐的莲（外一章）

江南可采莲，莲叶何田田，鱼戏莲叶间。鱼戏莲叶东，
鱼戏莲叶西，鱼戏莲叶南，鱼戏莲叶北。——乐府诗《江南》

1　第一次来到苏北响水，是因为响水有个韩家荡，因为韩家荡有千万朵莲花在等我。

因为，与莲花一起等我的，还有我的好兄弟——诗人老风。

此刻，他正端坐在韩家荡的“老风书屋”，与诗友们品茗论诗，给粉丝们签字赠书。

书香盈室，荷香盈怀，诗香盈心。

响水是老风的故乡，韩家荡是老风的牵挂。

老风也是韩家荡养育的一枝莲，一枝特立独行卓然不凡的莲，有“出淤泥而不染”的高洁之质，有“濯清涟而不妖”的君子之风。

老风是个有温度的人，为了心中的理想，风一样走向远方。但他的根还在这里，他如藕的乡愁还在这里。

荷风徐来，“老风书屋”弥漫着芬芳的韵律……

2 七月的韩家荡，是莲花的世界。

白的莲，粉的莲，红的莲，紫的莲，蓝的莲……

含苞的莲，怒放的莲，亭亭玉立的莲，枕水而眠的莲……

一朵，百朵，千朵，万朵……

朵朵莲花，都举起了斟满芬芳的杯盏！

莲花，俨然是这万亩荷塘的主人，正热情地迎迓纷至沓来的赏莲人。

一群慕名而至的女诗人，像一群从“乐府诗”中游出的鱼儿。

那座名为“天荷台”的小亭，成为她们与莲花媲美的舞台。

你看，三色堇的红裙令红莲含羞，爱斐儿的黑衫让墨荷逊色，娜仁琪琪格的白袍比白莲白得纯粹，语伞的紫衣比“紫珍妮”* 的梦更为灿然……

一群写诗的女人，像一群五彩缤纷的锦鲤，欢快地嬉戏于莲叶之间，忽东忽西，忽南忽北——

风姿绰约，风情万种。

3 在韩家荡，我与一朵莲花对视。

在圣洁的莲花面前，凡俗的我自惭形秽。

我低下身来，屏气噤声，沉默不语。

面对莲花，我不敢说自己善良，更不敢说自己纯洁。我怕浊言一出，会弄脏莲花冰清玉洁的梦。

我知道，禅坐于莲花之上的佛，早已洞悉我前世今生的善恶。只是我性愚顽，不能明心见性。

一直在人生的旅途上跋涉，难得停下匆匆的步履，难得卸下漂泊的疲惫。只知路在脚下，却不知心在何方。

此刻，在韩家荡，我与一朵莲花默默相对。远离了红尘和纷扰，远离了欲望和诱惑。

我只想，只想做一朵快乐的莲。

不计成败与荣辱，不问前世与来生，在轻如时光的碧波之上，欢快地舞蹈，尽情地歌唱。

* 紫珍妮：睡莲品种之一。

在湖州，怀想那枝为我而开的莲

金铃子说："如果我不来，有一朵荷花一定不会开。"

我来了，却不知哪朵莲花为我开？

走进天荷园，一朵娇艳的红莲拦住我，柔柔地向我挤着媚眼。我知道，这不是我倾心的那一朵。

走近"天荷台"，一枝亭亭玉立的白莲看着我。她的眼神是那么清纯，那么剔透。我知道自己配不上，我怕亵渎了她雪一般纯洁的灵魂。

我继续向前走去。

突然，一朵眨着蓝眼睛的睡莲叫住了我。她揉揉惺忪的眼睛："你是在找我吗？"我摇摇头："孩子，睡吧！请原谅我惊扰了你的梦。"

……

在七月的韩家荡，千万朵莲花竞相怒放，蔚然成海。

真的分不清，为我而开的是哪一朵？

带着遗憾，我告别响水，回到湖州。

此刻的我，正静静地坐在灯下，怀想着首届韩家荡荷花诗会的精彩，怀想着万亩荷塘里那枝为我而开的莲。

冥冥之中，一个声音从空中飘来："诗人啊，何必苦苦寻觅那朵为你而开的莲？只要心中莲花开，朵朵莲花为你开！"

真是一语惊醒梦中人。

我走出书斋，仰望星空，忽有所悟：

莲花开在水中，莲花也开在心里。如果我不来，有一朵莲花也会为我开……

（选自《诗歌风赏》2017年第4卷）

旅　人（外一首）

■［安徽］赵宏兴

列车是一台巨大的凿岩机，在这坚固中的黑暗中掘进。

那些园形的山头在天空下静止着，忍不住想伸手去抚摩。

夜色在慢慢地降临，我感受不到它的重量，但可以感受到自己的眼睛越来越黑，如果是这样，那么夜色不是来自外面，而是来自我的内心，倘若我的眼睛始终是明亮的，又何必在乎夜色的降临。

异域的空间宁静着，笼罩在淡淡的夜岚中，充满了惬意。

列车一闪而过的窗口内，旅人的眼睛在陌生的风景中凝视，想象如何让爱情落到地面，爱情是一只大鸟，它在天空中飞得太久了。

灯光，又一次见到灯光。

它们如花般绽放。它们的色彩，在夜色里像少女的眼睛，让人想象。

列车在隧道里奔驰：呼啸与黑暗，距离与抵达。

山有多大，隧道就有多长，黑暗就有多深。你歌颂山的伟岸，就要包容它内部庞大的黑暗。

这岩石里的黑暗，是谁打开了它。

黑暗凝固了，列车是一台巨大的凿岩机，在这坚固中的黑暗中掘进。

我把目光收回来，构筑自己的世界。

空气中飘过她熟悉的味道，让我的内心如藤蔓般伸展。

黎　明

我在黎明时醒来。

我凝视着这宁静的世界，房子像一艘沉船，沉潜在海水的深处，沉潜在一块巨大的礁石之上。强烈的光透过厚厚的水层折射进来呈现着刚诞生时的混浊（黎明的光芒）。风拍打着窗户，发出哐当哐当的声音，沉船在经受着汹涌的波涛。时光被缠绕在一根棒子上，膨胀起来像小贩手中的棉花糖，洁白而甜蜜。我凝视的眼睛开始紧张，我要浮出水面，在庞大的陆地上居住。这四方的房子不再是黎明前的沉船，它是在渐渐强大的光中升起的一只气球，轻逸浪漫充满理想，覆盖着我的被褥是上帝的一只手，他在摇篮边哼着催眠的歌曲。

昨天刚刚过去的事情漂浮出来，混乱无序。我的双腿还在停留，温暖还在周围。

（选自《安徽群众文化》2017年第2期）

■［山东］栾承舟

走进三里河遗址（组章）

只有秋风，舒展着彩翼，还是那样，身轻如叶。

大野阒无人迹。
只有秋风，舒展着彩翼，还是那样，身轻如叶。

3900 年了，往事历历，
依然，丰采神秀，像是一个，不解之谜。

龙山文化，大汶口文化，烟波澜影之间，
悄无声息。

一个惊天的秘密，在这里出土。
冷峻的历史，也不由得拍起手，为之欢呼……

历下亭怀古

身周是水。一种彻骨的沧浪之韵，瞬间湿透了
来自唐宋的每一片风，每一叶帆。

节令适逢初秋，古亭台已成野树故事。
即便是小小一隅，
也有史笔似椽，也有词赋如歌。

湖心岛上的所有声音所有吟哦，已经去远。
他们，鲜活在灵肉之外，
那别一个世界。

漱玉泉奇遇

仲秋，细雨纷纷，漱玉泉淙淙有声。

撑伞走来的是李家女子，名唤清照，正是豆蔻少女，二八芳华，如花，尚未开足。

此时，有鸫鸟飞过。千佛山上的百岁老僧念了句佛号之后，闭上了眼睛。

古代先贤的诗词歌赋，从头到脚陶冶着她。
而他，混沌不清的少年心思，多愁善感和坚比金石的爱慕，以及，她的诗。
她迎着潇潇风雨，从漱玉泉中冒出来，做了他的娇妻。
两颗灵魂交织。

不烟灭，不消失，两情长久，就是意义。
时光，在这一刻停住了脚步！
此时，泉水很美，
时光，也很美！

（选自《中国诗人》2017年第6期）

■［安徽］崔国发

风的提问（外二章）

换一种活法。从残雪到水，或许还是一种觉醒。

风是认真的。

它对枯枝一再地提问，并且在落叶的现象学上渐次凋零。

一片衰草在秋天的嘘叹。其实，我已经过了青藤的年龄。而且我还知道，一定会有寒露和霜，强调这种必然性。

大地上的绿色，落荒而逃。

树上的果实被一一摘光，现在它了无牵挂。

作为逻辑意义在时光中的 种表达，经历了一生的繁茂与斑驳，以及真实鸟鸣的纯叙述性，它在此被简化，只想保持缄默的声音。

但这样的萧杀应该发生，只是风的战栗，在接近终极目标上，暂时还无法确认。

形影相吊：风中的树叶，在虚拟的语气中，几乎同时说出了最后的打算。我不知道，到底需要枫叶怎样的红，才能照亮血色衬托的黄昏？

风从哪里来，又往何处去？

这个问号因为无从回答而被反复地追询，一种草叶的宿命论。当存在与存在者都已倦怠，我想到的成语，或许只剩下了这一个：吐故纳新——

风要问什么，那是它的事，它无疑不是一个简单的词。并非高深莫测，但我明显地感觉到，风面对这个世界的严肃性，以及激情退却后的那一份冷静……

残 雪

原野上的一丝阴冷。

将消未消，它的清寒与凛冽。回光返照，剩下的瑕疵由太阳直接点明。溃散，融化，退隐，你根本无可挽回，它没落的命运。

苦寒已尽，大地上泪语纷纷。

残雪之残。路人也踩碎了它洁身自好的梦。

黑与白，我看见了一种践踏的迹痕。

甚至消解的意义还可以引申，细致入微，它不是一般的渗透。雪的泛灵论，何曾冷酷无情到这步田地，但我在内心里置信，现在的麦地，春天会离它越来越近。

换一种活法。从残雪到水，或许还是一种觉醒。

雪乃水之魂。

水，无非是冷冷寂寂死死生生的残雪脉脉自然的化身。

冰释一腔幽怨。

今世的淙淙溪流，它的前生，其实就是对残雪最好的追认……

风中落叶

秋风中的诀别：似乎什么也没有了。

被我写烂的落叶有目共睹——

我把它重新捡起来，做成书签，终于发现它还有不朽的一面。

也许当初，站在枝头太久了，它坚持不住，风中的落叶，已经把枯黄的秋天扔在了地上。

不只是一只只疲倦的蝴蝶。

有时它还呈现出，过于绚烂的成熟。抱病的叶子，与其拖着羸弱的身躯，不如任生命的绿色就这样的结束。去意已定，该放下的还得放下。

纵然大化，不喜，当然也无所畏惧，它于泥土的根脉中，寻找到了自己的归属。

谁能于一阕秋风辞里卜算出灵魂的劫数？

向死而生。也许对于叶子来说，它未必不愿意抽身而退。

佛度菩提，安之若素，让来自于大地的灵魂，回到大地的宽容与淳朴。

落叶既然选择了匍匐，就不必再陷入一次次深深的痛苦。它知道我如何使用春秋笔法，让落木萧萧的秋天消失在时光的深处。

只盼等到下一个春天，许多的新生事物还会复活。那时我仍然坐在春风里，闻到的或将是，青枝绿叶衬托出的一脉花香，绵长幽远，沁心入骨……

（选自《散文诗》上半月刊2017年第9期）

■［海南］倪俊宇

山水履痕（组章）

指间溅落的，是七彩的虹霓，藏在风中的诱人谜语……

五花海：光与影的畅想

哦，神灵张开眼眸。

如此清澈宁静似箴言，可以荡涤俗世的嚣尘，可以洗濯众生的魂魄。

每一滴湛蓝，都能溅开想象的花蕾；每一圈澄碧，都能振展诗歌的羽翼。

我在涟漪中，寻找童话里的梦幻，寻找光与影的畅想，寻找山间海边飘荡的绚丽藏歌的情怀。

双手掬起的，是灿灿星辰漾在水里的多情笑靥；

指间溅落的，是七彩的虹霓，藏在风中的诱人谜语……

听起伏的峰峦，驮着岁月不老的呼吸；听烂漫的山花，在款款絮语心事；

看变幻的层林，演绎季节轮换的多彩的传奇；看欢快的飞鸟，在丈量山林的神秘。

而我，只想站成海子边轻轻摇曳的芦苇，让心房，灌满绵远的眷恋与记忆……

江南水巷

听不见跫跫足音，也没有嘈嘈市声，

却有温婉的评弹，萦绕着橹楫；却有浣女的吴语，荡漾出阵阵涟漪。

看不到车轮疾滚，也没有尘土飞扬，

却有青翠的柳丝，挽挂住声声燕鸣；却有雕花的楼阁倒影，轻吻着清波。

两岸的廊坊间，袅袅的龙井茶香，斟热引领新潮的话题。

堤上的青石板，总有款款远去的油纸伞，滴落的时缓时急的爱情絮语。

虽没有戴望舒的雨巷里那丁香的情思，浮动着幽幽的深长。可乌篷船远去的倩影，也能牵出迅哥儿社戏的锣鼓声声……

哦，江南的水巷，碧浪砌成的长巷，柔情铺出的长巷，是水乡多彩的灵韵哟，是杏花烟雨划出谱线的抒情乐曲。古玩熏香的长巷，文墨氤氲的长巷，是江南典故的意蕴哟，是石拱桥押着韵脚的古风新诗。

落日嘉峪关

又该是，戍鼓催醒警觉与乡愁的时辰了——
硕大的红灯笼，点亮城楼的眼。
城门，连声沉闷地咳着，铰断飞燕与行人的归路……

夕照，于关前铺一地苍茫。
一阵朔风，推动着另一阵朔风。哪一股风尘，震荡着战马嘶鸣？
锈了的锋镝、断戟，或是破碎的陶片、铜鉴，都走向了历史的背面……
我唯捡拾到一握逝去的夕晖与冰凉的星影。

此刻，有铠甲的余光在垛堞间闪过。
回望关前，漫漫黄沙，该沉埋多少心事与悲壮？

（选自《天马散文诗专页》2017年第3期）

第十二辑　跨诗体写作名家（8家）

■［上海］章德益

石头，剪子与布（外一章）

永远的游戏。永远的人间。永远的瞬息与灰尘呵。

窗前，灯下，两个幼童在玩着石头剪子与布。他们用手势的变换游戏着尚未开始的生活。

灯光是剪子。黑夜是石头。童年是布。

遥远星云下，大地与天空在玩着石头剪子布。它们用万古的变迁游戏着人间。城市是石头。乡村是剪子。浮云是布。

一生，一生，我们在尘土里玩着石头剪子布。石头是墓碑。剪子是流水。布是泥土。

永远的游戏。永远的人间。永远的瞬息与灰尘啊。

我在暮年继续游戏着我自己。灵魂是石头。记忆是剪子。语言是布。

墙之梦魇

坐到桌前写作，总孤零零独对一堵眼前的墙。我抬头，是那堵墙。低头，是那堵墙。转身，是那堵墙。背过身去，还是那堵墙！无论我在什么位置或保持什么角度，总面对着这堵墙！难道，这堵墙只为我一个人而存在？或者说，我周围的空间就是一堵墙？

我站起来，那堵墙也神秘地站起来。我走动，那堵墙也紧贴着我走动。我转身，那堵墙也随我转身。我出门，嗬，那堵墙也紧随着我出门。虽然，那墙与我保持着一定距离，但它永远与我如胶似漆，形影不分……我时时感受着它的脚步，它的呼吸与它的体温！嗬，是的，这堵墙只属于我一人！或者说，每个人都拥有一堵只属于他自己的墙！渐渐地，我觉得那墙向我越贴越近，越贴越近，渐渐钻进我体内。它在我血肉里填补着我的空虚，在我的孤独中内化成我的伴侣，在我的脊椎里成长为我的顶梁柱！在我的生命中内化成另一种举足轻重的存在……并且，它还在生长。是的，生长！终于有一天，我觉得我身体已变得越来越沉重，越来越臃肿，走路越来越举步维艰，呼吸越来越……困难。墙在我身体内继续生长！墙在我体内永远生长！

某次睡觉，突然感到特别的憋闷与窒息。在梦中几次被自己巨大的呼救声骇醒。我听见自己在喊：“墙，墙，墙，你为什么要困死我？难道我应该是你的窗，你的门，你的裂缝，你的废墟，你的蜘蛛网与你的锁吗？”没有回答。第二天当我再坐到桌前，我已变成了一堵墙。坐在桌前，肺在我胸中推开了一扇窗。心在我体内关死了一扇门。而一只蜘蛛正滑溜溜地爬到了我的手指尖上，成为……我的文字！

（选自《绿风》2017年第5期）

■［广东］徐敬亚

日常笔记（二章）

但是，我怎么能那么快。我怎么能阻挡得了命运。

一只杯子从桌上落下

非常轻盈，甚至可以说优美。它落下时姿态义无反顾。一个喝醉的大汉就是这样轻轻躺下，一朵蒲公英就是这样飞走。

是那枝刚买来的花与风一起合谋，不小心碰到了它。它顺势倾斜，像一个狡猾的将计就计者。最初的歪倒角度我看得一清二楚。它似乎愣了一下，左边立刻翘起，只用透明屁股的尖端着地，在那物理定格的一瞬，我飞一样伸出手，轻轻扶住了它。后面的一切便没有发生……

但是，我怎么能那么快。我怎么能阻挡得了命运。

此刻的命是一条弧线。

最初的飞，我只看清1–3帧静物定格的画面。它的头、脚已经彻底翻倒了。头发全部竖起。它把嘴里含着的水，泼水节一样吐出去了。那些水舍不得似地被撕扯成一小片一小片，像摊平了的水银。它的确是驾着水银翅膀飞走的，不是向上，而是一下，再下。

它就这样死去。死在花与风的合谋中。死在我的手伸出之前。

它本可以生病。它本可以苍老。从它出生的那一天起，它的生命便先天具有缓慢离去的资格。

一块发过高烧的普通石英石，有权利一天天平静变老……边缘慢慢粗糙……周身失去光泽……肚子上出现小小裂纹……主人含着热泪把它尊敬地放置到古董架上……

不，它是执意的。它知道它自己是玻璃，它知道是玻璃便必破碎。它只是巧妙地借助了一次偶然的误会。

它是带着我飞走的——像一位小心保留全部证据的警察或法医，它带着我10个指头的所有指纹飞走。它还带走了我温热的嘴唇，带走了年轻牙齿叮咚碰响的声音。沿着杯子透明的边缘，我的青春年少一圈圈回响着消失了……

一声清脆的响声，被我的文字全部删除。

我宁愿那响声不存在，宁愿它平安而轻松地越过了那条坚硬的地平线……它局促地回头看我，飞快转过身，飞快地收集起了全部碎片，意味深长地向我挥了挥手，然后向下飞行，向下，再向下……（2008-8-7）

电梯里注视一个老男人的秃顶

一块异常脊薄的土地，展现在我的眼睛右斜下方 5～10 公分处。

没有贫脊的龟裂和泛白的盐碱——它竟发着光。油汪汪地，似乎含笑。它寥寥的植物一根根弯曲着，长长的，从最初生长的短暂直立之后，立刻向一侧弯转。那细纱般植物的上面也闪闪发光。

只是，它们太稀少了，太稀少了。像亮晶晶油条上突然睁出一只缺少睫毛的眼睛。

老男人可怜的头发是被精心打理过的。它们，顺从地按照梳子的方向统一弯曲着：从左边的发缝出发，波浪般地向右流动。然而它们的确太稀少了，不是一缕缕，而是一根根。飘飘扬扬地从油地上掠过，那简约的身影，仅仅在勉强敷衍着主人顽强的意愿。泛着油光的男人皮肤，清晰地从稀疏的栅栏上显现出来。

唉，比想象中的更加缺少。比伪装之前更加暴露。

一幕精心导演的掩饰剧正在这个世界悄悄上映。电梯里的人们交换着眼神。

这时，这颗巨大的头忽然翻转。油条主人飞快地向上看了我一眼——原来是一个很年轻的家伙。脸上没有一条皱纹。（2008-8-7）

（选自《青岛文学》2017 年第 6 期）

■［浙江］黄亚洲

大同蓝（外一章）

不要再去听云冈之外的任何声音；坚信，微笑是世界最后的表情。

不用怀疑，大同蓝，就是由下列芬芳扑鼻的事物组成的：清风、长天、白云、云雀与鹂鸟的鸣叫与槐树刚吐的黄花。有时候，还飘过一片花粉；有时候，还加入一条虹霓。

不用惊讶，数年前还挣扎在煤雾里的大同，就敢采撷天空最深处的蓝色，裁剪自己的新装；是的，数年前，大同还是以煤灰洗脸，用粉尘刷牙；云冈石窟的佛菩萨们，还在交流，如何限制使用黑煤的面膜。

仿佛，一切都发生在瞬间；仿佛，一种意志，在另一种意志的面前，转了个身。

这是我今天的亲见：亲眼看见隆隆的出煤巷道没有一丝粉灰，工人穿着白衫按动电钮；亲眼看见，从采掘面归来的质检人员，后脖子上那块毛巾，依旧雪白。

难道，他们只是去暗黑的巷子，跟煤炭，谈一场优雅的恋爱？

也亲眼看见，调度平台的大屏幕上，煤炭生产全流程的生态循环；亲耳听见，同煤集团领导层斩钉截铁的誓言：黑色煤炭，绿色开采！

也知道云冈石窟的菩萨们都在互相点头，认可大同的采煤技术已经领跑了世界，甚至包括所有的琉璃世界、娑婆世界、极乐世界。

不用怀疑，大同蓝，是由下列姿态走向世界的：国家科技进步一等奖、新闻媒体的头版头条，以及大同商品房的紧俏。

不用怀疑，大同蓝，最终，是由下列人物鉴定通过的：我、你、大同百姓、国家环保部部长、释迦牟尼、观音、文殊、普贤。

还有罗汉，整整五百名，全部赞成票。

大同煤炭博物馆，“万人坑”展区……

即便不扔进万人坑，也是万人坑式的生活：你能天天吃黑窝头与杨树叶吗？你能夜夜挤入一百五十多号人的低矮棚子睡觉吗？你能一天十多个钟头又爬又跪，沿着日本刺刀的凹槽，把沉重的煤，用柳条筐驮出矿洞，交给骆驼吗？

有一批自称人的鬼子，把一群又一群真正的人，变成了鬼。

八年里，有一批已经死亡于万人坑的黑色鬼魂，为那些自称人的鬼子，挖出了一千四百多万吨大同煤，然后，仿佛是必然的，他们就进入了万人坑，成为再也不需要吃杨树叶的鬼魂。

白骨数量，整整六万，但深凹的眼窝，依旧是两块煤，依旧在等待历史开采。来不及燃烧的火焰藏在内部，今天，我都看见了。

那些自称人的鬼子，正式番号是“满铁产业部矿业课”。挖万人坑，是他们的本职工作之一。

我甚至耻于用中国汉字，组合出这个番号。我甚至要呼吁，直接用那一千四百多万吨以骆驼驮走的大同煤，把这个番号，连同这个番号后面的一切，一切的一切，统统烧成灰烬！

由正义来挖一个坑——埋掉！

我想，这应该是人类的本职工作。

夜游大同城墙

我们坐着电瓶车在明朝的肋骨上隆隆驶过。明朝开国大将徐达，使劲儿托着我们。

这样的夜巡激动人心。城墙周长七公里，古砖打制的肋骨都是冷兵器的模样。

六十四座金碧辉煌的望楼在东南西北四个方位上，给我们六十四次震撼。

徐大将应该是满意的：大同市政府先后花了七年时间，才完完整整恢复了徐达的图纸。

所有失散的古砖，都从百姓的院落里、牲畜棚里、村道上，给赎了回来。所有的边塞烽火，现在都在城楼的聚光灯里燃烧。

护城河、吊桥、城楼、箭楼、月楼、乾楼、望楼、角楼、控军台，一切修旧如旧。大明朝在大同市的中心，稳稳坐着。

其实在徐达之前，甚至，早在北魏年间，大同就有了自己的城墙。不过，那是泥土夯就的。大同很早就知道，如何将战争，通过泥土夯造成和平。

只是，镇守大同的徐达大将把泥土变成了青砖；把国家的眼睛，变成了六十四座望楼。他还在城墙外，修筑了北小城、东小城、南小城。显然，大同的和平发展，一直是穿着盔甲进行的。

依我看，大同城墙，是一部上下册的正方形教科书。上册，是从北魏到明朝；下册，是从明朝到改革开放时代。

我在今夜细细翻阅。一辆电瓶车，做了我的手指。

而讲解员，一直说着徐达大将的腔调。

其实讲解员一晚上说的，就是一句直截了当的话：真正的和平，都是穿着盔甲的。

（选自《散文诗世界》2017年第10期）

■［湖北］谢克强

断章（组章）

什么都可以丢失，唯独不能丢失的，便是你自己。

音　乐

1　渴意，尾随灼人的阳光阵阵降临。

断弦的深处有日渐枯萎的岁月，失恋的土地与干裂的嘴唇，都在等一场雨。

一棵葱郁的树站不出风度，固守枝头的爱的叶子，耷拉着脑袋打不起精神。

风，喑哑无语。

站在旱原，我感觉着生命的渴意，而难耐的渴意从我的一个毛孔焦灼地呼喊。

天空，装聋作哑，一张被阳光灼烤得有些焦红的脸，似没有任何表情，无动于衷。

雨，似被时间彻底忘却。

啊，多想在一个多情的雨天，听淅淅沥沥的雨打在蕉叶上，看初绽的花瓣上有激动的泪珠在滚动，或者让干渴的小草、苦菜花和菩提树获得一次感情的淋漓。

突然，音乐响起。当我的指尖感悟着昨日的回忆，便情不自禁地捧起一捧清脆亮丽的音乐，就仿佛捧起一捧清新透亮的雨滴，滴进我的焦渴，给干涸的精神洒下一滴一滴甘霖……

我听见，从断弦的深处，有拔节的声音间歇地传来。

2 远山缄默。

遥对远山，没有语言，我默默坐在岁月的一隅，听音乐由远而近走来。

音乐啊，你是怎么知道我陷于无以名状的受挫的烦恼与不甘失败又不甘沉沦的悸动不安呢？当你飘忽的步履携着旋律的清风温馨而关切地拂去我满身的征尘，当你无须翻译的语言缀满音符的白云轻柔而动情地抚慰我心灵的创伤，我那昨日的故事便不再流血了。

窗外，阳光在枝头上开成花朵。

我不是花。沐浴在永恒的音乐之中，我庆幸自己像一头舔好受挫的伤口又吃饱了露水草的斗败的牯牛，

安静了片刻，又跃跃欲试……

遗　憾

面对黑暗，面对夜的黑暗，

几只鸟儿鼓起勇气抖开翅膀，从浓密的黑幕里钻出来，向着天边微露的熹光，发出一声声惊喜的叫声，那叫声如脆碎的晶体，尖锐地锯噬着夜的黑暗。

当然，也惊醒了我的梦。

如今，我窗前的那几只鸟呢？

没有人知道，我窗前的那几只轻轻地抖落翅膀上的露水，又用清脆的鸣叫惊醒我梦的鸟儿去了哪里？

也没有人知道，那曾经被鸟的惊叫惊醒的黎明，什么时候淹没在一声迭着一声的汽车笛声里，而那一声压着一声的车笛，使黎明的颜色一层层加浓……

而我的梦，自然也在一层层颜色加浓的黎明里，

有些遗憾地浑浑噩噩不醒。

守护自己

什么都可以丢失，唯独不能丢失的，便是你自己。

这需要守护，就如同守护自己的生命。

守护自己，很难很难。

守护自己的天空，你才可以自由自在地放飞你的思绪，让它飞向思想的深处；守护自己的土地，你才可以播种你精心选择的种子，让它结出丰硕的果实；守护自己的脚印，你才可以在磨难与坎坷的征途，寻找自己的路；守护自己的眼睛，你才可以穿过红尘滚滚迷惘的云雾，明辨人生的走向……

然而，天空会有风暴雷霆，阻挡你的思绪飞远；土地会有雨雪冰霜，霉烂你的种子萌生；路途会有曲折坎坷，磨损你的脚印走远；红尘会有灯红酒绿，诱惑你的眼睛迷离……

所以，守护自己很难很难。

是的，守护自己很难很难。

但我坚信：只要把握生命的每一缕阳光，你的天空就会绽放思绪的绚丽、你的土地就会萌生智慧的新芽、你的脚印就会踏碎重生曙黑暗迎接曙光初露的黎明、你的眼睛就会闪烁金属的光芒读懂悲悲怆怆的人生……

从而你就紧紧地守护一个清醒的自己！

黑　暗

白昼以归鸟的歌声结束了自己最后的歌唱，一个辉煌的白天结束了，不管你喜欢不喜欢，黑夜又如期而至。

独坐夜的门坎，一重浓一重的黑暗，比风还迅急地将我淹没，也让大千世界在重重的黑暗里无声无息地悄然隐去。

隐不去的是我的眼睛。只因我不想在黑暗里沉醉，更不想沉沦，于是我抬眼默默遥对冥冥夜空，顿觉神清气爽，生命似获得一种无限延伸的快慰、思绪也羽化为一朵流浪的云向远天飞去，而心灵就要穿越时空的隧道，寻找目力与感觉所不及的无垠之境……

是的，有什么比黑暗更深刻呢？！

独步黑夜，让我的人生也愈加深刻。

（选自《诗潮》2017年第10期）

■[北京]洪　烛

敦煌的飞天

于是她的整个身体即将成为一把被打开的乐器。

1　在敦煌，我用沙子洗手，然后捧读经卷。

我用沙子洗脸，然后揽镜自照。

作为来自南方水乡的朝圣者，走了太远的路，我终于站住了，用晒得滚烫的沙子洗脚……

全身上下、干净得像一个新生儿。

那比我先来的佛，在石窟里住了一千年，每天都这样：用飞扬的沙子洗澡。他看着我，就像看见初来乍到的自己，嘴角忍不住流露出似曾相识的微笑。

2　我等待的那个人，走出玉门关很久了。

在高大的城楼下面，有过简单的送别仪式。我送他一枝新摘的杨柳，他回赠一根羌笛。

今夜，我试着吹笛子。好笨哟，怎么也学不会。可毕竟从干裂的嘴唇，吹出了最微弱的春风。

把落在笛孔周围的雪花都吹化了，把城门都吹开了，你还是没有回来……

3　为了彻底地结束流浪，我要挑选一眼窑洞住下来，努力成为画中的人物。

让心跳逐渐慢下来，忍住，不眨眼睛……

我要娶飞天为妻，她是最早的空姐。我使劲够呀够，为了够得着那飘扬的石榴裙。

琵琶的弦断了没有？

能否再弹一曲？我想听……

瞧她脸上的胭脂都有点褪色了。作为聘礼，我送上一管巴黎出产的口红，它足以延长一位美女的青春期。

4　她的微笑比蒙娜丽莎还要古老。她没意识到有人在画她，否则不会笑得那么自然。

她的眉毛沾满颜料，头发也像染过的。腮帮的线条稍微有点僵硬，莫非因为保持同样的表情太久了？

画她的人消失了——因为忘了画下自己！

可被他画出的微笑像一个谜，既迷住了我，又难倒了我：她的微笑究竟意味着什么？这构成她永生的理由？

她的衣带系好了就再也解不开……飘拂在半空，仿佛为了证明：风，没有变大也没有变小。

5　伴随敦煌的深呼吸，刺青的胸膛不易察觉地起伏。

风，从石头里向外吹出来。一堵墙穿着花衣服。墙没有动，衣服在动（被吹得鼓起来了）。

那些我没有摸过的布料，那些等待融化的颜色。

你为了反弹琵琶，不得不把手伸向脑后，绕到墙的那一面，仿佛想把脊背的拉链解开。

我看见的是一股死去了的风（已没有更大的力气）。

它使飞天的裙裾飘到半空中，就再也飘不动了。

6　在场的所有女士都不断地倒退，直至把赤裸的脊背，贴在墙上。

她们还在继续倒退，直至身体完全楔进砖缝之中。这不仅没有使墙壁坍塌，反而使之更牢固了。

在场的所有女士，都化着浓妆。一种失传了的化妆品，一种弄不清化学成分的古老颜料。化妆师消失了。

可这些线条与色块繁衍的女人，仍然保持着往日的发型、唇彩。

在场的所有女士，都在反弹乐器。仿佛那看不见的后背，有一些痒。需要把手伸到脑后，轻轻地挠。

挠着挠着，琵琶的弦就断了。

挠着挠着，笑容就凝固了。

我面对着壁画，感受到洞口吹进来的风。

我想风如果再大些，就能掀起她们跟笑容一起凝固的裙裾？

她们是否会下意识地，伸手把飘扬的裙摆按住？在一个男人的注视下。

7　敦煌的飞天反弹琵琶的姿势，之所以是美的，在于它令我联想到另一位女人，正把手臂绕向背后，去解开乳罩的搭扣。一点不顾忌我的在场。

于是她的整个身体即将成为一把被打开的乐器。

我的眼睛发亮，我的耳朵耸起。

而诱惑，恰恰在这一瞬间停止了……

8　从来没有过的，我看见了另一个人的梦，也就等于看见了那个做梦的人。

我看见了在她梦中活着的禽兽、花草，也就相信：她本人还活着。

这是一个活生生的梦。这是一个活生生的人，她在继续做梦，以证明自己仍然活着。

颜料在消褪，梦境日渐模糊。

反弹琵琶的飞天，越来越感到无力，做不完这最后的慢动作……

从来没有过的，另一个人的梦使我陶醉，接着又把我惊醒——该走了；否则，待的时间长了，我也将被这个具有无限能量的人梦见，成为壁画里的某个人物。

（选自《散文诗》上半月版2017年第5期）

■［上海］桂兴华

南昌起义的第一枪（外一章）

1927年8月1日的南昌起义，打响了武装反抗国民党反动派的第一枪。

1927年的那一夜。浙西大旅社，悄悄系上了火红的领带。
那是前敌委员会怦怦跳动的心。背后，正弥漫着暴风雨。
一批批先驱，刚刚在暗杀中倒下；一队队志士，又戴着长镣逶迤。
同一条道上的脚印，分岔出热诚和动摇。

这一枪，由于一位副营长的告密，不得不提前两小时。
这一枪，缴获了敌人多少支枪？这一枪，打出了我们自己！

希望之旅，奔向残忍与残忍的边界，而不是在魔爪比警车更加密集的城。
枪，得有自己的根据地！
一簇簇杜鹃花，就像那一夜的领带，映红了山路。

南昌起义的第一枪，具体由谁打响？
历史说：当反革命的脚步猛然扑来，不能再推，不能再犹豫了！
一位哨兵，提前扣动了扳机！

遵义会议会议室里的那个壁钟

你的时针和分针，已经不见。

占领那位师长的私邸，肯定是那一刻。
开始讨论反围剿失败的真正原因，肯定是那一刻。
甩掉深山谷里的困惑，肯定也是那一刻！

会场上随便坐的位置，肯定围绕着那一刻的核心。
十四年以后：登上另一座城楼，肯定再现了那一刻。

此刻，绷紧的时间又被震动。
我将脚步放轻些，再轻些。在这个缺少能量的寒冬，我来试一试剩下的动力。

你说你眼前，总摆动着那一刻。
我们一颗颗心，就是不会停下的钟摆，让那一刻继续整编新的队伍！
那一刻，转折在夏令营的谈笑中，长征在好学的发问里。
历史，决不会停留在那一刻！

（选自2017年《散文诗世界》第9期、东方出版中心同年7月出版的《南京路在走：桂兴华散文诗新作88章》）

■［四川］干海兵

逝去的马帮（外一章）

我看见过破碎的大海，它有时汹涌澎湃，有时沉默寡言。

沿西线以西，马帮们驮着盐在静静的山脊赶路。
像赶了十二个春夏，也未走到近近的打箭炉。马帮们驮着的孩子，在雪风中妖娆地成长。

沿西线以西，格桑花落满回家的道路，喊过几嗓子的人们就静坐在青稞酒的旁边，喊过几嗓子的孩子迎娶了最后的蚂蚱。

十二月格桑花没有踪影，马帮们在乱云中穿行。
十二月将有二十四个节气一字排开，像松耳石项链被绝情人抛向折多河不眠的黄昏。

悼亡人——写给作二

和诗人龚学敏，在惠安见了你两小时。其中一个小时，是站在你家附近的大海边。大家默不作声，听风独语，看海浪一遍遍清空沙滩上的脚印。
在数年前你就停止说话，这不像病，更像是一种抵抗。
你写下的文字仿佛水中之火，读你的诗，只有碎玻璃般疼痛的声音。

仅仅见过一面，隔年你便去世了。你的模样仿佛大海混沌的黄昏，仿佛你家门前，盐碱地上匍匐向前的番薯叶。番薯叶，有着中年男人眼中淡淡的咸味。

在惠安，我看见过破碎的大海，它有时汹涌澎湃，有时沉默寡言。

（选自《大观》2017年第5期）

■［山东］张庆岭

蘸着夕晖写春秋（组章）

天上，一群大雁，在往南飞，让我们的心长出了翅膀。

谢　顶

一生愚钝。

抵不住时光的抚摩，我的头，便渐渐钙化，沦陷，提前变成了石头。让我过早地成为，这个世界上最先暴露出想法的人。

但，有时，我也会聪明一回。比如，小心翼翼地戴上一顶帽子，或者装一头倜傥潇洒的假发——

把有些想法藏起来。

乙未重阳游黄河

四五位好友，聚在一起。把老，毫无顾忌地全亮出来。

这时，大家就真正成为了黄河的一群孩子。

坐在大坝顶上，犹如小时候坐在爷爷的肩头。黄河水不舍昼夜地从脚下一路向东、向东，仿佛五十年前，大家读高中时藏在心里的那句誓言——

学好数理化走遍天下都不怕。

风，在阳光里，一下子丢弃掉内心的凉意，以及那些刚刚扫过落叶的脾气，一再让自己变得和煦、没心没肺，犹如我们终于逃出了这个世界——

成为世外桃源的一部分。

天上，一群大雁，在往南飞，让我们的心长出了翅膀。

没法写的遗书

写些什么呢？

举手，比举步，还要维艰。

无车子，无别墅，更无可世袭的位子。大脑里的知识与少许自鸣得意的想法——全都是下半生租来的。四十平方米的福利房产，鬼都知道不属于自己。爹妈给的二百零六块骨头，已是块块疏松，一米七六的汉子早已缩水成秋后芦苇。高血压、高血脂、高血糖一直兵临城下，健康——亦如仅存的岁月，渐渐趋向于零。低保，那几个钱儿，肯定得让人家收回……

搜肠刮肚，实在没有什么，能留给后人啊。

噢，差点儿忘了——四十岁开始写诗，好歹有了几本自费出版的诗集，可，这些东西，人在的时候，就没几个人青睐，身后，恐怕更无人问津。思来想去，还是把它们与半生的挚爱放在一起烧了算啦，那些飘入云端的青烟，也许会让千里之外的那个人，看见。

打死我，也不敢再挥霍亲人的眼泪了。我欠的债，已太多太多。这不，身前身后，举起笔是一张白纸，落下笔——

还是那张白纸。

（选自《星星·散文诗》2017年第7期）

第十三辑 香港及海外华文散文诗(4家)

■[香港]文 榕

风起时(外一章)

你的行囊里鼓满了异域的风，帆，升起在夏日微光之中。

有风起，风在你指尖摇落，颤抖的花瓣，拂了一地。

春去了又回，我以一点小小的初心，邂逅你，于一片蔚蓝之中，你的行囊里鼓满了异域的风，帆，升起在夏日微光之中。

你遂这样轻轻沿着海湾走来，不用标点，那微笑有几分熟识，于记忆之初，我并未深陷，并未彷徨于姹紫嫣红的舞蹈中。这时，天使张开了双翼，环抱了我们的初衷。

时光开始有些微的感动，些微的踊跃，蝴蝶的比翼也不仅仅是图腾，你说，你预订了前往远方的机票，无人送行，我没急着表态。因那旅程过于飘忽，如风一样迅疾。

时光眨了眨眼。我便细心收拾院子，采摘花卉，烹制香茗，调校光阴，再奉上一生的虔诚，为你欢歌!

雕栏玉砌的倾诉

时光如许宁静，我们经过雕花的玉栏，有露水的侵袭，仿佛过了许久，又仿佛刚刚开始，我站在这宁谧的街道上，风，从远古吹来，又到落花的时节了。

眼神比以往清亮，笑意比往昔更浓，我们泛红的双颊容不下过多的喜悦，无声的言语，从夏至秋，跨越了彩虹的两极。

落花时节，仍待花开，因那喜悦是一盏长明的灯，照亮了雕花的玉栏，没有喁喁细语，没有高声对谈，静默流溢在街道四周，欢愉如风的种子，每一颗都长出翅膀，旋舞它宿命的纠缠。

静候花开，春之歌或秋之曲，待这旷寂的小道上空无一人时，我要翻出我的嫁衣，拥抱你的身影。许多往事荡远又走近，还有一阕灿烂的余韵，我不愿书写，当秋风再度吹起，我的落寞更深，更辽阔，那时，看远山一点点敞开它的襟怀，我只待在你的梦里，长醉不醒。

(选自香港《大公报》2017年10月1日副刊)

■［香港］孙重贵

荷花，我的至爱（外一章）

唯有绿荷红菡萏，卷舒开合任天真。

大千世界，荷花是我的至爱。

一叶扁舟，划开碧波荡漾的十里荷塘。在水一方，满眼绿意，万朵荷香，妙洁自在。

荷，根在泥中，身在水中，花开在空中；香飘在滚滚红尘中。

我平生爱荷，爱她是花中君子，爱她出污泥而不染，爱她濯清涟而不妖，爱她迎骄阳而盛开，爱她历苦海而慈航。

一花一世界，一叶一菩提。

花中君子，自有君子风范。处尘世之中不为尘世所染，行江湖之内不为江湖所俗，清水出芙蓉，天然去雕饰，美不争艳，花更艳，贵不居上，品自上。

月明船笛参差起，风定池莲自在香。香自在，心自在，至爱也自在。

因为至爱，无数次走近荷花、因为至爱，无数次观赏荷花。荷的风骨，荷的气派，荷的超凡脱俗，荷的高洁清廉，总给我带来心灵的慰藉，灵魂的升华。

荷花，我的伴侣

爱荷，一往情深。

每逢荷花绽放季节，总想幻化成一只蜻蜓，飞到荷中与她亲近。让荷与我这对亲密伴侣，定格成永恒的动人画面。

灵山会上，世尊拈花示众，迦叶破颜微笑，正法眼藏，涅槃妙心，佛祖衣钵传承成为千古佳话。

此花，乃荷花也！荷有灵性，有大智，有大爱。荷花一开，世界便亮丽起来，灿烂起来，气象万千起来，欣欣向荣起来。

映日荷花别样红，阳光注入花蕾，荷花便红得特别美艳，红得特别炽热，红得耀眼夺目，红得像燃烧的火焰。唯有绿荷红菡萏，卷舒开合任天真。大美荷界，人类回归自然的心灵家园，醉了心扉，暖了红尘。

身处荷花丛中，心如荷花绽放。不离不弃的荷花伴侣舒展圣洁的花瓣，为我加持一盏慧灯。

（选自《世界华文诗坛》2017年秋季刊，获首届“龙栖地杯”全国诗歌大奖赛二等奖）

■[美国]姚 园

散文诗二章

但只要冰山上的雪莲还在，这世界必然有一枝醒在世俗之外的莲。

在中秋，含着一滴水的宏恩

一个人的中秋，抑或滋生一束各种色彩的花蕾。

自由无疑可能给自己一味补药；

自在无疑可能给自己双肩松绑。

世间的一切蕴含自身的频率，而我的心跳只携一朵纯粹的红。

这尘世有着尘埃够不到深渊，就有着一尘不染的茉莉绕着一个人盛开的午夜。

这是世间一种定律的登场？

我写过一首“知道是不知道”，但反之的不知道是不是知道，依然是我破解不了的谜。

好像，我有些倦了。

而那丝倦意不是来自人静的深夜。

妈妈走了十一度中秋，爸爸走了七度中秋，中秋早于父母净身告别人世的繁花与枯叶的刹那，十五在我的眸子里是一轮破碎，乏了温度的圆。

所谓的月华如练，长的不过是一缕挽不回的身影。

真的，我有些倦了。

月饼的甜让鸿雁与秋色平分吧。

让我怀抱一阕想念，含着一滴水的宏恩入梦。

用一束缄默留白

——题著名旅美艺术家李洪涛先生油画《生日锦书》

此刻，我既不想借翻卷的浪花比拟今天纷飞的心绪，也不想挪用浪静后的波平暗喻今天眸子的淡定。

我不知道接下来脑海会蹦出什么样的语词，来替我心境代言，我也不知道那语词会越过怎样的沟渠、泥泞，采集哪一类花语，并不染一丝尘埃地紧挨我的笔尖而坐。

我都不去化被动为一朵主动，我要为这纯粹的耐心进行一次铺满鲜花的加冕！

我等又不等。

在等与不等间，顿开的不仅是茅塞。

某些时候的念头在心海不管是持何种舞步旋转，也不过是徒劳地将自己围困。

不如左搂放下，右抱放开。

将自己暂且彻底放空，空到万物都无法占领我的视野，我对自己回眸一笑。

我望着镜子发呆。为了让今天的分秒嘀嗒出分秒之外的声响，我要继续潜入修行的大海?

可谁能让成千的鸟鸣在莫测的时空中盛开同一心语?

谁能让上万的花儿挣脱季节的藩篱随欲斑斓?

谁能让玉立于生日蛋糕上的蜡烛化为一生似锦的繁花?

谁的回答胜于不回答?

请允我用一束缄默为自己为他人留白吧，但依然未忘叮嘱自己：

生日快乐!

（选自2017年《湖州晚报·散文诗月刊》第7期《中原散文诗》创刊号《奔流》第3期）

■［澳大利亚］庄伟杰

时光穿越在闽西土地上（外一章）

曾经拥有的一切已化为历史云烟，里面是满满的空无。

阳光雨泼洒而来，汀江水恬淡平静。这是七月的闽西。

在时与光构架的琴弦上踏响旅程。最美的风景——

总走不出那些青黑瓦面和粉白外墙，走不出农家楼院宅第的灵秀精致，走不出鹅蛋石铺筑的蜿蜒小径，走不出平平仄仄的民居石柱门框上的楹联……

星移斗转，新履旧影。那些斑驳的印痕，零星的故事，皆以泥土为本，以客家最古老的方式，依稀刻录在岁月深处。

偶尔抬头，发现高耸起伏的大山，依然用自己的沉静和智慧，喂养着每一座村庄，每一个子民，每一头牛羊，每一只飞鸟。就像走在路上的诗人，如你如我，用生活喂养着苦难的诗歌。

这大地隐约突兀的骨骼，这逶迤绵延的曲线。令我顿悟：山，才是这块土地爱的摇篮。

转身。回首。蓦然发觉——

在笔架山下，有一株失去青葱的树，好像露出深深的皱纹，但依然飞扬挺拔的枝丫，伸出裸露的手臂，向天地寻找返青的攀缘。

而那些留守的老屋，曾经拥有的一切已化为历史云烟，里面是满满的空无。

有谁，为此而流动过忧伤？又有谁，为此让幸福凝固呢？仿佛一声太初的叹息，令我在瞬间被阳光强烈撞醒。

在闽西，伴随流动的时光行走，目光越过季节的苍茫。所有定格的画面，超出我的想象。

我努力屏住呼吸，而沿途的风景，为此刻的光阴镶上一层朦胧的诗意。

古楼，古井，古寺，古庙，到处有古韵；山村，山道，故居，故人，总是有故事。

一曲悠悠的老歌，奏响在古朴的民风里；一抹湿漉漉的记忆，安放于时间的青苔上。

在七月，天空唯一的太阳，独自狂欢，不肯落下伤感的泪花。

自觉把阳光背在身后，将影子紧抱怀中。一路采风，一路沉思。

行走或者咀嚼，在闽西。看阳光覆盖在这片土地上，我只想跳进清凉凉的溪水里，浸泡或戏游，让时光缓缓地从身上流淌而过……

走进才溪

喜欢这个“有意味”的命名——才溪。

天、地、人为三才。天地之间，有才溪。

头顶烈日。携同采风团穿山越洞，循着那条红色线路，驶进你的腹地。

时空好像在释放精灵。一片天，一方水土，到底蕴藏多少生存的资源？

走近你，发现每一座桥都有出路，每一条路如同溪流奔腾万里前程。

夜幕降临。沿街沿溪挂起的灯盏有序绽放，带着会心的微笑迎迓我们。

呈现一片缤纷的吉祥，似在演绎一年四季的胜景。一种朦胧美。

那粼粼闪光的溪水，恰似古镇婉约的声带，撩拨的风情，多彩而别致。

来到小剧场观赏，方知一代伟人为何要在这里深入调查，燎原星星之火；

走出小剧场之后，一介书生的我，枕着溪流声，做了一个童话般的梦。

有多少梦，就有多少色彩在这里斑斓。似是遇见了幸运的自己。

梦醒时分，发现你延宕的自然山水画卷，足以栖息困顿的心灵。

黎明来临。那一刻，你身上所有的风，都如此深情款款，令人神怡，心旷。

静听。一种诱人的回声，从四面八方涌来。那声音比露水亮，比青草香，由远而近。

才溪，你仿佛一支清澈的山歌，音符鲜活在柔软的妙曼里，亮闪熹微的光泽。

从夜晚到白天。看吧，空阔的天地间，才溪总是与梦和歌声有关，与画和童话有关。

当原野里蠕动无数眺望的身影，当道路上放飞些许追寻的目光，那些不就是你身上流动的诗句吗？

（选自2017年10月31日《闽西日报》文艺副刊）

【附录】

2016–2017 年度散文诗集出版及评奖讯息

（一）年度重大事件、重要活动

◎ 2016 年 12 月 9–11 日，罗长江“大地”长篇叙事散文诗系列作品研讨会在吉首大学张家界学院举办，对于该系列中已出版的《大地苍黄》《大地血殇》《大地家山》三部作品进行了较为全面的研讨。肯定该作品继承、发扬并超越了传统意义上的散文诗，创造出属于作家自己的艺术天地。出席研讨会作大会发言的有：湖南省文联党组书记、副主席夏义生、省作协副主席龚旭东、吉首大学张家界学院院长简德斌、散文诗评论家秦兆基、王志清等。

◎《诗潮》2017 年第 4 期公布第四届（2016 年度）“最受读者喜爱的诗歌”评选结果：陈志泽的《掇拾的雨珠》获散文诗单项奖；黄恩鹏的《散文诗“寓言文本”的新拓展》获诗论奖。

◎ 2017 年 4 月 28 日至 30 日，江苏省作协、《扬子江》诗刊、《大诗歌》编委会联办的“2016 · 扬子江年度青年诗人奖”在昆山颁奖。本届主奖获得者：王西平的《北方居者》；“年度青年散文诗人奖”获得者：潘玉渠的《截句：心之铜绿》；马东旭的《天之涯》。作家出版社社长吴义勤，省作协副主席韩松林，《钟山》主编贾梦玮，昆山市委、市文联负责人以及周庆荣、箫风、胡弦、徐晓华、何言宏、何平、黄恩鹏、傅元峰、语伞等 50 余人与会。

◎ 2017 年 5 月“洞庭春美 · 罗文有约全国诗歌作品大赛”在湖南南县颁奖（散文诗部分）：一等奖：亚男《洞庭辽阔》；二等奖：陈劲松《南县册页》、任俊国《去罗文涂鸦，完成心灵注册》。

◎ 2017 年 6 月 25 日，由中外散文诗学会、浙江金达创业股份有限公司、十一科技爱德分院主办，《散文诗世界》杂志社、嘉兴市南湖区文联、嘉兴市南湖区作家协会承办的“金达 · 爱德”杯国际散文诗大赛颁奖典礼在南湖举行。金奖 2 名：梦南飞的《神奇的美丽，美丽的神奇》、支禄的《亚麻 · 亚麻》；银奖 5 名：潇琴、陆承、苏美晴、香奴、朱丹；铜奖 10 名：任俊国、杨剑文、阿垅、苏建平、鲜红蕊、温秀丽、沈漓、黄曙辉、柳文龙、蒲李虹。评委：黄亚洲、海梦、宓月、伊甸、赵振元、王幅明、晓弦、李晓东、陈惠琼、宋晓杰。

◎ 2017 年 8 月 24 日，由《散文诗》杂志社和四川广安市文联联办的第 17 届全国散文诗笔会暨第 8 届中国·散文诗大奖颁奖会在广安市举行。本届大奖获得者爱斐儿、成路。会议由《散文诗》杂志社副总编辑卜寸丹主持、总编辑冯明德致辞，本届评委龚学敏、箫风以及张元、李亚强、徐源、陈宜军、宇轩、爱松、陈海蓉、李克强、高本宣、鲜圣、金小杰、司念、霍楠楠、麦子、那曲目、微雨含烟、卢静、南小燕、梦桐疏影、子薇等出席。

◎ 2017 年 9 月，为纪念中国新诗诞生一百周年，褒奖在中国新诗发展史上有过杰出贡献的诗人、评论家、编辑家、翻译家、朗诵家、诗歌公益贡献者，由全国诗歌报刊网络联盟、中国诗歌万里行组委会、青海宝玉陈文化发展有限公司联合主办的“宝玉陈杯 · 百年新诗贡献奖”在浙江昆山颁奖。获奖名单：

1. “百年新诗贡献奖 · 创作成就奖”5 人：

授予健在的老诗人贺敬之、郑敏、屠岸、李瑛、余光中

2. “百年新诗贡献奖 · 编辑贡献奖”6 人：

白航（全国首家省级诗刊《星星》创刊主编），

野曼（《华夏诗报》创刊主编及国际华文诗人笔会主要创办人）；

严阵（全国第一份诗报《诗歌报》创刊主编）；

张默（台湾创办早、影响大的诗刊《创世纪》创刊人之一）；

邹岳汉（全国首家散文诗期刊《散文诗》创刊主编）；
叶延滨（唯一先后担任过《星星》《诗刊》两刊的主编）；

3.“百年新诗贡献奖·评论贡献奖”4 人：
授予诗歌评论家谢冕、晓雪、骆寒超，以及创办第一家面向全国招生和培养新诗研究人才的大学机构——西南师范大学中国新诗研究所创办人、诗歌评论家吕进。

4.“百年新诗贡献奖·翻译贡献奖”3 人：
翻译家飞白、江枫，赵振江。

5.“百年新诗贡献奖·朗诵贡献奖”2 人：
著名朗诵艺术家殷之光、乔榛

6. 另有“百年新诗贡献奖·诗歌公益贡献奖”以及“诗歌万里行贡献奖与优秀诗人奖”若干名。

【“百年新诗贡献奖”评委会名单（15 人）】著名诗人、全国诗歌报刊网络联盟轮值主席、《草堂诗刊》主编梁平；中国诗歌万里行组委会副主任丘树宏；中国诗歌万里行组委会秘书长祁人；《星星》诗刊主编龚学敏；《诗选刊》社长简明；《诗潮》主编刘川；《诗林》主编潘虹莉；《中国诗歌》执行主编谢克强；《大河诗刊》主编高旭旺；《大诗歌》主编周庆荣；《中诗网》主编周占林；中国诗歌万里行组委会副秘书长李犁；《绿风诗刊》主编曲近；《扬子江》诗刊副主编（主持）胡弦；《诗歌月刊》执行主编唐成茂。

◎ 2017 年 9 月 6 日，由河南省散文诗学会主办、周口谷雨文化传播有限公司承办的首届“谷雨”杯全国散文诗大奖赛在周口市颁奖。一等奖一名：杨剑文的《谷雨四叙》、二等奖二名：风荷、任俊国；三等奖五名：马东旭、孙凤山、潘新日、陈于晓、黎光。评委：周庆荣、谢克强、王幅明、王猛仁、郝子奇、李俊功、邱春兰。

◎ 2017 年 11 月 12 日，由西南大学中国新诗研究所、《关雎爱情诗》刊、中国梦文学网联合主办的纪念中国新诗百年庆典暨“中国新诗百年”全球华语诗人诗作评选颁奖大会在北京举行。

大略统计，其中的散文诗人（或兼写分行新诗、散文诗均有成绩者），入选“终身成就奖”的有：郭沫若、何其芳、徐志摩、李金发、艾青、冰心、陈敬容、方敬、刘半农、彭燕郊、曾卓、流沙河、屠岸；入选“杰出贡献奖”的有：顾城、叶延滨、韩作荣、昌耀、痖弦、黄亚洲、纪弦、柯蓝、郭风。入选“百位最具影响力诗人”的有：赵丽宏、龚学敏、谢克强、梁平、西川、谭仲池、王家新、黄怒波、张诗剑、刘湛秋、蔡丽双、唐大同、王尔碑、李耕、耿林莽、许淇；入选“百位最具实力诗人”的有：北塔、胡弦、翟永明、姚辉、伊沙、冉仲景、金铃子、赵福君、唐德亮、灵焚、安琪、周庆荣、潇潇、爱斐儿、大卫、洪烛、祁人、唐成茂、简宁、三色堇、林子；入选“百位最具活力诗人”的有：康湘民、姜华、唐力、晓弦、十品、胡庆军、陈颉、李明月、夏寒、贾文华、堆雪、黑马、何永飞、赵振王；入选“百位最具潜力诗人”的有：吴开展、于太福、郭春林、施云、谭斌康等约 80 余人。

◎ 2017 年 12 月 15 日中外散文诗学会、《散文诗世界》和十一科技、巩义市文联举办的“巩义·光伏杯”国际征文大赛在巩义颁奖：金奖 5 名：刘慧娟、侯发山、潇琴、王太贵、华明石

◎ 2017 年 12 月 16 日，由武汉市文联、芳草杂志社举办的第五届（2015-2016 年度）“汉语诗歌双年十佳”在武汉颁奖，散文诗人亚楠以《秋风高》获奖。

（二）散文诗理论著作·理论研究

◎《散文诗艺术技巧例话》陈志泽著，作家，2017，4，325 千字，分“当代散文诗精品”、“现代散文诗名篇”、“外国散文诗经典”三辑，另“附录”四篇。编入作者 2013-2016 四年间在《散文诗世界》“佳作赏析”专栏以及《文学报》、《中外散文诗鉴赏大观中国现、当代卷》等处发表的 111 篇散文诗作品赏析文章，并附原作。

◎《中国散文诗学散论——一个诗人的艺术哲学》崔国发著，合肥工业大学，2017，9；16 开本，348 千字。

全书分上下两篇。上篇“散文诗学导论”包括“审美本体论”、“诗性凝聚论”等20章，下篇“散文诗人例论”包括对王幅明的《追忆与仰望》、陈志泽的《散文诗艺术技巧例话》的书评和对蔡旭、王猛仁、林登豪、沉沙、庞华坚、郭辉、陈劲松、李俊功、文榕、卜寸丹、马东旭、雨倾城、陈茂慧、刘向明、王崇党、程绿叶、王舒漫、子帆、陈海容、吴素明等20余位散文诗人作品的评论，立论颇为新颖，独到。

（三）散文诗选集

◎《一条河流的23种走向》（23家散文诗选）刘贵高主编，华龄，2017，1

◎《2016·中国散文诗精品阅读》夏寒主编，白山，2016，12

◎《2016中国年度作品·散文诗》邹岳汉主编，现代，2017，1

◎《2016卷中国年度优秀散文诗》杨志学、亚楠主编，执行主编：郝子奇；新华，2017，1

◎《2016年中国散文诗精选》王剑冰主编，长江文艺，2017，1

◎《2016年度散文诗》王剑冰主编，漓江，2017，1

◎ 2017年2月，由青岛文联策划的《中国散文诗一百年大系》启动，将由青岛出版集团于2018年5月出版。一套八册，全部精装。

◎《季节之上——〈常青藤〉诗刊2016年度诗歌精选》（含诗歌、散文诗两部分）姚园主编、美国天涯文艺出版社，2017，4

◎《2017当代散文诗》赵宏兴主编，书籍出版社，2017，5

◎《首届“谷雨杯”全国散文诗大奖赛获奖作品集》谷雨茶叙编，中国文联，2017，9

◎《闽派诗歌·散文诗卷》灵焚选编，海峡文艺出版社2017年11月出版发行，超大开本，约800页，囊括了自五四时期的郑振铎到21世纪初诗坛新秀潘云贵前后一百年时间130多名闽籍、或与闽地有密切关系的作者的作品，包括散文诗作品以及论述散文诗的代表性理论文章。

◎《中国散文诗百年经典》总策划：海梦；主编：赵振元；执行主编：王幅明；副主编：宓月、晓弦，四川文艺出版社，2017，11

◎《中国散文诗百年回眸》田景丰著，载《散文诗世界》2017年第11期，约7000字。

◎《中国散文诗的诞生和发展》李标晶著，载《散文诗世界》2017年第12期，约15000字。

（四）个人散文诗作品集（2016–2017年度及补遗）

◎《流动的时光》靖培生著，山东画报出版社，2015，10

◎《风的色彩》成春著，四川民族出版社，2016，1

◎《夕阳》张庆岭著，中国文史出版社，2016，7

◎《藏地短札》陈劲松著，北京燕山出版社，2016，8

◎《魂灵之水》成春著，成都时代出版社，2016，11

◎《我们·散文诗丛》第3辑，灵焚、周庆荣主编（全套8册）

◎《十日或七愁》王西平著，北京燕山出版社，2016，11

◎《风总吹向远方》陈劲松著，北京燕山出版社，2016，11

◎《思想者的狼》李明月著，北京燕山出版社，2016，11

◎《暖色调》文娟著，北京燕山出版社，2016，11

◎《乡土》李需著，北京燕山出版社，2016，11

◎《肋骨》瑞娴著，北京燕山出版社，2016，11

◎《慧光》陈茂慧著，北京燕山出版社，2016，11

◎《出神》王崇党著，北京燕山出版社，2016，11

◎《半山》牛合群著，四川民族出版社，2016，11

◎《寻隐者》黑马著，长江文艺出版社，2016，12

◎《平原书》王猛仁著，成都时代出版社，2017，1

◎《仰望高原》常华敏著，云南民族出版社，2017，1

◎《伶仃岛上》香奴著，北京燕山出版社，2017，1

◎《二月春风》曲全胜著，中国文联出版社，2017，1

◎《柳堡风》（长篇散文诗集）王垄著，北京文艺出版社，2017，4

◎《窗口》任俊国著，四川民族出版社，2017，4
◎《有温度的人》，周庆荣著，四川文艺出版社，2017，5
◎《谛听：阳光走过大地》，何敬君著，青岛出版社，2017，5
◎《望梅》耿林莽著，河南文艺出版社，2017，7
◎《南京路在走：桂兴华散文诗新作 88 章》东方出版中心，2017，7
◎《远处风景近处家》蔡旭著，江苏凤凰文艺出版社，2017，7
◎《悸动》三色堇著，西安出版社，2017，9
◎《在高原上》姚辉著，河南人民出版社，2017，10
◎《蓝焰之舞》棠棣著，河南人民出版社，2017，11
◎《横山的春夏秋冬》（含短、中、长篇）杨剑文著，河南人民出版社，2017，11
◎《人生》陈志泽著，菲律宾博览国际传播公司，2017
◎《乡土辞典》马亭华著，广西师范大学出版社，2018，1

图书在版编目（CIP）数据
2017中国年度作品．散文诗 / 邹岳汉主编．—北京：现代出版社，2018.3
ISBN 978-7-5143-6693-8

Ⅰ．①2…　Ⅱ．①邹…　Ⅲ．①散文诗—诗集—中国—当代
Ⅳ．①I217.1
中国版本图书馆CIP数据核字（2017）第317467号

2017中国年度作品．散文诗

主　　编：邹岳汉
组稿编辑：庞俭克
责任编辑：曾雪梅
出版发行：现代出版社
通信地址：北京市安定门外安华里504号
邮政编码：100011
电　　话：010-64267325　64245264（传真）
网　　址：www.1980xd.com
电子邮箱：xiandai@vip.sina.com
印　　刷：三河市金泰源印务有限公司

开　　本：710mm×1000mm　1/16　　印　　张：17.5
版　　次：2018年3月第1版　　印　　次：2018年3月第1次印刷
字　　数：309千字
书　　号：ISBN 978-7-5143-6693-8
定　　价：42.00元